UWE KLAUSNER

Die Stunde der Gladiatoren

MORD UND SPIELE Das spätantike Trier, seit knapp drei Jahrzehnten Residenz römischer Herrscher, im Jahre 313 n. Chr. Das Thronjubiläum Kaiser Konstantins steht unmittelbar bevor. Doch dann geschieht etwas Unerwartetes. Niger, aus Afrika stammender Gladiator und Publikumsliebling in der Arena zu Trier, fällt einem Mordanschlag zum Opfer. Flavius Sabinus, Befehlshaber der Stadtwache und für das Polizeiwesen zuständiger Magistrat, scheint dies jedoch mehr als gleichgültig zu sein. Der Grund dafür liegt auf der Hand: Nichts, und schon gar nicht der Mord an einem dunkelhäutigen Gladiator, soll die geplanten Feierlichkeiten stören.

Doch das Kalkül des Ordnungshüters geht nicht auf. Gaius Aurelius Varro, Aristokrat und Magistrat mit literarischen Ambitionen wird durch Zufall Zeuge des Leichenfundes und nimmt sich des Falles an. Nicht lange, und dem Schöngeist beginnt zu dämmern, dass er es hier nicht etwa mit einem Eifersuchtsdrama, sondern mit weit mehr als einem gewöhnlichen Mordfall zu tun hat …

Foto © Braune

Uwe Klausner, Jahrgang 1956, geboren und aufgewachsen in Heidelberg, hat in Mannheim und Heidelberg Geschichte und Anglistik studiert und lebt heute mit seiner Familie in Bad Mergentheim. Neben seiner Tätigkeit als Autor hat er bereits mehrere Theaterstücke verfasst.

Bisherige Veröffentlichungen im Gmeiner-Verlag:
Historische Romane
Engel der Rache (2012)
Die Bräute des Satans (2010)
Pilger des Zorns (2009)
Die Kiliansverschwörung (2009)
Die Pforten der Hölle (2007)

Kriminalromane
Eichmann-Syndikat (2012)
Kennedy-Syndrom (2011)
Bernstein-Connection (2011)
Odessa-Komplott (2010)
Walhalla-Code (2009)

UWE KLAUSNER

Die Stunde der Gladiatoren

Historischer Kriminalroman

GMEINER *Original*

Besuchen Sie uns im Internet:
www.gmeiner-verlag.de

Im Ehnried 5, 88605 Meßkirch
Telefon 07575/2095-0
info@gmeiner-verlag.de

1. Auflage 2013

Lektorat: Claudia Senghaas, Kirchardt
Herstellung: Mirjam Hecht
Umschlaggestaltung: U.O.R.G. Lutz Eberle, Stuttgart
unter Verwendung der Fotos von: © Umjb – Fotolia.com
und © Blickfang – Fotolia.com
Druck: GGP Media GmbH, Pößneck
Printed in Germany
ISBN 978-3-8392-1464-0

SCHAUPLATZ UND ZEITPUNKT DER HANDLUNG

Treveris

(ante diem) septimum K(alendas) Au(gustas) d.n.*
Constantino Augusto III consule

Trier

Am siebten Tag vor den Kalenden** des Monats August im dritten Konsulat unseres Herrn, des Kaisers Konstantin

Freitag, 24. Juli 313 n.Chr.

und

Samstag, 25. Juli 313 n.Chr.

* d. n. = domino nostro
** Monatsbeginn

REALE HAUPTFIGUREN

am kaiserlichen Hof

FLAVIUS VALERIUS CONSTANTINUS, 41 Jahre*, römischer Kaiser von 306–337 n. Chr.

FAUSTA, 19 JAHRE**, seine zweite Frau

FIKTIVE HAUPTFIGUREN

am kaiserlichen Hof

CHRYSAPHIUS, ihr Kammerherr (*praepositus sacri cubiculi*) und Mitglied des Thronrates

TIRO, Oberhofmeister (*magister officiorum*)

VALERIUS MAXIMUS, Prätorianerpräfekt (*praefectus praetorio*)

BERENIKE, Kammerfrau der Kaiserin

* Vergl. **Demandt**, S. 35: ›Constantin war an einem 27. Februar, wahrscheinlich 272 in Naïssus, geboren worden.‹ Vergl. dagegen **Brandt**, der darlegt, die Geburt liege ›wohl zwischen 272 und 285‹.

** Das Geburtsjahr der Kaiserin steht nicht genau fest, die Meinungen in der Fachwelt reichen von 289 bis 298 n. Chr.

FIKTIVE HAUPTFIGUREN

*in der Villa Aurelia**

GAIUS AURELIUS VARRO, 42 Jahre, Anwalt und Mitglied des städtischen Magistrats

DROMAS, sein Hund

SYPHAX, sein Leibsklave

FORTUNATA, Varros Amme und Haushälterin

AURELIA, 35 Jahre, Varros Schwester

PUBLIUS, 13 Jahre, Varros Neffe, Aurelias Sohn

ANTIGONOS, Sekretär, Hauslehrer und Verwalter

AULUS, Türsteher, Faktotum und ›Mädchen für alles‹

* fiktiv

FIKTIVE HAUPTPERSONEN

in der Gladiatorenkaserne

NIGER (›Der Dunkelhäutige‹), ein *Retiarius*

DANAOS, ehemaliger Gladiator und Nigers Ausbilder

PUGNAX (›Der Draufgänger‹), ein *Secutor*

MAXIMINUS, *Lanista*, d.h. Gladiatorenunternehmer

INCITATUS (›Der Heißsporn‹), ein *Murmillo*

MUCRO, ein *Thraex*

EUPHRATES, ein Mesopotamier

MYRON, ein *Hoplomachos*

URSUS, ein *Secutor*

BATO, ein *Provocator*

WEITERE FIKTIVE HAUPTPERSONEN

ASPASIA, Schankwirtin

PENELOPE, Aspasias Tochter

VALERIUS PROBUS, ehemaliger Militärarzt und Varros Freund

FLAVIUS SABINUS, genannt IMPUDICUS (›Der Lüstling‹), Befehlshaber der Stadtwache und für das ›Polizeiwesen‹* zuständiger Magistrat der Stadt Trier**

LUPICINUS (›Das Wolfsjunge‹), Geldwechsler und Pfandleiher

FLAVIUS MESSALA, genannt ›Scorpio‹, Präfekt der Palastwache

* **›Ein äquivalenter lateinischer Terminus zu ›Polizei‹ existiert nicht.‹** (Romina **Schiavone,** *Agens et laterculum* – Strafverfolgung im Römischen Reich. In: Marcus **Reuter** und Romina **Schiavone** (Hrsg.), *Gefährliches Pflaster, Kriminalität im Römischen Reich*, Mainz 2011, S. 228)

** s. **Demandt,** S. 374: ›Die städtische Polizei unterstand Friedenswächtern (*lirenarcha*), die Knüppelgarden kommandierten. Das Amt wurde als einjährige Liturgie (Volksdienst) von Curialen versehen, wir kennen es insbesondere aus dem Osten.‹

MORITURI*

Waffengattungen (*armaturae*)
und
Fechtpaarungen der Gladiatoren im Roman:

Murmillo (Großschildner, ausgerüstet mit Helm, Beinschienen, Bandagen und Schwert mit gerader Klinge)

gegen

Thraex (Kleinschildner, ausgerüstet mit Helm, Strumpfhosen und geknicktem Schwert)

oder

Hoplomachus (halbkugeliger Schild, Helm, Stoßlanze und gerades Schwert)

Retiarius (Bandage, Metallschirm, Netz, Dreizack und Dolch)

gegen

Secutor (Visierhelm, ansonsten Ausrüstung wie der *Murmillo*)

»Im 2., 3. und 4. Jahrhundert dürften diese beiden *armaturae* mehr Kämpfe bestritten haben als alle anderen Waffengattungen zusammen.« (Marcus Junkelmann)

* dt.: Todgeweihte (»Ave Caesar, morituri te salutant.« – »Heil Dir, Cäsar, die Todgeweihten grüßen dich.«)

TAGESABLAUF UND ZEITRECHNUNG IM MONAT JULI

Beginn der

hora prima (erste Stunde): 04:00 h

secunda: 05:20 h

tertia: 06:40 h

quarta: 08:00 h

quinta: 09:20 h

sexta: 10:40 h

septima: 12:00 h

octa: 13:20 h

nona: 14:40 h

decima: 16:00 h

undecima: 17:20 h

duodecima: 18:40 h

Beginn der ersten Nachtstunde: 20:00 h

Dauer einer Stunde im Juli: 80 Minuten
Sonnenaufgang am 25. Juli in Trier: kurz vor 05.00 Uhr
Sonnenuntergang: ca. 20.30 Uhr

RÖMISCHE LÄNGENMASSE*:

ein(e/n)	lat.:		
Handbreit	*Palma*	07,40 cm	¼ Fuß
Fuß	*Pes*	29,63 cm	1 Fuß
Elle	*Cubitum*	44,45 cm	1 ½ Fuß
Schritt	*Gradus*	74,08 cm	2 ½ Fuß
Doppelschritt	*Passus*	01,48 m	5 Fuß
Stadium	*Stadium*	185,22 m	625 Fuß
Meile	*mille passuum*	01,48 km	5000 Fuß

* Quelle: Der Kleine Stowasser. Lateinisch-deutsches Schulwörterbuch

SPÄTRÖMISCHE WÄHRUNG:

1 römisches Pfund (ca. 325 g) Gold = 72 Solidi / ein **Solidus*** = 24 Siliquae (Silber) / ein **Siliqua** = ¼ Miliarense (Silber)

›Die Währung wurde 309, als Constantin in Trier war, umgestellt. Der von ihm eingeführte *aureus solidus* blieb im Byzantinischen Reich bis ins 11. Jahrhundert Grundlage der Finanzen.‹
(**Demandt**, S. 52/53)

* Teilstücke waren u.a. der *Tremissis* oder *Triens* bzw. der halbe *Solidus* (*Semissis*).

Trier in der Spätantike

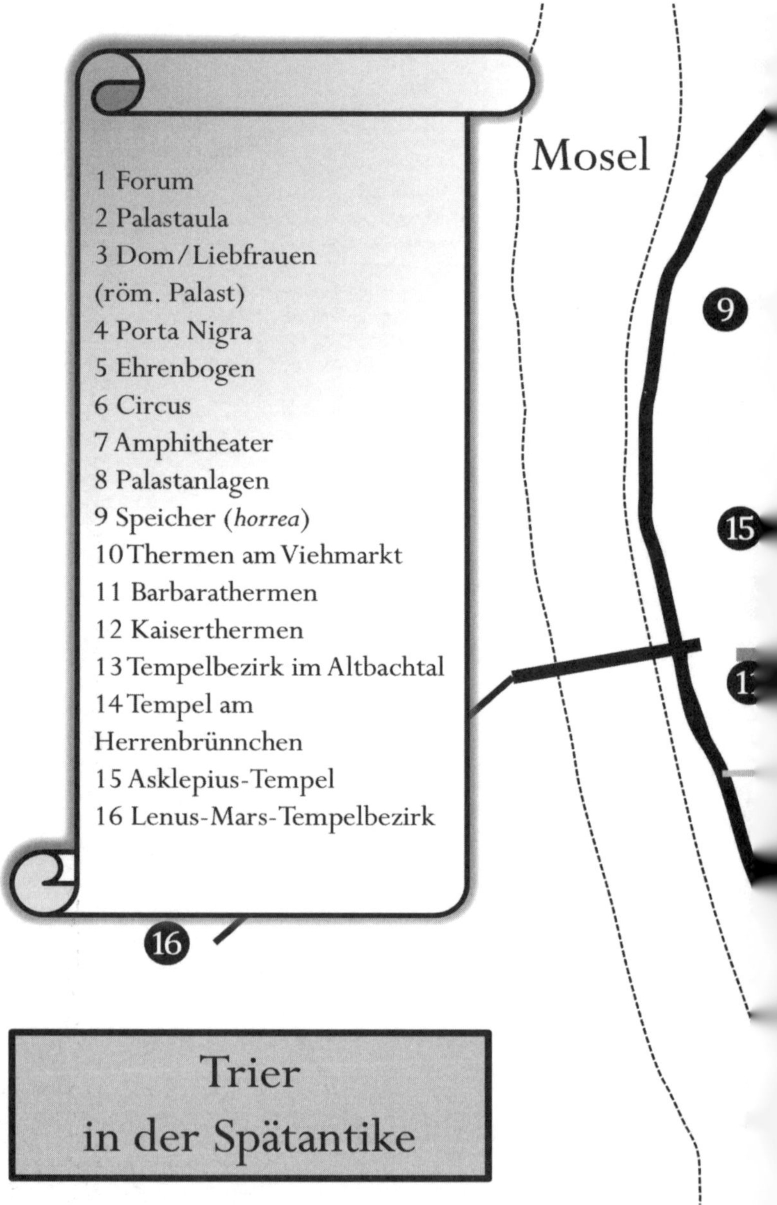

4
5
3
6
2
10
1
12
7
14
13
500 m

GLADIATORENEID

›In verba Eumolpi [sacramentum] iuravimus: uri, vinciri, verberari, ferroque necari, et quidquid aliud Eumolpus iussisset.‹

[Petronius, Satyrica (117,5)]

›So leisteten wir … den von Eumolpus vorgesprochenen Schwur: Uns brennen, fesseln, peitschen sowie mit dem Schwerte richten zu lassen, und was Eumolpus sonst alles anordnen würde.‹

PROLOG

(Freitag, 24. Juli 313 n.Chr.)

I

Amphitheater, Beginn der zehnten Stunde | [16:00 h]

ER WAR DER SCHRECKEN SEINER GEGNER. Er war kräftig, zäh und ausdauernd. Und er war der Abgott des Publikums, vor allem der Frauen.

Eins war Niger, Sieger in drei Dutzend Kämpfen, freilich nicht: ein Betrüger.

»Du lässt ihn gewinnen, klar? Andernfalls kannst du dein Testament machen.« Das war deutlich gewesen. Unmissverständlich. Niger, Retiarius und gefeiertes Idol der Massen, ballte die Faust. Das war es also, was ein Römer unter Ehre verstand. Unter Anstand und dem Gebot, dass Pflichterfüllung an erster Stelle stand. Das also war es, worum es in seinem Gewerbe ging. Nämlich um Geld, um eine Menge Geld. Wie hatte der Kaiser, welcher das Flavium errichten ließ, doch gesagt: »Pecunia non olet.« Genau. Ein Aureus roch nicht. Auch dann nicht, wenn er in der Schatulle des Veranstalters verschwand.

Das also, dachte Niger zähneknirschend, hatte es mit dem Eid auf sich, den er geschworen hatte. ›Uri, vinciri, verberari, ferroque necari.‹ Ich werde es erdulden, ausgepeitscht, in Ketten gelegt und gebrandmarkt zu werden. Und wozu? Damit ein paar Wenige, deren Namen es nicht wert waren, ausgesprochen zu werden, Nutzen aus dem Gemetzel zogen, welches in Kürze beginnen würde. Perfider, um nicht zu sagen ehrloser, ging es wirklich nicht.

»Lass ihn nicht zu nah ran, hörst du? Sonst bist du geliefert!« Der gute alte Danaos, sein Ausbilder. Oder, anders ausgedrückt, sein Ersatzvater. Auch er ahnungslos, naiv wie ein kleines Kind. »Du weißt doch, wie er ist, Niger –

Pugnax geht immer gleich aufs Ganze. Der hält sich nicht mit Vorgeplänkel auf. Wenn du schlau bist, wartest du erst mal ab. Auf Zeit spielen, verstanden? Alles andere regelt sich von selbst. Und noch was: Lass dich nicht provozieren. Wenn hier einer Katz und Maus mit einem Secutor spielt, dann du – haben wir uns verstanden? Du hältst dir den Tollpatsch vom Leib, tänzelst ihm vor der Nase rum – und zack! Dann ist der Angeber erledigt. Glaub mir, Niger: Der kann dir nicht das Wasser reichen. Viel Kraft, aber nichts dahinter.« Danaos stockte. »Sag mal, schwarzer Herkules, hörst du mir überhaupt zu?«

»Natürlich höre ich dir zu.« Noch etwas, das ihm nicht gefiel. Danaos machte das weder absichtlich, noch hatte er vor, ihn zu kränken. Aber er konnte es nun einmal nicht ausstehen, wenn man Anspielungen auf seine Hautfarbe machte. Er war ein Gladiator wie jeder andere, nicht schlechter, aber um einiges besser als die meisten, mit denen er in Leptis, Rom oder in Arelate die Klingen gekreuzt hatte. Und er war nicht immer der gewesen, zu dem ihn das Schicksal gemacht hatte. Vor sieben Jahren, während seines achtzehnten Sommers, war er, den man in der Heimat ›Großer Jäger‹ genannt hatte, in die Fänge von Sklavenhändlern geraten. Ausgerechnet er, Mahamadu, dessen Wurfnetz Dutzenden von Straußen, Gazellen und sogar Antilopen zum Verhängnis geworden war. Eingefangen, in einen Käfig gesperrt, verschleppt und durch die Große Wüste Richtung Norden gekarrt. Hungrig, der Rücken mit Striemen übersät, halb wahnsinnig vor Durst. Es war wie ein Albtraum gewesen, eine mörderische, nicht enden wollende Tortur.

Doch dann, in schier auswegloser Lage, hatte Fortuna ein Einsehen mit ihm gehabt. Auf dem Sklavenmarkt von

Leptis war er einem Lanista aufgefallen. So nannte man die Besitzer von Gladiatorenschulen, die es überall im Imperium gab. Eugenius, gerissen, ohne Skrupel und mit allen Wassern des Styx gewaschen, hatte sofort zugegriffen und ihn für einen Spottpreis ersteigert.

Zunächst einmal war er froh gewesen, den Fängen der Sklavenhändler entronnen zu sein. Die Freude indes sollte nicht lang Bestand haben. Kaum in Sicherheit, gebadet und mit einer Wolltunika versehen, hatte er mit dem übelsten Gesindel in Tripolitanien Bekanntschaft gemacht. Unter den Gladiatoren, das merkte er recht bald, befanden sich eben nicht nur Leute wie er. In der Mehrzahl handelte es sich um Kriegsgefangene, Kriminelle und Sklaven, die, offenbar zu nichts anderem nütze, von ihren Herren für teures Geld an die Gladiatorenschulen verkauft worden waren. Mitunter meldeten sich sogar Freiwillige, etliche davon auf der Suche nach Ruhm und Ehre, andere wiederum, um mit dem Geld, das sie zu verdienen hofften, nach Ablauf ihres Kontrakts ein neues Leben anzufangen.

»Sag mal, träumst du oder hast du zu viel Mohnsaft getrunken?«, ereiferte sich Danaos, während er ihm half, den bronzenen Schulterschirm auf einem Polsterärmel aus gestepptem Leinen festzuschnallen. Beide, sowohl der Ärmel als auch die Bandage, waren sein einziger wirklicher Schutz, und dementsprechend sorgfältig ging sein Ausbilder zu Werke. »Spuck's aus, vor mir brauchst du keine Geheimnisse zu haben!«

»Weiß ich, Danaos, weiß ich!«, beteuerte Niger und zurrte den ledernen Bauchgurt fest, den er über seinem knallroten Lendenschurz trug. »Trotzdem – wenn du nichts dagegen hast, möchte ich mich jetzt voll und ganz …«

»... auf den Kampf konzentrieren!«, vollendete sein Magister und band die Riemen seiner Lederstiefel zu. Von der Unrast, die Niger ergriffen hatte, war bei ihm nichts zu spüren. Danaos war durch nichts aus der Ruhe zu bringen, wie stets, wenn es aufs Ganze ging. »Recht so, aber wenn du schlau bist, lässt du den Hitzkopf erst mal ins Leere laufen.«

»Schon gut, alter Freund, ich hab's kapiert.«

»Das will ich hoffen.« Danaos erhob sich. Dann musterte er Niger von Kopf bis Fuß. Die Zeiten, während denen sich der Zypriote als Steinmetz und nach seinem Hinauswurf als Gladiator verdingt hatte, waren schon lang vorbei. In seinem Gesicht, von Narben, Schrammen und tiefen Falten durchzogen, hatten sie unübersehbare Spuren hinterlassen. »Wenn wir gerade von Hoffnung reden – noch zwei, drei Kämpfe, und du bist ein freier Mann. Dann bekommst du vom Kaiser ein Holzschwert in die Hand gedrückt, und dann nichts wie weg, ab nach Hause! Mensch, Niger: Was ich konnte, kannst du ja wohl auch, oder?«

»Nach Hause. Du hast gut reden.« Niger wandte sich ab und trat an den Altar der Göttin Nemesis, um ein Opfer darzubringen. Aus Gewohnheit, nicht etwa, weil er glaubte, die geflügelte Statue in der Nische unweit der Hebebühne könne Wunder wirken. »Kannst du mir verraten, wie?«

»Kein Grund, aus der Haut zu fahren, alter Junge.« Der Ausbilder, mehr als einen Kopf kleiner als sein Lieblingsschüler, klopfte ihm begütigend auf die Schulter und prüfte die Klinge des Dolches, bevor er ihn Niger in die Hand drückte. Es folgte der Dreizack, Symbol des Gottes Neptun, was der Retiarius, der nicht einmal hinsah, als ihm die Waffen überreicht wurden, mit versteinerter Miene quittierte. »Schuld, dass du hier bist, sind ja wohl andere, oder?«

»Ja, das stimmt.«

»Na also, dann sind wir uns ja einig.«

»Sagst du!«

»Was soll das heißen?« Das Netz vor Augen, dessen Bleigewichte er einer letzten Überprüfung unterzog, blickte Danaos überrascht auf. »Raus damit, oder denkst du, ich kann Gedanken lesen?«

»Gut so!«, erwiderte Niger und starrte in die Flamme, die vor dem Standbild der Göttin emporzüngelte. Der Duft von Weihrauch und Räucherwerk hing in der Luft, vermischt mit dem Geruch nach Wein, den er auf der Altarmensa ausgegossen hatte. »Sonst würde dir das Lachen vergehen.«

»Beim Janus, was ist denn eigentlich los?« Das war zu viel für ihn. Entschieden zu viel. Danaos nahm das Netz und schleuderte es wutentbrannt in die Ecke. Dann winkelte er die Arme an und baute sich neben dem Retiarius auf. »In einer Viertelstunde beginnt dein Kampf, und was machst du? Du stehst hier rum und tust so, als ginge dich das Spektakel da droben nichts an. Also ehrlich, Niger: Manchmal werde ich nicht schlau aus dir.« Der gedrungene, mittelgroße und trotz seines Körperbaus überaus wendige Zypriote schnappte nach Luft. »Jetzt hör' mir mal gut zu, mein Junge: Was immer dir durch den Schädel spukt, es hat Zeit bis nachher, klar? Mit Pugnax ist nicht zu spaßen, das weißt du so gut wie ich. Der geringste Fehler – und aus ist der Traum! Dann landest du auf dem Gladiatorenfriedhof. Meinst du, ich habe Tag und Nacht mit dir geübt, damit du dich wie ein Hammel zur Schlachtbank führen lässt? Nichts da, Herkules, so haben wir nicht gewettet!«

»Und was ist, wenn ich mich einfach aus dem Staub ...«

»Gar nichts wirst du!«, stieß Danaos zornbebend hervor, hob das Netz auf und drückte es seinem Musterschüler in die Hand. »Sonst kriegst du es mit mir zu tun. Ich muss dir nicht sagen, was passiert, wenn du kneifst.«

»Nein.«

»Na also.« Der Zypriote atmete tief durch. »So, und jetzt tu dem alten Danaos den Gefallen und schlitze diesem Großmaul von einem Secutor den Wanst auf. Du weißt doch: Die Leute lieben dich. Noch ein, zwei Kämpfe, und die Sache ist ausgestanden. Dann ist Schluss mit dem Gladiatorendasein. Dann bist du ein freier Mann. Stell dir vor, Niger, wie herrlich es ist, wenn man tun und lassen kann, was man ...«

Der Rest von Danaos' Worten ging im Schmettern der Fanfaren unter, deren Echo bis in den hintersten Winkel der Katakomben drang.

Niger, Liebling der Massen, umklammerte seinen Dreizack, seufzte und senkte das Haupt.

Jetzt war er an der Reihe.

Die Stunde der Gladiatoren war gekommen.

Er hasste dieses Geschrei. Vor allem aber hasste er die Art, wie man ihn taxierte. Für viele hier war er doch nur ein Verfemter, kaum wert, dass man sich wegen ihm den Kopf zerbrach. Die Spiele, welche auf Geheiß des Kaisers stattfanden, dienten nun einmal der Zerstreuung. Und sie verfolgten den Zweck, den Imperator in ein günstiges

Licht zu rücken. Morgen, am Tag des Saturn, jährte sich die Thronbesteigung Konstantins zum siebten Mal. Das musste gefeiert werden, zumal gemunkelt wurde, der Kaiser stehe den Christen näher, als es sich gezieme. Nichts wichtiger also als das Volk bei Laune zu halten. Nichts vordringlicher als die Bedenken, welche hinter vorgehaltener Hand geäußert wurden, zu zerstreuen. ›Panem et circenses‹– Brot und Spiele. Seit es Kaiser gab, hatte dieses Schlagwort Gültigkeit. Und nichts deutete darauf hin, dass sich das ändern würde.

Aber immerhin waren sie ein ordnungsliebendes Volk, diese Römer. Das musste ihnen der Neid lassen. Weniger mit seinem Gegner, der unweit von ihm auf das Zeichen des Oberschiedsrichters wartete, als mit den Gaffern ringsum beschäftigt, ließ Niger den Blick über die voll besetzten Ränge schweifen. Knapp 18 mal tausend Schaulustige, wenn nicht gar mehr. Fein säuberlich aufgeteilt, so war es schließlich Brauch. Zuunterst, auf den besten Plätzen, die Dekurionen, darüber, im zweiten Rang, die freien Bürger und Freigelassenen, und auf den oberen Rängen, hinter denen sich die Stadtmauer von Treveris erhob, Frauen und Sklaven. Die Angehörigen des Hofstaates, welche in der Loge links von ihm saßen, natürlich nicht zu vergessen. So hatte es der göttliche Augustus festgelegt. Und so würde es vermutlich auch in Zukunft bleiben.

Der Zufall wollte es, dass sein Blick die Ehrenplätze streifte, doch Niger wandte sich rasch wieder ab. Dort droben, umgeben von Lakaien, Hofdamen, den Mitgliedern des Thronrates und dem Statthalter, saß nämlich *sie*.

Und an *sie* wollte er nicht denken.

Denn jetzt ging es ums Ganze. Nigers Körper straffte sich, die Muskeln, welche sich auf über sechs Fuß Körpergröße verteilten, bis zum Zerreißen gespannt. Alle, auch die Höflinge oben in der Loge, warteten jetzt nur noch auf das verabredete Signal. Auf *ihr* Signal. Dann würde der Kampf, von dem so viel abhing, beginnen.

Eine Fanfare aus kreisförmig gebogenen Hörnern. Tuben, die schmetterten, dass es wie Donner von den Wänden widerhallte. Das Seidentuch, welches *sie*, deren Gegenwart ihm auf der Seele lastete, mit theatralischer Gebärde fallen ließ. Und dann, mitten in die atemlose Stille hinein, die erlösenden Worte des Schiedsrichters: »Accedete!«

Die Worte von Danaos im Ohr, schob Niger den linken Fuß nach vorn, umklammerte seinen Dreizack und harrte der Dinge, die da kommen sollten. Lang zu warten brauchte er nicht. Pugnax, ein mit Kurzschwert, Visierhelm, Beinschienen und rechteckigem Schild ausgerüsteter Secutor, wurde dem Ruf, in dem er stand, einmal mehr gerecht. Kaum hatte der Schiedsrichter das Signal gegeben, hob er den Schild und bewegte sich mit gezücktem Schwert auf ihn zu. Es brauchte nicht viel, um diesen Brachialangriff zu parieren. Ein Stoß mit dem Tridens, eine Körpertäuschung – und die Attacke des Secutors ging ins Leere.

Applaus, Zoten, Hohn und Spott an die Adresse von Pugnax waren die Folge. Das Publikum gab sich gelangweilt. Aber das war nicht weiter verwunderlich. Am Morgen hatte es bereits ein paar Tierhetzen gegeben, mit Ebern, Wildkatzen, Auerochsen und jeder Menge Rotwild aus den Wäldern der Provinz Belgica. Doch das war natürlich erst der Anfang gewesen. Richtig aufregend war es dann um die Mittagszeit geworden. Ein Strauchdieb, dem Vernehmen nach Alamanne, war durch einen Bären zu Tode gehetzt und von dem völlig ausgehungerten Monstrum zerfleischt worden. Doch damit immer noch nicht genug. Auf fünf Sarmatenkrieger, Furcht einflößend wie wilde Tiere, hatte sich ein Rudel Wölfe gestürzt, direkt aus den Käfigen, welche den Rand der Arena säumten.

Ein Spektakel so recht nach dem Geschmack des Publikums, aber nicht das, worauf es wartete. Nun, da sich der Tag dem Ende zuneigte, waren die Gladiatoren an der Reihe.

Jetzt, so der allgemeine Tenor, gingen die Spiele erst richtig los.

»Iugula!« Ein Schrei, durchdringend, schrill und beinahe hysterisch, brachte Niger wieder in die Wirklichkeit zurück. Und siehe da, schon stimmten weitere Rufer mit ein, unter ihnen sogar Frauen. Die Meute hatte Blut geleckt, sie wollte ihren Appetit stillen. Eine Gier, die, wie Niger mit gemischten Gefühlen registrierte, schier unersättlich war.

»Ab in den Orkus mit ihm, schwarzer Panther!« Jetzt wurde es also ernst. Sprungbereit wie zwei Raubtiere, standen sich Niger und sein Gegner gegenüber, belauerten sich, warteten ab, wer die Initiative ergreifen würde.

Der Afrikaner rang nach Luft. Wahrhaftig, die Arena hatte ihre eigenen Gesetze. Es war der Tod, der hier das Sagen hatte. Er war allgegenwärtig, wies jedem seine Rolle zu, bestimmte, wer Publikumsliebling werden oder den Launen der Fortuna zum Opfer fallen würde. In der Arena, angetrieben vom johlenden und nach Blut lechzenden Pöbel, waren sie alle nur Statisten, Reisende auf dem Weg ins Schattenreich.

Das Netz bereit zum Wurf, taxierte der Afrikaner seinen Gegner, tänzelte bald hierhin, bald dorthin, umkreiste, belauerte und reizte ihn so lang, bis sein Temperament,

Pugnax' ärgster Feind, mit ihm durchzugehen drohte. »Was ist, schwarzer Auswurf, hast du etwa Angst vor mir? Komm her, Memme, damit ich dir eine Lektion erteilen kann!«

Niger tat so, als habe er die Schmähung nicht gehört. Im Kreis der Kameraden, so viel stand fest, wäre sein Widersacher nicht ungestraft davongekommen. Das wusste der Illyrer, mit dem er wiederholt aneinandergeraten war, genau. Zuletzt, vor etwa einem halben Jahr, war es Danaos gewesen, der die Streithähne getrennt hatte. Heute aber, am Tag der Entscheidung, würde es dazu nicht kommen. Einer würde den Kürzeren ziehen – nämlich er.

Und, so war ihm versichert worden, überleben.

Den Kampf verlieren, aber wie? Was tun, damit niemand etwas merkte? Auf der Hut vor dem Secutor, der es kaum abwarten konnte, ihn zu demütigen, nahm Niger Habtachtstellung ein. Für den Illyrer, der ihn durch die Augenlöcher seines Visierhelmes musterte, ein Grund mehr, seine Beleidigungen fortzusetzen: »Tja, schwarzer Deckhengst, so ist das nun mal!«, schnaubte er mit heiserer Stimme und bewegte sich bis auf wenige Schritte auf seinen Widersacher zu. »Der Bessere gewinnt eben nicht immer. Schreib dir das hinter die Ohren. Dein Problem, wenn du dich bei gewissen Leuten unbeliebt gemacht hast, nicht meins!« Die Freude über den bevorstehenden Triumph war dem Secutor deutlich anzumerken. »Jetzt komm schon, du Halbaffe – bringen wir's hinter uns!«

»Und was, wenn ich nicht nach eurer Pfeife tanze?«

»Dann wirst du so enden, wie es ein Neger verdient!«, zischte Pugnax und vergewisserte sich, ob sich der Schiedsrichter außer Hörweite befand. »Und weißt du, was dann passiert? Nein? Dann werde ich mir deine gallische Lupa vorknöpfen und ihr zeigen, was ein Mann ist! Hast wohl geglaubt, du hättest sie für dich allein! Falsch gedacht, Africanus! Ich hab sie gehabt, der Murmillo hat sie gehabt, Mucro, der Thraex, auch – alle haben sie gehabt, du Narr! Und soll ich dir was sagen? Dein Wildfang konnte gar nicht genug kriegen. Beim Priapus, ich kann's kaum erwarten, dass sie für mich wieder die Beine breitmacht!«

Nigers Antwort kam prompt. Und sie kam so schnell, dass ein Aufschrei durch die Arena ging. Außer sich vor Wut holte der Retiarius aus und stieß zu. Pugnax hatte Mühe, den Stoß mit dem Dreizack zu parieren, wäre sein Schild aus Platanenholz nicht gewesen, hätte dies sein Ende bedeutet.

Doch damit war die Gefahr nicht gebannt. Kaum hatte er den Stoß abgefangen, folgte bereits der nächste. Und danach wieder der nächste. Wie von Furien gehetzt, setzte der Afrikaner nach, trieb seinen Erzfeind, der Mühe hatte, nicht das Gleichgewicht zu verlieren, vor sich her. Dem Ungestüm, mit dem ihn der Retiarius attackierte, hatte der Secutor nichts entgegenzusetzen. Kaum fähig, sich seiner Haut zu erwehren, wich Pugnax, der Illyrer, zurück. Doch die Serie der Stöße riss nicht ab. Das Publikum, dessen Sympathien dem Retiarius galten, hielt es nicht mehr auf den Sitzen, es schrie, johlte, begleitete die Attacke mit frenetischem Applaus.

Dann jedoch, nachdem Pugnax durch die halbe Arena gehetzt worden war, geschah es. Blind vor Raserei, hatte Niger erneut zugestoßen, hatte seinem Zorn, der ihm beinahe den Verstand raubte, durch einen besonders heftigen Stoß Luft verschafft.

Und war vom Jäger zum Gejagten geworden.

Niger erstarrte. Das, was nie und nimmer hätte geschehen dürfen, war eingetroffen. Sein Dreizack war im Scutum seines Widersachers stecken geblieben, und bevor er reagieren konnte, wich Pugnax zurück und riss ihm die Waffe, auf der seine Gefährlichkeit beruhte, aus der Hand.

Der Illyrer reagierte blitzschnell. Ehe der Afrikaner wusste, wie ihm geschah, ließ Pugnax den Schild fallen, in dem immer noch der Dreizack steckte, und ging mit gezücktem Schwert zum Angriff über. All das dauerte nicht länger als einen Wimpernschlag, und es gab niemanden, der jetzt, im Angesicht der unerwarteten Wende, noch auf Niger gewettet hätte.

Doch das Publikum, all die Schreihälse, die ihn mit Schmähungen überhäuften, irrte. Niger fing sich wieder, gerade rechtzeitig, bevor Pugnax mit gezücktem Schwert auf ihn zustürzte. Immerhin hatte er ja noch sein Netz, nicht viel, aber besser als nichts.

Und er hatte seine Gewandtheit, die Fähigkeit, sich in den Gegner hineinzuversetzen. Pugnax hielt nicht viel von Finten, Täuschungsmanövern oder Taktik. Er bevorzugte den Frontalangriff, liebte das Risiko.

So wie jetzt, da er sich im Vorteil wähnte. Aber er hatte die Rechnung ohne den Afrikaner gemacht. Scheinbar mühelos wich ihm dieser aus, behände wie eine Gazelle, auf der Hut wie ein Luchs. Der Retiarius rang nach Luft. Außer Gefahr, das wusste er, war er noch lang nicht. Aber er gewann Zeit. Wenigstens so viel, um einen Plan zu schmieden.

Bebend vor Groll, wirbelte Pugnax herum. Der Afrikaner indes wich zurück, zückte seinen Dolch, drehte sich bald hierhin, bald dorthin, tänzelte wie ein Satyr durch die Arena, auf deren Rängen sich allmählich Unruhe breitmachte. Niger achtete nicht darauf. Taub gegenüber Zurufen, welche ihn der Feigheit bezichtigten, ließ sich der Afrikaner nicht beirren und zog seine Kreise, das Netz, welches er am Boden entlangschleifen ließ, in der rechten Hand. Bald schien es, als vollführe er ein uraltes Ritual, begleitet vom Klang der Trophäen, welche er an seinem Fußgelenk trug. Sie waren das Einzige, was ihm von zu Hause geblieben war, aus der Zeit, in der er, Mahamadu, noch wilde Tiere gejagt, deren Zähne, Hauer und Krallen er aufbewahrt und zu einer Kette, seinem Glücksbringer, zusammengefügt hatte.

Und siehe da – die Rechnung ging auf. Der Kampfeifer des Illyrers erlahmte. Je länger Niger um ihn herumtänzelte, ihn reizte und provozierte, desto schwerfälliger wurden seine Schritte, desto rascher der Atem, nach dem er rang. Am Ende seiner Kraft, schnappte der Secutor nach Luft, während ihm der Schweiß über den dicht behaarten Oberkörper rann. Niger sah es mit Genugtuung. Alles, was er jetzt tun musste, war abwarten. Abwarten, bis Pugnax einen Fehler beging.

Nicht lang, und es war so weit. Das Gesicht nach Osten gewandt, stand Niger seinem Gegner gegenüber. Der Afrikaner schien zu zögern, unsicher, was er als Nächstes tun solle.

Doch dem war nicht so. Ein Lächeln im Gesicht, das der Secutor nicht zu deuten wusste, verharrte Niger auf der Stelle. Wohl wissend, dass der Kampf auf Messers Schneide stand, umklammerte der Secutor seinen Schwertknauf, wischte sich den Schweiß von der Stirn, blinzelte in die tief stehende Sonne, wich zurück – und folgte dem Blick des Retiarius, der, so schien es, nach seinem Dreizack Ausschau hielt.

Es war nicht der erste Fehler, den Pugnax beging, aber ein Fehler, der sein Schicksal besiegeln sollte. Kaum hatte auch er die Waffe erspäht, spürte der Illyrer, dass dies nur ein Ablenkungsmanöver war. Eine List, auf die, wie ihm schmerzlich bewusst wurde, nicht einmal ein Anfänger hereingefallen wäre.

»Damnatus!« Entschlossen, dem Schicksal zu trotzen, wandte sich der Secutor wieder seinem Gegner zu, biss die Zähne zusammen und riss reflexartig den Arm in die Höhe.

Vergebens.

Der Kampf, auf den er wie ein Besessener hingefiebert, für den er monatelang geübt, dessentwegen er sogar auf den Besuch im Lupanar verzichtet hatte, war verloren. Endgültig verloren, ohne Wenn und Aber.

Kaum hatte er sich damit abgefunden, surrte das Netz auch schon durch die Luft und brachte den Illyrer zu Fall. Pugnax strampelte, drehte und wand sich, zerrte und hieb wie von Sinnen auf die Maschen ein, in denen er sich verstrickt hatte. Überschüttete den Gegner, der seelenruhig auf ihn zu schlenderte, mit Flüchen. Umklammerte sein Schwert, um seine Haut so teuer wie möglich zu verkaufen.

Eine Mühe, die er sich hätte sparen können.

Begleitet von frenetischem Jubel, näherte sich der Afrikaner dem verhassten Gegner, der wie ein Fisch in seinem Netz zappelte, ergriff seinen Dreizack und hielt Ausschau nach dem Schiedsrichter, der das Geschehen vom Rand der Arena aus verfolgt hatte. »Was zögerst du noch, Auswurf!«, hörte er Pugnax sagen, die Stimme, deren Klang etwas Tierisches anhaftete, überquellend vor Hohn. »Mach ein Ende, und grüße deine Lupa von mir!«

Der Retiarius schien es nicht zu hören, den Blick abwechselnd auf das Publikum und auf den Schiedsrichter gerichtet, der so tat, als ginge ihn das, was nun folgen würde nichts an. Ein fairer Kampf, schien der Blick des einstigen Gladiators zu sagen, du weißt, was du zu tun hast, Herkules!

Und ob der das wusste. Erneut, zum mittlerweile zehnten Mal, war es an ihm, das Gesetz der Arena zu befolgen. Ein Gesetz, dem zu gehorchen er verpflichtet war.

Verpflichtet?

»Iugula, Niger, iugula!«, hallte es durch die Arena, tausendfach, blutrünstig, gnadenlos. Ohne Erfolg. Der, dem die Aufforderung galt, reagierte nicht. Die Waffen gesenkt, starrte der Retiarius ins Leere, taub für die Zurufe, welche das Amphitheater in ein Tollhaus verwandelten.

Abstechen – und wozu?

Seiner selbst überdrüssig, fixierte Niger die Ehrenloge. Alle, bis auf *sie*, die ihn mit unbewegter Miene musterte, taten das Gleiche. Standen da und zeigten mit dem Daumen nach unten.

Alle, bis auf *sie*.

Niger hatte verstanden. Spät zwar, aber er hatte verstanden. »Iugula, Herkules!«, hörte er Danaos, seinen Ausbilder, noch rufen, der, berstend vor Stolz, mit seiner Handkante über die Kehle fuhr. »Mach ihn fertig, er verdient's nicht anders!«

Dann umklammerte Niger seinen Dreizack, holte aus und stach zu.

Amor Mortis

›Es ist gerade dieses Paradox – ihr geringer sozialer Stand in der römischen Gesellschaft und ihre Aussicht auf ein spannendes Leben und die Chance auf großen Wohlstand –, das viele Männer von einstmals gutem Stand in diese Profession trieb. Zumeist holten sich die Gladiatorenschulen ihren Nachwuchs von den Sklavenmärkten, aber es gab auch einige Freiwillige unter den Neuankömmlingen.‹

(Stephen Wisdom / Nic Fields, Gladiatoren, Königswinter 2009)

LIBER PRIMUS

(Samstag, 25. Juli 313 n.Chr.)

II

Villa Aurelia, eineinhalb Stunden nach Sonnenaufgang
| [07:00 h]

DAS FING JA GUT AN.

Gaius Aurelius Varro, Anwalt und Ratsherr zu Treveris, senkte den Kopf und ließ sich mit schmerzverzerrter Miene auf der Bettkante nieder. Ausgerechnet heute, am ersten Mußetag seit Wochen, quälte ihn wieder sein Bein, ein Andenken an die Zeit, als er noch Tribun gewesen war. Damals, während der Kämpfe gegen den Usurpator Allectus, hatte ihn ein Wurfspeer am Oberschenkel getroffen und seinen Militärdienst in Britannien jäh beendet. Geraume Zeit war sein Leben an einem seidenen Faden gehangen und nach Meinung der Ärzte, unter ihnen sein Freund Probus, keinen Sesterz mehr wert. Doch er war dem Tod entronnen, wie so häufig in jenen Tagen. Der Preis, den er dafür hatte zahlen müssen, war allerdings hoch. Sein Bein war nie wieder richtig verheilt, der Grund, den Dienst beim Militär zu quittieren.

»Schon gut, Dromas – halb so wild.« Varro stieß einen halblauten Seufzer aus. So phlegmatisch sein Hund, der behäbigste Vierbeiner diesseits der Alpen, auch sein mochte, wenn es ihm schlecht ging, wich Dromas nicht von seiner Seite. Als Wachhund war das Monstrum, welches einen legendären Ruf als Vielfraß besaß, zwar nicht zu gebrauchen, aber da er sich als treuer Gefährte erwiesen hatte, sah er über seine Flausen hinweg. In Treveris, pflegte Varro zu scherzen, gab es wahrscheinlich niemanden, der die Warnung auf dem Mosaik im Vestibül seiner Stadtvilla ernst nahm, mochte das ›Cave canem!‹ samt dem abgebildeten Ungetüm noch so bedrohlich anmuten.

»Runter mit dir, aber schnell!« Bereit zu einem erneuten Anlauf, scheuchte Varro seinen Hund von dem Feldbett, auf dem er seit seiner Militärzeit nächtigte, legte die Handflächen auf die Oberschenkel und schraubte sich in die Höhe.

Kaum auf den Beinen, besserte sich auch schon seine Laune. »Na, du bist mir vielleicht einer!«, rief er lachend aus, im Zweifel, ob sein Bild von Dromas nicht vielleicht doch korrekturbedürftig sei. »Gib her, damit ich meine Ruhe habe!«

Die Antwort bestand aus einem freudigen Jaulen, und so blieb Varro nichts anderes übrig, als den Stock, der im Maul seines Hundes steckte, an sich zu nehmen, in seine Sandalen zu schlüpfen und nach Syphax, seinem Leibsklaven, zu rufen. Dieser war denn auch prompt zur Stelle, brachte ihm eine Waschschüssel samt dazugehörigem Leinentuch und half ihm beim Rasieren. Das hörte sich leichter an, als es war, denn das sichelförmige Messer war scharf, und Varro überaus penibel, wenn es um Fragen der Körperpflege ging. Von der Unsitte, sich die Körperhaare entfernen zu lassen, hielt er allerdings nicht viel, und so war die Morgentoilette, welche er verrichtete, in wenig mehr als einer Viertelstunde beendet.

»So, Herr, das hätten wir«, stellte Syphax fest, knapp 30 und von Geburt Berber, der Varro, der beinahe sechs Fuß maß, um Haupteslänge überragte, »hier – dein Spiegel.«

Das fehlte gerade noch. Es war spät geworden gestern Nacht, sehr spät sogar. Das Gastmahl beim Statthalter, auf das er nicht übermäßig erpicht gewesen war, hatte sich über Gebühr in die Länge gezogen, weshalb er es vorzog, die Begegnung mit seinem Konterfei zu meiden. Hätte er eingewilligt, wäre sein Blick auf einen hochgewachsenen Aristokraten gefallen, jenseits der 40, hager und mit einem Gesichtsausdruck, den viele, mit denen er zu tun hatte, als ernst und bisweilen sogar als einschüchternd empfanden. Dabei war Varro, zumindest aus seiner Sicht, alles andere als ein zurückhaltender Mensch. Er liebte es zu scherzen, wenngleich sein Humor, wie er bereitwillig einräumte, nicht jedermanns Sache war. Aber damit, das heißt mit dem Ruf, welcher ihm vorauseilte, hatte er sich längst abgefunden. Die Leute sahen nun einmal den ehemaligen Militärtribun in ihm, weniger den Advokaten, der am liebsten in seinem Studierzimmer saß und an seiner ›Kriminalgeschichte des Römischen Reiches‹ schrieb. Das war es, was ihm am meisten Spaß machte, allemal lohnender, als sich bei einem Bankett zu Tode zu langweilen.

»Nicht nötig, Syphax«, beschied der Advocatus seinen Sklaven, der, so mutmaßte er, sein Desinteresse an Festivitäten nicht teilte. Dann drückte er ihm seinen Stock in die Hand. »Ich weiß, wie ich aussehe.«

Das heißt, Varro glaubte, es zu wissen. Denn obwohl er es verschmähte, sich herauszuputzen, war er beileibe kein hässlicher Mann. Der Advocatus war kräftig, hatte dunkles und von silbergrauen Strähnen durchzogenes Haar sowie dank seiner Mutter, die aus Hispalis stammte, auch dunklere Haut, als sie die Bewohner der Provinz Belgica besaßen. Seine Nase, markant und leicht nach unten gebogen, war dagegen ein Erbteil seines Vaters, zu Lebzeiten Senator und einer der reichsten Männer Roms. Das Gleiche galt für die dunklen Augen, von denen es hieß, dass niemand, der etwas ausgefressen hatte, ihrem Blick auf Dauer standhalten könne.

»Aber Herr, wenn deine Klienten dich in diesem Aufzug …«

»Damit du es weißt, Syphax«, erstickte Varro den Einwand seines Leibsklaven im Keim, »ich habe nicht vor, mich heute mit ihnen herumzuschlagen.«

Syphax hütete seine Zunge und nickte.

»Im Klartext: Sobald einer der Herrschaften auftaucht, sagst du ihm, ich habe zu tun. Damit das klar ist, Syphax: Ich möchte heute Morgen nicht gestört werden, von niemandem, haben wir uns verstanden?«

»Wie du wünschst, Herr. Ich werde persönlich dafür Sorge tragen.«

»Das will ich dir auch geraten haben. So, und jetzt tu mir den Gefallen und sag Fortunata, ich möchte frühstücken.«

»Das Übliche, Herr?«

»Du hast es erfasst.« Varro war eben ein Gewohnheitsmensch, und das fing bereits beim Frühstück an. Ein Stück Brot, Ziegenmilch und Schafkäse mit gebratenen Zwiebelringen und Lauch reichten ihm völlig aus. Ganz besonders nach einem Gelage, welches sich stundenlang hingezogen hatte. Varro schüttelte unwirsch den Kopf. Selbst im Nachhinein drehte sich ihm noch der Magen um, kein Wunder angesichts der Kost, welcher er den Vorzug gab. Der Statthalter, ein würdiger Nachfolger von Trimalchio, war da schon aus anderem Holz geschnitzt, hatte aufgeboten, was Küche und Keller hergaben. Nichts für Varro, der Angeberei hasste, aber mehr als genug für die zahlreichen Gäste. Angefangen bei der Vorspeise, mit Seeigeln gefüllten Sauzitzen, hatte das Gastmahl aus sieben Gängen bestanden, eine Tortur für den Schöngeist, der sich weder etwas aus Siebenschläfern noch aus Reiherzungen noch aus Garum mit Zypressenrauch, Most oder Honig und schon gar nichts aus einem Wildschwein machte, das mit lebenden Drosseln gefüllt und mit Zitzen aus Hartkäse versehen worden war. Auch verabscheute er Honigwein, allein schon aufgrund des Katers, welchen einem dieser Trank bescherte. Wein diente dazu, den Durst zu stillen, nicht etwa, damit man ihn unvermischt und bis zum Umfallen trank. Genau das war nämlich am gestrigen Abend geschehen, und er, der den Spitznamen ›Der Spartaner‹ trug, einmal mehr belächelt worden.

»Schafkäse mit Zwiebeln?«

»Genau. Und jetzt sieh zu, dass du in die Küche kommst.«

Varro konnte eben nicht aus seiner Haut. Knapp zehn Jahre Militärdienst, die Hälfte davon in Britannien, hatten sich ihm unauslöschlich eingeprägt. Der beste Beweis dafür war sein Cubiculum, das bis auf zwei, drei Öllampen, das Feldbett, den Hocker und die Truhe, in der er Schwert und Rüstung aufbewahrte, nahezu völlig leer war. Die Wände waren kahl und unbemalt, ganz anders als bei seinen Ratskollegen, die bestrebt waren, einander in puncto Luxus zu überbieten.

»Wie du wünschst, Herr«, antwortete Syphax, verneigte und beeilte sich, seinem Wunsch nachzukommen. Varro ließ ihm den Vortritt, verließ sein Cubiculum und schlug den Weg zum Lararium ein, gefolgt von Dromas, der sich umgehend an seine Fersen heftete.

Der Tag war noch jung, die Stadtvilla, ein Erbstück seines Vaters, wie verlassen. Varro war es recht so, denn er genoss es, frühmorgens durch das Atrium zu spazieren, dem Plätschern des Springbrunnens im Peristyl zu lauschen und die Stille, welche ringsum herrschte, auf sich wirken zu lassen. Für Varro, bei dem Ruhe und Beschaulichkeit hoch im Kurs standen, war dies die schönste Zeit des Tages. Dann konnte er, was allzu selten der Fall war, seinen Gedanken nachhängen oder, wie in diesem Moment, das Morgenlicht genießen, welches sich im Impluvium, dem Auffangbecken für das Regenwasser, widerspiegelte. An Regen war derzeit freilich nicht zu denken, wie ein Blick des Hausherrn hinauf zum Compluvium bewies. Der Himmel über der Stadt war strahlend blau, was in Varro, von Natur aus Optimist, die Hoffnung nährte, dass der Tag des Saturn ein friedvoller werden würde.

Dass sie trog, konnte er jetzt, da er vor der Maske seines Vaters innehielt, freilich nicht ahnen. Varro, auch diesbezüglich ein Gewohnheitstier, zupfte die zerknitterte Tunika zurecht, seufzte und neigte das Haupt. Zeitlebens waren er und der Senator, Tatmensch und Verächter der schönen Künste, einander mit Distanz begegnet. Einer, wenn nicht gar der Grund hierfür, war die Distanz Varros gegenüber Rom, der Geburtsstadt seines Vaters, gewesen. Dies ging sogar so weit, dass er sich geweigert hatte, dorthin überzusiedeln. Der Vater, schwerreicher Adelsspross und überdies Statthalter der Provinz Belgica, wo er Ländereien und zahlreiche Villen erworben hatte, war darüber mehr als erbost gewesen. An Varros Weigerung, seiner Geburtsstadt den Rücken zu kehren, hatte dies jedoch nichts geändert, alles Bitten, Zureden und die Drohung, ihm sein Erbe abzuerkennen, waren erfolglos geblieben. Anstatt einzulenken, hatte sich der 15-Jährige in seinen Schmollwinkel zurückgezogen, hatte Horaz, Ovid und die Selbstbetrachtungen des Mark Aurel studiert und so getan, als ginge ihn Politik, die Passion seines zum kaiserlichen Rat aufgestiegenen Vaters, nichts an. Erst wesentlich später, als er und der aufstrebende Stern am politischen Firmament Roms längst getrennte Wege gegangen waren, hatten ihn schließlich Gewissensbisse geplagt. Aber da war es bereits zu spät gewesen. Vater und Sohn waren einander fremd geworden, hatten sich, wenn überhaupt, nur noch wenig zu sagen gehabt.

Vor einem Dreivierteljahr, kurz nach dem Sieg des Kaisers über Maxentius, war es dann geschehen. Vater, mittlerweile 70, Wortführer im Senat und im Bürgerkrieg auf der falschen Seite, hatte seinem Leben ein Ende gesetzt, einsam, verbittert und um die Früchte seines Wirkens betrogen.

So wollte er, Varro, ganz gewiss nicht enden, bei allem Schmerz über den Verlust, den er zu spät als solchen empfunden hatte. Politik war nun einmal ein schmutziges Geschäft, und wer sich darauf einließ, lief Gefahr, Kopf und Kragen zu riskieren. Das war ihm des Öfteren bewusst geworden, je älter er wurde, desto mehr.

»Ist ja gut, Dromas – ich komme gleich.« In Gedanken bei einem Thema, an das er heute, wo er auf Erholung bedacht war, lieber nicht erinnert werden wollte, fiel Varros Blick auf den Ring an seiner rechten Hand. Kaum war dies geschehen, wandte sich der Advocatus ab und heftete sich an die Fersen seines Hundes, der es nicht abwarten konnte, den Rundgang fortzusetzen. Varro war froh darüber, wohl wissend, dass er gut daran tat, die Vergangenheit ruhen zu lassen.

Ruhe, welch schönes Wort. »Gaius – Frühstück! Bei meiner Jungfernschaft: Wo steckt der Junge bloß?« Der Advocatus konnte sich eines Schmunzelns nicht erwehren. Nirgendwo, nicht einmal vor dem Lararium, hatte man anscheinend seine Ruhe, schon gar nicht vor dem Organ seiner Amme, welches ihn, den ehemaligen Tribun, an den allmorgendlichen Weckruf beim Militär erinnerte. Obschon älter als 70, bestand Fortunata darauf, den Haushalt zu führen, und das, wie Varro immer wieder erfreut feststellte, besser als manche halb so alte Frau. »Gaius, die Zwiebeln werden …«

»Moment, ich komme gleich!« Ein Lächeln im Gesicht, bückte sich der Hausherr nach dem hufeisenförmigen Feuerstein, welcher griffbereit neben dem Kultschrein lag, und schlug mit geübter Hand auf ein faustgroßes Stück Quarz. Funken sprühten, etliche davon auf den Zunderschwamm, den Varro, der es sich nicht nehmen ließ, dies selbst zu erledigen, mithilfe seines Atems zum Glühen brachte. Jetzt fehlte nur noch das mit Räucherwerk überzogene Stäbchen, und schon hatte das Ritual, für einen Mann seines Schlages eine Selbstverständlichkeit, seinen Anfang genommen.

»Gaius Aurelius Varro, wenn du dich jetzt nicht beeilst, kannst du dir eine andere Haushälterin …«

»… suchen, ich weiß!«, vollendete der Anwalt im Flüsterton, den Blick auf dem Bild, welches die Mitte des Kultschreins zierte. An sich, so fand er, war es gut gelungen, abgesehen vielleicht von dem Römer, welcher sich bei näherer Betrachtung als sein Vater entpuppte. Wie andernorts üblich, wurde Quintus Aurelius Varro, der Erbauer der Villa, von den in hochgegürtete Tuniken gehüllten Zwillingsgöttern flankiert. Besagte Laren trugen Trinkhörner in der Hand, eine, wie Varro nicht zu Unrecht vermutete, Anspielung auf den Lebenswandel seines Vaters, der ohne Falerner nicht hatte leben können. Am Fuß des

Bildes wand sich eine Schlange durch das Gebüsch, im Begriff, die Opfergaben, unter anderem Wein, Feldfrüchte und frisches Brot, zu inspizieren. Sie stellte so etwas wie den guten Geist des Hauses dar, die passende Ergänzung zu Fortunata, deren Stimme wie ein Fanfarenstoß durch die Korridore der Villa Aurelia hallte. »Bin schon unterwegs!«

Vorbei am Peristylgarten, wo es nach Buchsbaum, Oleander und Schwertlilien duftete, humpelte der Advokat zur Küche. Dort wartete bereits sein Frühstück auf ihn. Und dort hatte sich auch Fortunata postiert, vor nunmehr vier Dezennien seine Amme und eine der Wenigen, auf deren Meinung er etwas gab. »Da hast du aber Glück gehabt, Dominus!«, redete ihn die beleibte Matrone mit seiner korrekten Bezeichnung an, nicht ohne einen Hauch von Spott, wie Varro insgeheim bemerkte. Der Herr im Haus, oder vielmehr die Herrscherin, war nämlich sie, und er tat gut daran, dies nicht infrage zu stellen. »Sonst hättest du dir dein Essen selbst zubereiten können!«

»Davor, wie vor allem Bösen, möge mich Vesta behüten!«, rief Varro mit gespielter Inbrunst aus und steuerte auf den gemauerten Herd zu, wo die Frau, die für ihn Mutterstelle eingenommen hatte, die Mahlzeiten für die Hausbewohner zubereitete. »Hm – sieht wirklich lecker aus!«

»Tu bitte nicht so, als täte dir dein Zuspätkommen leid!«, schnaubte die 71-jährige, energische und rotwangige Frau mit erhobenem Kochlöffel, von dem sie während seiner Jugend vor allem dann Gebrauch gemacht hatte, wenn der Sohn des Hauses über die Stränge schlug. »Oder denkst du, ich falle darauf herein?«

»Nie und nimmer – wenn hier jemand Gedanken lesen kann, dann du.«

»Du sollst mich nicht auf den Arm nehmen, klar?«, schnaubte die Alte, trat auf die Zehenspitzen und kniff ihn ins linke Ohr. »Sonst setze ich dich auf halbe Kost!«

»Aua, das tut …«

»Wenn wir gerade von Schmerzen reden, was macht dein Bein?«

»Recht gut, kann nicht klagen«, erwiderte Varro und trat beiseite, um Fortunata nicht ins Gehege zu kommen. In der Küche, höchstens vier Schritte im Quadrat groß, war dank der Leibesfülle seiner Amme kaum Platz, nichts Ungewöhnliches in den Patrizierhäusern der Stadt. Allein schon der Herd nahm die Hälfte der Fläche ein, was dazu führte, dass das Rupfen, Ausnehmen und Enthäuten der Hühner im Atrium ausgeführt und das Fleisch während eines Gastmahls auf tragbaren Kohlenbecken gebraten wurde. »Hm, riecht das aber …«

»Lenk nicht ab, Gaius. Wenn du gefrühstückt und deine Arbeit erledigt hast, wirst du dich schleunigst zu deinem Freund, diesem … diesem …«

»Probus. Valerius Probus. Du wirst doch nicht etwa alt, Fortunata?«

»Frühstück, ja oder nein?«

»Beim Andenken des Lukullus – ja!«

»Dann hüte deine Zunge, sonst kriegst du es mit mir zu tun!«, trumpfte die Alte auf und ließ den Teller, auf dem sich der Imbiss befand, in die Hände des Hausherrn wandern. Ohne einen Knuff, zur Abwechslung ins rechte Ohr, ging dies natürlich nicht ab. »Wie gesagt: Sieh zu, dass du diesen Tunichtgut von einem Militärarzt aufsuchst. Sonst weht hier bald ein anderer Wind. Habe ich mich klar genug ausgedrückt, Gaius?«

»Aber gewiss doch, Herrin.«

»Das hört man gern!«, schnaubte die Alte und krempelte die Ärmel ihres Gewandes hoch, unter dem ein Paar Oberarme zum Vorschein kam, welches einem Gladiator zur Ehre gereicht hätte. »Warum nicht gleich so?«

»Weiß gar nicht, was du hast!«, versetzte Varro und schob ein Stück Käse in den Mund, auf dem er mit verzückter Miene herumkaute. »Mir geht es doch gut.«

»Prima: Mir kannst du nichts vormachen.«

»Concordia, hilf! Nicht mal beim Essen hat man seine Ruhe!«

»Secunda: Du arbeitest zu viel.«

»Und tertia?«

»Du brauchst eine Frau, Gaius.«

Der Schreck, von dem er ergriffen wurde, saß tief. So tief, dass Varro sich verschluckte. »Ich brauche ... ich brauche *was*? Das ist doch wohl nicht dein Ernst, oder?«

»Und ob das mein Ernst ist, Gaius«, fuhr die Frau, welche er zeitlebens als seine Mutter betrachtet hatte, unbeeindruckt fort. »Du arbeitest zu viel, ob du es nun wahrhaben willst oder nicht. Ich weiß, es ist nicht schön, wenn man ohne Mutter aufwachsen muss und wenn der eigene Vater ... wenn er ... Einerlei: Was ich damit sagen will, ist: Es hat keinen Sinn, wenn du dich in deine Arbeit vergräbst, Gaius. Deinen Vater macht das auch nicht mehr lebendig.«

»Ich weiß. Das heißt aber noch lang nicht, dass ich heiraten muss. Oder hast du den Reinfall mit Valeria schon vergessen?«

»Natürlich nicht.«

»Und den mit …«

»Falls du Ismene meinst – reden wir lieber nicht darüber.« Fortunata atmete tief durch. »Jetzt hör mir mal gut zu, mein Junge«, sprach sie und ließ die Hand auf Varros Schulter ruhen. »Seit dem Tod deiner Mutter passe ich nun schon auf dich auf. Sorge, koche, wasche und arbeite ich für dich. Deinen Vater, der es vorzog, seinen Lebensfaden zu durchtrennen, nicht zu vergessen.«

»Ich weiß, Fortunata. Was ich dagegen nicht weiß, ist, wie ich dir danken soll.«

»Das brauchst du nicht, Gaius. Es ist nur so, dass ich … dass ich …«

»Dass du dir Sorgen um mich machst?«

»Genau.« Die Alte, ungewohnt nachdenklich, nahm die Hand von Varros Schulter, wandte sich ab und begann, das Frühstück für die übrigen Hausbewohner zuzubereiten. »Ich werde nicht jünger, Gaius. Und ich werde, so gern ich das tun würde, nicht ewig auf dich aufpassen können.«

»Jetzt ist es aber genug, Fortunata. Kein Wort mehr davon, sonst lasse ich dich auf halbe Kost setzen.«

»Mir ist ernst mit dem, was ich sage, bitterernst.« Die Alte warf Varro einen raschen Seitenblick zu. »Schau dich doch mal an, Gaius!«, rief sie aus, im Begriff, ihre düstere Stimmung abzuschütteln. »Läuft etwa so der Sohn eines römischen Senators herum? Ein Angehöriger der Kurie zu Trier, dessen Ruf als Anwalt weit über die Grenzen unserer Stadt gedrungen ist …«

»Jetzt übertreibst du aber, Fortunata.«

»… und der, wenn er nur wollte, demnächst Statthalter der Provinz Belgica werden könnte?«

»Bevor ich's vergesse: Da heute Feiertag ist, werde ich mich meinen Studien widmen.«

»Nein, wirst du nicht.«

»Nein?«, echote Varro, stellte den Teller ab und fuhr mit dem Handrücken über den Mund. »Und wieso nicht?«

»Weil du tun wirst, was ich dir sage.«

»Ach, wirklich?«, spöttelte Varro. »Und was war das doch gleich?«

»Spar dir die Ironie für deinen Busenfreund, du Flegel!«, kanzelte die Alte Varro ab und musterte ihn von Kopf bis Fuß. »Und wenn wir gerade dabei sind: In diesem Aufzug siehst du unmöglich aus. Ich würde vorschlagen, du ziehst dir erst mal eine andere Tunika an. Und deine Toga. Alles, was recht ist, Gaius – man könnte meinen, du arbeitest in einer Ziegelei.«

»Na und? Was ist denn dabei, wenn man es sich gemütlich macht?«

»Du ziehst dich jetzt um. Causa finita!«

»Wie du befiehlst, Imperator.«

»Das hat man nun davon!«, klagte Varros Haushälterin, setzte Dromas seinen Fressnapf vor und ging wieder an die Arbeit. »Erst zieht man diesen Bücherwurm groß, und dann besitzt er die Frechheit, sich über einen lustig zu machen und einer hilflosen alten Frau auf den Nerven rumzu ...«

»Da seid Ihr ja, Onkel – ich hab Euch überall gesucht!«

»Und weswegen?«, antwortete Varro, wandte sich um und musterte seinen Neffen, der mit hochrotem Kopf vor ihm stand. Eigentlich tauchte Publius, der 13-jährige und zu seinem Missvergnügen nicht gerade lernbegierige Sohn seiner Schwester immer dann auf, wenn man ihn nicht brauchen konnte. Heute aber, selbst zu solch früher Stunde, kam er wie gerufen. »Was ist so wichtig, dass es nicht bis später warten kann?«

»Verzeiht, Avunculus!«, stieß der strohblonde und um das eine oder andere Pfund zu schwere Lockenkopf hervor, nachdem Varro den Weg ins Atrium eingeschlagen und ihm bedeutet hatte, er möge sich anschließen. »Ich … ich hatte nicht die Absicht, Fortunata ins Wort zu fallen.«

»Das will ich hoffen!«, versetzte Varro, nahm auf dem Rand des Impluviums Platz und massierte sein schmerzendes Bein. »Und – wo drückt der Schuh?«

»Es ist … es ist wegen Mutter!«, platzte sein Neffe heraus, ein Faktum, von dem Varro keineswegs überrascht wurde. Je älter er wurde, desto schwerer fiel es seiner Schwester, den ungebärdigen Lausbuben zu bändigen, zum Leidwesen aller Bewohner, die Zeugen der Querelen wurden. Varro, der sich bemüßigt fühlte, Vaterstelle einzunehmen, war dies natürlich ein Dorn im Auge. Da er es jedoch für seine Pflicht hielt, den häuslichen Frieden zu bewahren, musste er hin und wieder ein Zeichen setzen. Und, wie so häufig, seinen Neffen zur Vernunft bringen.

Das allerdings war leichter gesagt als getan. Publius war kaum zu beruhigen, und er fragte sich, welche Flausen er wohl im Kopf hatte. »Immer muss sie mir alles verbieten!«, empörte sich Varros Neffe, während dieser damit beschäftigt war, seinen Oberschenkel zu kneten. »Das ist gemein von ihr, so was von gemein.«

»Was ist gemein, Publius? Sprich Klartext, Junge – und mäßige deinen Ton.«

»Verzeiht, Oheim!«, entgegnete der Halbwüchsige, dessen Reibeisenstimme nicht dazu angetan war, sein Gegenüber zu besänftigen.

»Das sagst du bereits zum zweiten Mal.«

Der Knabe, ein Schlitzohr, das seinesgleichen suchte, trug die Miene eines geprügelten Hundes zur Schau. »Sie erlaubt nicht, dass ich zu den Spielen gehe.«

»Da tut sie auch gut daran!«, erwiderte der Advocatus ohne Umschweife, nicht willens, sich auf weitere Diskussionen einzulassen. »Für Knaben in deinem Alter ist das nichts.«

»Für Jungen.«

»Na schön, Publius, dann eben für Jungen!«, seufzte der Advocatus und erwiderte den Morgengruß, welchen ihm Livia, eine der drei Sklavinnen im Haus, soeben entbot. Die 20-Jährige, seit drei Jahren in seinen Diensten, war Fortunatas Gehilfin, eine Aufgabe, um die sie niemand beneidete. »Tust du mir einen Gefallen, Publius?«

»Gewiss, Oheim.«

»Vergiss nicht, wen du vor dir hast. Dir steht es nicht zu, mich zu belehren, verstanden?«

»Verzeiht, Onkel, ich ...«

»Und noch eins: Auch wenn du es nicht wahrhaben willst, das Amphitheater ist tatsächlich nichts für dich.«

»Aber ...«

»Ich weiß, was du jetzt sagen willst, mein Junge. Lucius von nebenan darf auch schon hin. Und du nicht. Nun ist Lucius aber jemand, an dem man sich kein Beispiel nehmen sollte. Außerdem ist er älter, vergiss das nicht.«

So leicht, wie von Varro erhofft, gab sich sein Neffe jedoch nicht geschlagen. »Zwei Jahre«, rief Publius trotzig aus. »Was ist das schon!«

»In deinem Alter eine ganze Menge.«

Der Junge schien es nicht zu hören. »›Du hättest sehen

müssen, wie der Retiarius auf ihn losgegangen ist!‹, hat Lucius gesagt. Pugnax hatte keine Chance.«

»In der Arena sterben Menschen, mein Junge. Das ist kein Spaß, Publius, sondern bitterer Ernst.«

»Menschen?«, stutzte Varros Neffe und sah den Advocatus verständnislos an. »Aber das sind doch nur Gladiatoren.«

»Nein, mein Junge«, entgegnete Varro ruhig, betroffen über die Art, wie Publius sich ausgedrückt hatte. »Menschen wie du und ich. Männer, die das Pech hatten, auf der Seite der Verlierer zu stehen.«

»Darf ich dich etwas fragen, Oheim?«

»Gewiss doch, Publius, nur zu.«

»Du warst doch selbst einmal Soldat. In Britannien.«

»In Britannien, an der Donau, an der Grenze zu Persien – und anderswo. Mehr als acht Jahre lang.«

Nicht sicher, ob er das Thema weiterverfolgen sollte, kratzte sich Publius hinterm Ohr. »Aber … aber warum interessierst du dich dann nicht für die Spiele?«

Varro blieb die Antwort nicht schuldig. »Setz dich, mein Junge«, forderte er seinen Neffen auf, ohne ihn dabei anzuschauen. Dann erwiderte er mit ruhiger Stimme: »Du fragst dich, warum ich nie ins Amphitheater gehe?«

Publius nickte.

»Ich will es dir sagen.«

Kaum hatte er geantwortet, schob Varro seine Tunika in die Höhe und deutete auf die Narbe, welche sich an seinem rechten Oberschenkel befand. »Sieh genau hin, mein Junge«, forderte er den sichtlich konsternierten Halbwüchsigen auf, der auf den Anblick, welcher sich ihm bot, nicht gefasst gewesen war. Die Narbe war deutlich zu sehen, trotz der Jahre, die mittlerweile ins Land gegangen waren, und sooft Varro sie betrachtete, wurde auch er von einem Schauder gepackt. »Weißt du jetzt, warum mich die Spiele nicht interessieren?«

Seinem Neffen, dem der Schreck ins Gesicht geschrieben stand, fehlten zunächst die Worte. »Ja, Oheim«, beeilte er sich schließlich zu antworten. »Jetzt weiß ich es.«

»Krieg ist kein Spiel, Publius, kein Abenteuer, kein Erlebnis – und alles andere als ein Vergnügen.«

»Das weiß ich, Oheim.«

»Nach allem, was du von dir gegeben hast, bin ich mir da nicht so sicher.« Varro pausierte, beäugte Publius von der Seite und zog den Saum der Tunika übers Knie. »Glaub mir, mein Junge: Es gibt nichts Schlimmeres. Natürlich bedeutet Krieg führen auch kämpfen. Und natürlich gereicht es einem zur Ehre, wenn man Leib und Leben für sein Vaterland riskiert. Das, Publius, ist allerdings nur die Vorderseite der Münze. Mit der Rückseite verhält es sich anders.«

»Du hast viel mitgemacht, nicht wahr?«

»Nicht nur ich, mein Junge, mit Sicherheit nicht nur ich. Ich wurde Zeuge, wie Dörfer geplündert, Städte dem Erdboden gleichgemacht und ganze Landstriche verheert worden sind. Ich musste mitansehen, wie Männer und Frauen, die nichts mit dem Krieg zu tun hatten, entweder abgeschlachtet oder auf Geheiß des Oberkommandierenden an Sklavenhändler verkauft worden sind. Kein Feldzug, während dem sie sich nicht an die Fährte unserer Legionen geheftet und versucht haben, aus dem Schicksal der Besiegten Kapital zu schlagen. Kein Schlachtfeld, über das diese Parasiten nicht hergefallen sind.«

»Um diejenigen, derer sie habhaft wurden, auf dem Sklavenmarkt zu verkaufen.« Nachdenklich geworden, atmete der Junge tief durch. »Oder, noch besser, um Gladiatoren aus ihnen zu machen.«

»Ich sehe, du bist ein kluger Junge, Publius.«

»Darf ich dich etwas fragen, Oheim?«

Varro lächelte. »Falls es dir noch nicht aufgefallen ist, junger Herr: Das tust du unentwegt.«

»Tut mir leid, Oheim, ich wollte dir nicht zu nahe treten.«

»Schon gut, Publius. Was wolltest du sagen?«

Sichtlich geknickt, senkte Varros Neffe den Blick. »Wenn es so furchtbar war, wie du sagst, warum hast du dann nicht einfach deinen Abschied genommen?«

»Das ist nicht so leicht, wie du denkst, junger Mann.«

»Aber ... aber es muss doch etwas gegeben haben, was dich bewog, zu bleiben. Irgendeinen ... irgendwelche Gründe, meine ich.«

»Die gab es, mein Junge, dessen sei gewiss.«

Publius nahm seinen ganzen Mut zusammen. »Und welche?«, fragte er im Wissen um den Tadel, der nun unweigerlich folgen würde.

Varro seufzte, und während er so dasaß und sich eine Antwort zurechtlegte, drehte er den Ring, welchen er an der rechten Hand trug, hin und her. Genau das hatte er befürchtet, genau das hatte er vermeiden wollen. Es war nicht das erste Mal, dass man ihm diese Frage stellte, und obwohl er die Antwort kannte, zog er es vor, sie für sich zu behalten. Zugegeben, es hatte Dinge gegeben, an die er lieber nicht zurückdenken wollte, Dinge, für die er sich jetzt, knapp 20 Jahre nach seiner Militärzeit, zutiefst schämte. Im Krieg gegen Allectus, vor allem aber bei der Rückeroberung von Londinium, war von Gnade gegenüber den Unterlegenen nicht viel zu spüren gewesen. Beide, sowohl der Gegenkaiser als auch der Vater des jetzigen Imperators, hatten sich überdies nicht gerade als Meister der Kriegskunst erwiesen. Constantius Chlorus, weil sein Geschwader durch einen Sturm zur Kursänderung gezwungen wurde, Allectus, weil er nichts unternahm, um die Flotille, zu der auch Varros Galeere gehörte, an der Landung in Cantium zu hindern. Erst als der Abtrünnige in der Schlacht fiel, war der Bruderkrieg beendet – und Gaius Aurelius Varro zum Invaliden geworden.

»Was ist mit dir, Onkel, habe ich dich erzürnt?«

Jäh aus den Gedanken gerissen, fuhr Varro in die Höhe. »Welche Gründe ich dafür hatte?«, fragte er rasch, bemüht, einen aufgeräumten Eindruck zu machen. »Nun, ich denke, mir lag daran, meine Pflicht zu erfüllen.« Das war nicht nur die halbe Wahrheit, das grenzte, wie Varro sehr wohl wusste, an Heuchelei. Die Wahrheit war, dass er es zu Hause nicht mehr ausgehalten hatte. Daran gab es nichts zu beschönigen. Nach dem Tod seiner Mutter, welche die Geburt seiner Schwester nicht überlebt hatte, war das Verhältnis zu seinem Vater immer schlechter geworden. Varro hatte die Konsequenzen daraus gezogen und war Soldat geworden, ausgerechnet er, dessen Liebe in erster Linie Büchern galt.

»Und daran, etwas aus mir zu machen.« Schon wieder eine Lüge, beileibe nicht die einzige in seinem Leben. Varro stöhnte gequält auf. Es war einfach so, dass die Legion seine Ersatzfamilie geworden war, der Ort, an dem er fand, wonach er zu Hause vergeblich suchte. Hinzu kam, dass sich Vater immer eine Tochter gewünscht und Aurelia zu seinem Augapfel erkoren hatte. Varro hatte sehr darunter gelitten, das Verhältnis zu seiner Schwester noch mehr. Aber das, wie manch anderes, brauchte sein Neffe natürlich nicht zu wissen. »Ich wollte etwas erreichen, falls du verstehst, was ich meine.«

Publius gab ein andächtiges Nicken von sich.

»Wenn wir gerade bei Leistungen sind«, wechselte Varro, der sich mit Vertraulichkeiten schwertat, abrupt das Thema. »Wie geht es eigentlich mit deinen Studien voran?«

»Mit meinen Studien?« Kalt erwischt, lief Publius rot an und zupfte an seiner Tunika herum. »Bestens! Antigonos sagt, ich werde es weit bringen.«

Varro, der den Hang seines Sekretärs zu doppelbödigen Bemerkungen kannte, konnte sich ein Schmunzeln nicht verkneifen. »So, sagt er das!«, antwortete er und erlag prompt der Versuchung, seinen Neffen auf die Probe zu stellen: »Dann wird es dir ein Leichtes sein, Cäsar zu rezitieren.«

»Aus dem Stegreif?«, ächzte der Knabe, dem die Farbe aus dem pausbäckigen Antlitz wich. »Cäsar?«

»Oder Cicero – ›*In Verrem*‹. Für den Fall, dass dir der Sinn nach Höherem steht.« Varro setzte seinen Unschuldsblick auf. »Also – ich höre?«

Publius blinzelte nervös. »Nun, wie war das doch gleich … genau – jetzt hab ich's! Gallia est omnis divisa in partes … Fortuna, hilf! Wie viele Teile waren es doch gleich?«

»Drei, Publius. Zu Lebzeiten des göttlichen Cäsar waren es drei. Heute, unter der Herrschaft des nicht minder göttlichen Konstantin, sind es wesentlich mehr. Weißt du, wie sie heißen?«

»Gallia prima, Gallia secunda, Germania inf …«

»Belgica, Publius. Die Provinz, in der wir leben, heißt Belgica. Genau wie unsere Nachbarprovinz. Damit man sie nicht verwechselt, kam ein genialer Kopf auf die Idee, sie zu nummerieren.«

»Belgica eins und zwei – wie konnte ich das nur vergessen!«

»Genau, wie konntest du.« Varro verzog keine Miene. »Und wie, oh würdiger Nachfolger von Strabon, heißt die Hauptstadt von Belgica eins?«

»Treveris!«

»Na, wenigstens das.«

»Was hast du gesagt, Onkel?«

»Nichts, Publius, nichts. Und falls dich je jemand fragt: Gallien, wie Cäsar es antraf, darf man mit der Diözese, die von Diokletian geschaffen wurde, nicht verwechseln. Vor allem, was seine Aufteilung und die daraus resultierende Grenzziehung betrifft.« Varro war jetzt ganz in seinem Element, was seinen Neffen, der mächtig ins Schwitzen geriet, spürbar aufatmen ließ. »Hörst du mir überhaupt zu, Publius?«

»Selbstverständlich, Onkel.«

»Dann präge dir das Folgende gut ein: Die Dioecesis Galliarum, von der die Provinz Belgica eins nur ein kleiner Teil ist, besteht nämlich aus insgesamt sieben Teilen – *sieben*, kannst du dir das merken, Publius?«

»Natürlich, Onkel.« Publius strahlte über das ganze Gesicht. »Sieben – erinnert mich an Rom, welches sich über sieben Hügel erstreckt.«

»Alle Achtung, mein Sohn! Es überrascht mich, wie weit du für dein Alter bist. Ein kluges Kind – findest du nicht auch, Gaius?«

»Ein …?«, begann Varro, besann sich beim Anblick seiner Schwester jedoch eines Besseren. Aurelia, seit knapp drei Jahren geschieden, meinte wirklich, was sie sagte, und er wollte sie auf keinen Fall kränken. »Jjjaja!«, beteuerte er und steuerte der Sicherheit halber ein Kopfnicken bei. »Ein aufgeweckter Junge.«

»*Aufgeweckt* – was soll denn das schon wieder heißen?«

An dieser Stelle, wo es schon mehrfach Ärger gegeben hatte, musste Varro erst einmal Luft holen. Erst dann rang er sich zu einer Erwiderung durch. »Das soll heißen, er muss sich mehr Mühe geben. Ein wacher Verstand, über den er zweifellos verfügt, reicht nämlich bei Weitem nicht aus. Per aspera ad astra, oder liege ich da falsch?« Unter normalen Umständen wäre ihm die scharfe Replik nie über die Lippen gekommen. Pech für Aurelia, dass er momentan mehr mit sich selbst beschäftigt und zu Diskussionen, die er schon Dutzende Male geführt hatte, nicht aufgelegt war. »Oder meinst du, im Leben fällt einem alles in den Schoß?«

»Immer musst du an ihm herumkritisieren. Ist eben nicht jeder so klug wie du!«

»So war das nicht gemeint, Aurelia – und das weißt du auch.« Wie immer, wenn er sich im Ton vergriff, tat ihm Aurelia auch jetzt leid. Seine Schwester hatte viel durchmachen müssen, so viel, dass man ihr den Altersunterschied zu ihm nicht ansah. Varro machte ein betrübtes Gesicht. Von der zierlichen, flatterhaften und lebenslustigen jungen Frau, die mit 20 geheiratet hatte, war nicht mehr viel übrig geblieben. Das schulterlange Haar, ehemals brünett, war bereits am Ergrauen, die Lockenpracht, auf die sie so stolz gewesen war, durch einen Haarreifen gebändigt. Verschwunden war das Funkeln ihrer dunklen Augen, verstummt ihr Lachen, abhandengekommen auch das Temperament, von dem sich das seinige stets unterschieden hatte. Die ihm da in die Augen sah, verbissen, verhärmt und auf Biegen und Brechen auf das Wohlergehen ihres Sohnes bedacht, war eine gänzlich andere Frau geworden, Abbild einer römischen Matrone, die ihre Aufgabe darin sah, für das Wohlergehen ihrer Familie zu sorgen. »Publius – bist du bitte so gut und lässt uns allein?«

Der Junge nickte und verschwand.

»Darf man fragen, was du vorhast, Bruder?«

»Nichts, vor dem du dich fürchten müsstest.«

»Da bin ich aber froh!«, gab Varros Schwester zurück, presste die Lippen aufeinander, bis die Farbe aus ihnen wich, und blickte ausgesprochen finster drein. »Auf Ratschläge kann ich nämlich verzichten.«

»Auch dann, wenn es sich um gut gemeinte handelt?«, erwiderte Varro und fuhr, ohne seine Schwester zu Wort kommen zu lassen, fort: »Wie dem auch sei: Das Thema Gladiatoren ist einstweilen erledigt.«

»Denkst du!«

Varro biss die Zähne zusammen und erhob sich. »Ob du es glaubst oder nicht – das Schicksal des Jungen liegt mir am Herzen. Nicht zuletzt deshalb, liebe Schwester, habe ich mir die Freiheit genommen, ihm ein wenig von früher zu erzählen.«

»Ich hoffe, du hattest Erfolg damit.«

Die Stirn in Falten, atmete Varro tief durch, rief nach Dromas und sagte: »Das wird sich zeigen. Was die Spiele betrifft, denke ich, hat Publius Vernunft angenommen. Kopf hoch, Aurelia! Noch ist nicht aller Tage Abend.«

»Dein Wort in der Götter Ohr, Gaius!«

»Und deines in dem von Publius«, antwortete Varro und

ergänzte: »Du entschuldigst mich, Schwester. Ich habe zu tun. Falls möglich, möchte ich heute nicht mehr gestört werden.«

»Alles, was recht ist, Gaius: Das kannst du nicht machen. Der Kaiser feiert Jubiläum, und ausgerechnet du tauchst nicht auf!«

»Ich sagte doch, ich habe …«

»Jetzt hör mir mal gut zu, Gaius!«, trumpfte Varros Schwester auf und schüttelte missbilligend den Kopf. »Bücher sind nicht alles. Darf ich dir einen Rat geben, Bruder?«

»Bemühe dich nicht, Schwester«, hielt Varro energisch dagegen, ein schelmisches Lächeln im Gesicht. »Auf Ratschläge kann ich nämlich verzichten.«

»So nimm doch Vernunft an, Gaius! Ein Tag wie heute kommt so schnell nicht wieder.«

»Zum allerletzten Mal, Aurelia: Du kannst dir die Mühe sparen. Ich bin die ganze Zeit nicht zu den Spielen gegangen, warum ausgerechnet heute?« Müde der Querelen, wurde Varros Geduld aufs Äußerste strapaziert. »Was mich betrifft, Schwesterherz, können mir meine Ratskollegen, die Spiele und sämtliche Gladiatoren von Treveris gestohlen bleiben. Ich werde mich jetzt in mein Studierzimmer zurückziehen, wehe, es stört mich jemand bei der Arbeit!«

»Und was, wenn es etwas Wichtiges …«

»Und wenn es der Kaiser persönlich ist – ich bin für niemanden zu sprechen!«

Eine Stunde nur, und Gaius Aurelius Varro, Anwalt der Rechte, würde seinem Vorsatz untreu werden.

RETIARIUS*

* zit. bei Junkelmann, S. 25 f.

›Julius Balerianus, der 20 Jahre gut gelebt hat, ist an seinem Geburtstag gestorben. Ein Kamerad, gut, beliebt, ein Freund bis zum Grab.‹

(Inschrift auf dem Grabstein eines Retiarius)

LIBER SECUNDUS

III

Stadtzentrum, kurz vor Beginn der vierten Stunde
| 07:50 h

UNTER DEN WENIGEN, die in aller Frühe unterwegs waren, blieb Aspasia stehen, sah sich um und hetzte weiter. Kein Zweifel, die Schankwirtin, nach übereinstimmender Meinung eine Augenweide, hatte Angst. Angst vor dem Mann, der damit gedroht hatte, sie umzubringen. Angst vor dem Schnüffler, den sie gerade abgeschüttelt hatte. Furcht vor den Konsequenzen, welche das Vorhaben, einen Anwalt zu konsultieren, nach sich ziehen würde. All das, die Sorge um ihre Tochter mit eingeschlossen, war jedoch längst kein Grund, klein beizugeben. Sie würde sich zur Wehr setzen, falls nötig auch ohne fremde Hilfe.

Über Mangel an Sorgen, vor allem solchen materieller Art, konnte sie sich ohnehin nicht beklagen. Und das hing nicht nur damit zusammen, dass ihr Mann, der Legionär Celsus, vor Jahresfrist einem Fieber erlegen war. Um die Pacht, welche sie für ihre Taverne bezahlen musste, aufzubringen, musste sie von frühmorgens an hinter dem Tresen stehen, mit dem Ergebnis, dass ihre Tochter weitgehend sich selbst überlassen blieb. Penelope, eine frühreife 11-Jährige, fand zwar nichts dabei, aber da ihr Umgang nicht der beste war, riss der Kummer, den sie ihr bereitete, nicht ab.

Seit gestern, dem Beginn der Spiele, hatten sich ihre Sorgen jedoch um ein Vielfaches vermehrt. Denn plötzlich war da nicht nur Penelope, sondern auch der Mann, der, so seine Worte, nicht zögern würde, sie bei nächstbester Gelegenheit umzubringen.

Ein Mann, mit dem nicht zu spaßen war.

Für sie, die sich nicht unterkriegen ließ, jedoch kein Grund, den Kopf in den Sand zu stecken. Frauen, so ihr Credo, mussten etwas aushalten, und das fing beim Umgang mit den Männern an. Letztere, vor allem die Heiratswilligen, sahen ihren Geschäftssinn mit Argwohn, doch wenn der Wein floss, war nichts mehr davon zu spüren. Dann konnte sie sich vor Anträgen kaum retten, musste sie ihre ganze Energie aufbieten, um ihre Freier auf Distanz zu halten. Wann indes ein Odysseus auftauchen würde, der dem Treiben ein Ende machte, stand in den Sternen, und wenn sie ehrlich war, hatte sie die Hoffnung längst aufgegeben.

Obwohl ihr nicht danach war, musste Aspasia schmunzeln. Nicht wenige behaupteten, sie sei die schönste Frau von Treveris, was ihrer Schenke, dem ›Kantharos‹, enormen Zulauf bescherte. Sie selbst sah das gänzlich anders, stand mit ihrer Meinung jedoch ziemlich allein. Die 30-Jährige brauchte nur aus dem Haus zu gehen, und schon richteten sich sämtliche Blicke auf sie. Am Chiton, den sie trug, konnte es nicht liegen, war er doch dunkel, weit und so abgetragen, dass ein Blick kaum lohnenswert erschien. Ein Blick auf seine Besitzerin, das stand fest, lohnte dagegen allemal. Aspasia war schlank, hochgewachsen und so anziehend, dass das Wort ›hübsch‹ im Zusammenhang mit ihr wie eine Beleidigung wirkte. Vor allem aber hatte sie langes, in den Rücken hinabreichendes Haar, weich wie Seide und schwarz wie Ebenholz aus Afrika. Schwarz waren auch ihre Augen, und wer ihren Blick auffing, geriet sofort in ihren Bann.

Der heutige Tag, dem Andenken des Saturn gewidmet, bildete da keine Ausnahme. »Warum so eilig, Aspasia?«, rief ihr einer ihrer Kunden hinterher, nachdem sie ihn geflissentlich übersehen und vom Decumanus nach links in den Cardo abgebogen war. »Quo vadis, pulchra?«

»Tut mir leid, ich habe zu tun!«, lautete die Antwort, wobei Aspasia es vermied, sich umzudrehen oder gar stehen zu bleiben. Je früher sie ihr Ziel erreichte, desto besser – und desto schneller konnte sie wieder an die Arbeit gehen.

Die Insulae, welche ihren Weg säumten, erwachten gerade erst zum Leben, und so blieb sie von weiteren Annäherungsversuchen verschont. Die Stirn in Falten, zog Aspasia ihres Weges. Die Laubengänge, die sie entlanghastete, waren nahezu menschenleer, und das galt auch für den Cardo, der in schnurgerader Richtung zum Nordtor führte. In ein bis zwei Stunden, nach Öffnung der Läden, Werkstätten und Garküchen, würde sich dies jedoch ändern. Heute war ein besonderer Tag, und wie um dies zu bestätigen, strahlte die Sonne auf die weiß verputzten Fassaden und im Frühlicht glänzenden Dachziegel herab. Der Tag, an dem der Kaiser sein Jubiläum feierte, würde zahlreiche Besucher anlocken, unter anderem wegen der Spiele, welche derzeit in der Arena stattfanden. Aspasia konnte ihnen zwar nichts abgewinnen, wusste jedoch nur zu gut, dass sie ihr reichlich Kunden bescheren würden. Wenn es etwas gab, das sie benötigte, dann war es Geld, und sei es nur, um ihre Pacht zu begleichen.

Die Zeiten, in denen sie lebte, waren nämlich alles andere als leicht. Das Volk, allen voran Leute wie sie, ächzte unter der Last der Steuern, und sie fragte sich, wie lang das noch gut gehen würde. Kaum eine Quelle, welche die Obrigkeit nicht anzapfte, mochte es nun Bauern, Stadtbürger oder gar Senatoren treffen. Sogar Prostituierte blieben vom Zugriff des Fiskus nicht verschont, von Kaufleuten, Handwerkern und Händlern, der Mehrheit in der Stadt, gar nicht zu reden.

Aspasia seufzte aus tiefster Seele. Treveris, Zierde des Imperiums, war ein Ort, an dem es sich gut leben ließ. Das konnte man nicht bestreiten. Hier gab es Thermen, luxuriöse Villen, ein Hippodrom, Tempel, die keinen Vergleich zu scheuen brauchten, mehrstöckige Insulae und ein Forum, auf dem mit Wein, Schafwolle, Getreide, Tuchen und Waren aus aller Herren Länder gehandelt wurde. Unweit von hier, in der Aula Palatina, hielt der Kaiser Hof. Und von hier, aus dem Töpferviertel südlich des Decumanus, stammte ihr Mann Celsus, dem sie vor 15 Jahren begegnet war.

Aber was, fragte sie sich, war das alles im Vergleich zu Alexandria, ihrer Geburtsstadt, an die sie tagtäglich dachte. Dort, an den Gestaden des Mittelmeers, lebten fast zehnmal so viele Menschen wie hier, dort waren die Winter mild, die Böden fruchtbar und der Nil, Quelle allen Reichtums, kaum eine Tagesreise entfernt. Überhaupt war Alexandria völlig anders, Heimstatt von Persern, Hebräern, Römern und Händlern, die ihre Waren am Hafen, dem Tor Ägyptens, lauthals feilboten. Als Kind war Aspasia fast täglich dort gewesen, hatte zugesehen, wie Ladungen aus aller Herren Länder gelöscht und die Schiffe mit ägyptischem Getreide, Elfenbein, Ebenholz, Pantherfellen, Weihrauch aus dem Lande Punt, Gewürzen und Spezereien aus Indien oder Seide aus noch ferneren Weltgegenden beladen wurden. Das Prunkstück des Hafens, der Leuchtturm, war laut Herodot so außergewöhnlich, dass er ihn zu den Sieben Weltwundern gezählt hatte. Hinzu kam, nicht minder berühmt, die große Bibliothek, ein

Hort der Gelehrsamkeit, der im Okzident seinesgleichen suchte. Tempel gab es obendrein in Hülle und Fülle, ob Isis, Jahwe oder Apoll, jedermann stand es frei, die Götter seiner Wahl zu verehren.

Das war in Treveris, ihrer Wahlheimat, zwar auch der Fall, traf man doch Leute, welche Mithras, dem Gott des Lichts aus dem fernen Persien oder gar der Göttin Isis anhingen. Mit Alexandria, der Weltmetropole, konnte es dennoch nicht mithalten. Die Mosel war eben nicht der Nil, der Hafen nicht sonderlich groß, und das Idiom der Treverer so fremdartig, dass sie fürchtete, es niemals fehlerfrei sprechen zu können.

Der Blick der Schankwirtin trübte sich. Sie war als Fremde gekommen und sie war eine Fremde geblieben. Das war ihr ein ums andere Mal bewusst geworden.

Resignieren kam für Aspasia, in deren Wortschatz der Ausdruck nicht vorkam, dennoch nicht infrage. Schließlich war da noch ihre Tochter, die hier geboren und im Kreis ihrer Spielgefährten aufgewachsen war. Und da war natürlich auch ihre Taverne, um die sie sich zu kümmern hatte. Geschäft war nun einmal Geschäft, und davon, wie jedermann wusste, verstand die Schankwirtin eine Menge. Gerade heute, am Höhcpunkt der Spiele, gab es viel zu verdienen, und sie wäre eine Närrin gewesen, wenn sie die Gelegenheit nicht genutzt hätte.

Einstweilen gab es für Aspasia, deren Geschäfte warten mussten, jedoch Dringenderes zu tun. Die Schritte der Ägypterin beschleunigten sich, und während sie dem Nordtor zustrebte, blickte sie sich verstohlen um. Die Angst, welche sie geflissentlich ignoriert hatte, war wieder da. Schleichend, lähmend, bedrückender denn je. Angst um sich, um ihre Tochter und davor, dass ihre Taverne, in der ihr gesamtes Vermögen steckte, bald nur noch ein Trümmerhaufen sein würde. Wollte sie dies verhindern, musste etwas geschehen. Daher war sie gezwungen, ihr Schicksal selbst in die Hand zu nehmen.

Wie ihr Patronus, von dem sie die Schenke gepachtet hatte, auf ihr Ansinnen reagieren würde, stand indes auf einem anderen Blatt. Advokaten waren bekanntlich eine spezielle Sorte Mensch, und wenn sie überdies Junggesellen waren, ziemte es sich, auf der Hut zu sein.

Das galt auch für das Prachtexemplar, welches sie unvermutet aus den Gedanken riss. »Quid facies, Aphrodite?«, rief Spurius, von Beruf Weinhändler, ihr schon von Weitem zu, während er sein mit Fässern, Amphoren und Schläuchen jedweder Art und Größe beladenes Gefährt südwärts steuerte. Der Zugochse, der seine liebe Not damit hatte, gab ein verdrossenes Schnauben von sich, was, wie der Peitschenhieb seines Herrn bewies, überaus ungnädig aufgenommen wurde. »So früh schon auf den Beinen?«

»Falls der, den man ›Weinschlauch‹ nennt, nichts dagegen hat – ja!«

Die Antwort auf die launige Bemerkung ließ nicht auf sich warten. »Warum so unwirsch, schöne Frau?«, stieß Spurius, dank seiner Beleibtheit mit einem dicken Fell gesegnet, lauthals lachend hervor. »Welche Laus ist dir denn über die Leber …«

»Sag mal, Spurius, kennst du dich hier aus?«, unterbrach Aspasia die Frohnatur, von der sie seit Jahren ihren Wein bezog. »Nimm's mir nicht übel, aber ich bin in Eile!«

»Sprach Aphrodite und ließ ihren Verehrer stehen.«

Aspasia rang sich ein gequältes Lächeln ab. »Im Ernst, Sohn des Bacchus«, warf sie ein und sah sich an der Kreuzung, wo sie gerade innehielt, nach allen Seiten um. Mittlerweile waren wesentlich mehr Leute unterwegs, unter ihnen etliche vom Land, welche sich die Spiele nicht entgehen lassen wollten. »Ich hab keine Zeit. Wie wär's, wenn du heute Abend auf ein Gläschen bei mir …«

»Schon gut, oh du dem Meer Entstiegene – was kann ich für dich tun?«

»Kannst du mir sagen, wo Gaius Aurelius Varro wohnt?«

»Doch nicht etwa *der* Varro?«, lautete die verblüffte Gegenfrage, worauf Aspasia den Drang, ihren Weg fortzusetzen, nur mit Mühe unterdrücken konnte. »Was hast du denn mit dem zu tun?«

»Nichts, Naseweis!«, erwiderte Aspasia und scharrte ungeduldig mit dem Fuß. »Sagst du mir jetzt, wo er wohnt, oder soll ich jemand anderes frag …«

»Schon gut, schon gut!«, lenkte der Weinhändler ein und hob abwehrend die Hand. »Kein Grund, gleich über mich herzufallen.«

»Tut mir leid, Spurius – war nicht so gemeint.«

»Dann will ich es dir mal glauben, Olympierin!«, salbaderte das Schwergewicht, schaute nach rechts und deutete auf ein Haus, dessen Eingang von zwei Läden flankiert wurde. »Siehst du die Villa da drüben, das Haus mit dem vollgefressenen Köter vor der Tür?«

Aspasia bejahte und widerstand gleichzeitig der Versuchung, eine launige Bemerkung zum Thema Körperfülle zu machen.

»Dort wirst du, so es den Göttern gefällt, den Herrn Advocatus finden!«, schwadronierte der Weinhändler, dessen Neugierde, die vor niemandem haltmachte, immer noch nicht gestillt zu sein schien, um sich anschließend erneut seiner Gesprächspartnerin zuzuwenden. »Ärger?«

»Mehr als genug, Spurius.«

»Und du willst mir wirklich nicht sagen, worum es geht? Wer weiß, vielleicht kann dir der gute alte Spurius …«

»Danke, Spurius, aber wenn mir jemand helfen kann, dann Varro.«

»Wenn du mich fragst, hört sich das ziemlich deprimierend an.«

»Ist es auch!«, versetzte Aspasia, entfernte sich und ergänzte im Flüsterton: »Vor allem, wenn es um eine Morddrohung geht.«

IV

Villa Aurelia, Beginn der vierten Stunde | 08:00 h

ENDLICH ALLEIN – JEDENFALLS SO GUT WIE. Varro, Anwalt und Literat aus Leidenschaft, war die Erleichterung ins Gesicht geschrieben. Endlich hatte er wieder einmal Zeit für sich, sein Steckenpferd und für das, was er am liebsten tat: Bücher schreiben. Mittlerweile war die Beschäftigung mit der Vergangenheit zur Passion geworden, belächelt von seinen Ratskollegen, die dazu neigten, ihn als verschroben hinzustellen. Varro wäre jedoch nicht Varro gewesen, wenn ihm dies etwas ausgemacht hätte, und so nutzte er die Gelegenheit, um sich in seinem Studierzimmer zu verschanzen. Außer Fortunata, die seine Liebhaberei als Zeitverschwendung betrachtete, und Antigonos, seinem Verwalter, hatte hier niemand Zutritt, und jedermann hütete sich, das ungeschriebene Gesetz zu übertreten.

»Wo waren wir gerade stehen geblieben?«

»Beim Tod des göttlichen Tiberius, Tribun.«

Varro stieß einen gequälten Seufzer aus. »Habe ich dir nicht gesagt, du sollst mich nicht mehr mit ›Tribun‹ an ...«

»Verzeih mir, *Herr* – ich vergaß!«, entschuldigte sich der Zypriote, ruhender Pol in Varros Haushalt und seit zehn Jahren in Diensten seines Herrn, und rückte die Schreibtafel zurecht, welche auf seinem Oberschenkel lag. Jede der insgesamt drei Seiten, am linken Rand durch eine Kordel verbunden, war mit einer dünnen Wachsschicht überzogen, in die der Verwalter der Villa Aurelia seine Notizen einritzte. Im Verlauf der Jahre war so eine ansehnliche Sammlung zusammengekommen, weit mehr als 100 Tafeln, welche Antigonos, Verwalter, Sekretär und Hauslehrer in einer Person, in einer Truhe verwahrte. Der Hausherr, nicht gerade ein geborener Bürokrat, setzte diesbezüglich vollstes Vertrauen in ihn, wohingegen er den Griechen, Antigonos' Landsleuten, eher mit Misstrauen begegnete. Varros Ansicht nach taugten die Hellenen nicht viel, und wer den Fehler beging, ihnen Geld zu leihen, lief Gefahr, es nicht wiederzusehen. »Soll nicht wieder vorkommen!«

»Ich weiß nicht, wie oft du das schon gesagt hast!«, gab Varro zur Antwort, längst wieder in die Schriftrolle vertieft, welche er mit gerunzelter Stirn überflog. Für ihren Erwerb hatte er ein kleines Vermögen bezahlt, aber das war ohne Belang. Schließlich handelte es sich um eine Abschrift von ›De Vita Caesarum‹ von Sueton, das allein war Rechtfertigung genug. Um Material für seine ›Kriminalgeschichte des Römischen Reiches‹ zu beschaffen, scheute er weder Kosten noch Mühen, selbst auf die Gefahr, als Verschwender dazustehen. »Also: Wo waren wir stehen geblieben?«

»Beim Tod des göttlichen …«, begann der greise Hauslehrer, wurde jedoch umgehend unterbrochen.

»Tiberius – stimmt!«, murmelte Varro und setzte seine Wanderung durch das Studierzimmer, in dem eine heillose Unordnung herrschte, mit nachdenklicher Miene fort. Überall, selbst auf Varros Klappstuhl, lagen Papyrusrollen herum, manche verschnürt, andere achtlos hingeworfen. Das Regal neben dem Stehpult quoll davon fast über, von Schreibtafeln, Griffeln und vollgekritzelten Pergamentstreifen ganz zu schweigen. »Merkwürdig, da soll mal einer schlau daraus werden.«

»Aus was denn?«

»Hör dir das mal an: ›Manche sagen, es sei ihm von Gaius ein langsam wirkendes, zehrendes Gift beigebracht worden; andere, man habe ihm Nahrung verweigert; einige, er sei mit einem Kissen erstickt worden, als er …‹«

»Mit einem Kissen? Wie umständlich!«

»Erstens: Habe ich dir eigentlich schon gesagt, dass dein Humor nicht jedermanns Sache ist?«

»Und zweitens?«, antwortete der Zypriote, zu dessen hervorstechendsten Merkmalen das verfilzte graue Haar, abstehende Ohren und listig blinzelnde Augen gehörten, denen nichts, was sich in seiner Gegenwart ereignete, zu entgehen schien.

»Zum Zweiten, mein Lieber, wäre ich dir dankbar, wenn du mir nicht andauernd ins Wort fallen würdest«, grummelte Varro, der Antigonos, dem unverzichtbaren Faktotum, einfach nicht gram sein konnte. »Sonst kommen wir auf keinen grünen Zweig.«

»Ich höre.«

»Schreib auf: Tiberius Claudius Nero, Nachfolger des Augustus, starb im 78. Jahr seines Lebens, im 23. seiner Regierung beziehungsweise am 16. März, unter dem Konsulat des Gnaeus Acerronius Proculus und des Gaius Pontius Nigrinus.«

Antigonos rührte keinen Finger.

»Was ist? Passt dir etwas nicht?«

»Wenn du mich so fragst, Herr – ja.« Der Zypriote wog bedächtig das Haupt. »Was du diktiert hast, hört sich – mit Verlaub – viel zu trocken an. Ich denke, es wäre besser, wenn das Ganze ein wenig … hm … wenn es ein wenig …«

»Reißerischer klänge?«

»Genau!« Antigonos lächelte verschmitzt, wobei Varros Verdacht, ihm seien die Worte in den Mund gelegt worden, nicht gänzlich unbegründet war. »Unter uns, Dominus: Wir beide, du und ich, würden uns freuen, wenn deine

Kriminalgeschichte so viele Leser wie möglich fände, richtig? Ich sehe, wir denken das Gleiche. Nun gut, wenn das so ist, sollten wir uns über ein paar Dinge im Klaren sein.«

»Und die wären?«

»Das Volk giert nach Sensationen, Herr.«

»Dann sollen die Leute ins Amphitheater gehen.«

Antigonos atmete geräuschvoll aus. »So merkwürdig dies auch klingen mag, mein Gebieter, dies trifft auch auf das Lesepublikum zu.« Antigonos rieb sich die Nasenspitze, darauf bedacht, die Worte sorgfältig zu wählen. »Ob du es nun hören willst oder nicht: Die Leute interessiert es nicht, wann genau dieser oder jener Kaiser in die elysischen Gefilde entschwebt ist. Sie wollen wissen, was für eine Sorte Mensch er war. Für Tugendbolde vom Schlag des Augustus haben die nicht viel übrig.« Antigonos gab ein verächtliches Schnauben von sich. »76 Jahre, davon 52 Jahre verheiratet, und dann auch noch friedlich im Bett entschlummern – langweiliger geht es wirklich nicht. Ausschweifungen, Komplotte, Morde aus Eifersucht, Skandale und Affären, Herr! Das ist es, worüber sich die Leute die Köpfe heiß reden wollen.« Der Zypriote war kaum zu bremsen. »Hier, Dominus!«, ereiferte er sich und wedelte mit einer Papyrusrolle, die, wie Varro wusste, das sechste Buch der ›Annalen‹ des Tacitus enthielt. »Ich zitiere: ›Von seinen Ausschweifungen ließ Tiberius in keiner Weise ab, obwohl sich sein Gesundheitszustand verschlechterte.‹ Das ist der Stoff, aus dem der Erfolg eines Literaten gewoben wird! Das ist es, worüber sich der Pöbel das Maul zerreißt! Gib ihm schlüpfrige Geschichten, gib ihnen Kaiserinnen wie Messalina und Poppaea, und du kannst sicher sein, dass dein Werk reißenden Absatz findet.«

»Zu deiner Information, Antigonos: Es geht hier um Geschichte, nicht um Geschichten.« Varros Miene verfinsterte sich. »Ich finde, eine Nymphomanin wie die Gattin des Claudius oder eine Ehebrecherin, die das Pech hatte, an einen Wahnsinnigen zu geraten, haben in einem seriösen Werk nichts verloren.« Varro besann sich und ergänzte: »Sagen wir mal, nicht viel!«

»Nun, was die Eskapaden der Mächtigen angeht, hat sich in den letzten 250 Jahren wenig geändert.«

Hellhörig geworden, hielt Varro inne. »Was willst du damit sagen?«

»Ich?«, ruderte der Zypriote zurück, wohl wissend, dass er zu weit gegangen war. »Gar nichts!«

»Raus mit der Sprache – worauf spielst du an?«

»Auf Gerüchte, welche derzeit die Runde machen«, gab Antigonos zurück und hantierte umständlich an seinem Schreibgriffel herum. »Falls du verstehst, was ich meine, Herr.«

»Nein.«

»Es heißt, dass die ... nun, es heißt, die Kaiserin setze ihrem Gemahl Hörner auf.«

»So, heißt es das!«

»Bei allem gebührenden Respckt, Herr: Ich gebe nur wieder, was man sich erzählt.« Der Zypriote, über dessen Lidern die Brauen wie Unkraut hervorwucherten, gab ein verlegenes Räuspern von sich. »Naja, die Kaiserin ist ja auch über 20 Jahre jünger.«

»Mag sein. Aber das heißt doch noch lang nicht, dass ...«

»Verzeih, dass ich dich schon wieder unterbreche, Herr. Was ich damit sagen will, ist: Frauen in ihrem Alter gelüstet es eben nach Zerstreuung. Und hin und wieder nach ein wenig Abwechslung.«

»Abwechslung – so nennt man das also!«

»Wie gesagt, Herr: Ich tue nur kund, was an Gerüchten die Runde macht.«

»Und was erzählt man sich noch?«

»Dass der Imperator Cäsar Flavius Constantinus, der gewaltige, fromme und glückliche Augustus, auch nicht den Schimmer einer Ahnung hat.« Der Verwalter, fast zwei Köpfe kleiner als sein Brotgeber, setzte ein anzügliches Grinsen auf. »Kein Wunder, hat ja genug mit sich selbst zu tun.«

»Deine Ironie kannst du dir sparen!«, fuhr Varro ihn an, während sein Blick das opulente Wandgemälde streifte, welches die Längsseite des Studierzimmers einnahm. Es zeigte die Geburt der Venus, deren Züge, so stand zu vermuten, an eine der zahlreichen Geliebten seines Vaters erinnerten. Der Herr Senator hatte eine Vorliebe für so etwas gehabt, ganz anders als sein Sohn, welcher sich viel lieber mit Literatur beschäftigte. Mit Venus, der Liebesgöttin, konnte Varro ohnehin wenig anfangen, im wörtlichen wie auch im übertragenen Sinn. Ein Grund mehr, dachte er insgeheim, das Gemälde samt Muschel und auf Delfinen reitenden Putten übermalen zu lassen. »Oder denkst du, es macht Spaß, das Imperium zu regieren?«

»Spaß? Nein, Dominus, Spaß macht die Sache ganz bestimmt nicht. Hier die Barbaren, welche nur darauf warten, dem Reich den Garaus zu machen, dort die Rivalen, welche einem beim Griff nach der Macht im Wege stehen – nein, Herr, wenn ich ehrlich bin, möchte ich nicht in seiner Haut stecken!«

»Was ist dir lieber, Antigonos – ein halbes Dutzend Prätendenten, die nach der Krone greifen oder … oder …«

»Da kommst du ins Grübeln, was, Dominus?« Der Zypriote konnte seine Genugtuung nicht verbergen. »Schon gut, schon gut – ich weiß, was du sagen willst: So wie vor drei Jahren, als es sieben Kaiser gab, möchte niemand mehr leben. Krieg, Krieg und abermals Krieg, nichts Schöneres, als wenn endlich Schluss damit wäre!«

»Na also, dann sind wir uns ja einig.«

»Für den Fall, dass die Waffen fortan schweigen – ja.« Antigonos senkte den Blick. »Ich fürchte nur, das werden sie nicht.«

»Wieso?«

»Weil der Kaiser weder rasten noch ruhen wird, bis der letzte Widerstand gebrochen, Licinius besiegt und das Imperium wieder in einer Hand vereint sein wird.«

»Na und? Wäre das so schlimm?«

»Ob das schlimm wäre, fragst du?« Der Ton des Verwalters verwandelte sich in ein Flüstern. »Und ob!«

»Du wagst es, so über den Kaiser zu reden?«

»Bei allem Respekt, den ich dir schuldig bin, Herr: So wie ich denken viele in der Stadt. Ach, was sag' ich – im ganzen Reich.«

»Jetzt ist es aber genug, buckliger Satyr!«

»Nenne mich, wie es dir beliebt, Gaius Aurelius Varro – ich sage die Wahrheit.«

»Noch ein Wort«, zischte Varro und stampfte vor Erregung auf, »noch ein Wort, und ich ... ich ... Fluch über dich, verdammtes Bein!«

Wachsbleich im Gesicht, fuhr der kleinwüchsige Zypriote in die Höhe, legte die Schreibtafel beiseite und eilte auf Varro zu, welcher mit schmerzverzerrter Miene auf einen Faltstuhl sank. »Verzeih mir, Herr, ich ... das habe ich nicht gewollt!«

»Stell dir vor, ich auch nicht!«, gab der Advocatus zurück,

selbst nicht ganz schuldlos an dem Disput. Dann warf er einen Blick auf seine Rechte, an welcher sich der Ring mit der Inschrift ›Fidem Constantino‹ befand. »Aber lassen wir das. Politik ist und bleibt eben ein schmutziges Geschäft. Besser, wir gehen wieder an die Arbeit, Graeculus!«

»Ich fürchte, das wird nicht gehen.«

Fortunata – und das ausgerechnet jetzt. Einen Fluch auf den Lippen, welchen er wohlweislich für sich behielt, richtete Varro die Augen zur Tür. »Und wieso nicht?«

»Weil du Besuch hast, Gaius, darum!«, gab seine Amme ebenso bestimmt wie unerschrocken zurück. »Von einer *Klientin*.«

»Eine Frau – auch das noch!«, ächzte Varro, den Blick abwechselnd auf Antigonos und auf seine Amme gelenkt. »Kann es sein, dass ich darum bat, in Ruhe gelassen zu werden?«

Fortunata gab einen unwilligen Grunzlaut von sich. »Schon möglich«, räumte die Alte ein, nachdem sie einen kurzen Blick über die Schulter geworfen hatte. »Am besten, du sagst es ihr gleich selbst. Was mich betrifft, habe ich keine Zeit, mich mit einer Schankwirtin herumzuärgern!«

»Eine Morddrohung?«, entfuhr es Varro, während sein Blick auf der Suche nach seinem Stock im Atrium umherirrte. »Ist das alles?«

Die Fremde, Antigonos zufolge Pächterin eines seiner Häuser, ließ sich jedoch nicht beirren. »Einstweilen schon«, tat sie halb missbilligend, halb spöttisch kund. »Es sei denn, der Kerl macht Ernst. Dann musst du sehen, wie du zu deiner Pacht kommst, Herr!«

Drauf und dran, der Fremden eine Lektion in Sachen Ehrerbietung zu erweisen, schnappte Varro nach Luft. Dass es dabei blieb, versetzte ihn in Erstaunen, umso mehr, da er jeden, der so dreist gewesen wäre, in hohem Bogen vor die Tür befördert hätte. »Was ich damit sagen will, ist: Morddrohungen sind hierzulande keine Seltenheit«, gab der Advocatus zurück und unterließ es, nach dem Gehstock zu greifen, welchen er erspäht hatte. »Oder denkst du, Treveris besteht nur aus Ehrenmännern?«

»Damit wir uns nicht falsch verstehen, Advocatus«, hielt die Ägypterin dagegen, welche die Frage scheinbar ignoriert, sich dem Rand des Impluviums genähert und ungefragt des dort liegenden Gehstocks bemächtigt hatte, »der Mann hat gedroht, mich umzubringen, sollte ich ein Wort von dem, was sich zugetragen hat, weitererzählen. Hier – Euer Stock!«

»Das ist ja wohl die …«, polterte Varro und machte sich Vorwürfe, dass er die Fremde, die ihn wie einen Greis behandelte, gewähren ließ. Um im Anschluss, als Krönung des Ganzen, hinzuzufügen: »Nun gut, dann eben noch mal von vorn. Du behauptest …«

»Mit Verlaub, Patronus – ich behaupte es nicht nur, ich *weiß* es.«

»Na schön, damit du zufrieden bist!«, fuhr Varro dazwischen, der das Gefühl nicht loswurde, sich lächerlich zu machen, »du gibst zu Protokoll, dass … wie lautet doch gleich dein Name?«

»Aspasia. Witwe von Celsus, Legionär im Dienste Roms.«

»Legionär.« Wider Willen berührt, horchte Varro auf, hielt es jedoch für unschicklich, weiter nachzuhaken. »Legionär, so, so.«

»In der Armee Diokletians!«, fügte die Schankwirtin, nicht annährend so zurückhaltend wie er, mit Nachdruck hinzu. »Eben jenes Kaisers, welchem es gefiel, sich vor nunmehr 17 Jahren meiner Heimatstadt zu bemächtigen.«

»Weiblich und Ägypterin – womit hab ich das verdient!«

»Was hast du gesagt, Herr?«

»Nichts, nichts!«, beteuerte Varro und hob abwehrend die Hände. »Nur ein kleiner Scherz am Rande.«

»Mit Verlaub, Herr – mir ist nicht nach Scherzen zumute.«

»Mir auch nicht!«, versicherte Varro, darauf aus, das Gespräch wieder auf seinen Gegenstand zu lenken. »Wie gesagt: Du gibst kund, es sei am gestrigen Abend in deiner Taverne zu einem Zwischenfall gekommen.«

»Gelinde ausgedrückt.«

»Ich fasse also zusammen: Circa eineinhalb Stunden nach Sonnenuntergang geraten zwei deiner Gäste derart heftig miteinander in Streit, dass einer der beiden, der Geldwechsler Lupicinus, nur mit Mühe davon abgehalten werden kann, seinem Kontrahenten körperlichen Schaden zuzufü … was ist – stimmt etwas nicht?«

»Auf die Gefahr, deinen Zorn zu erregen, Herr – mir scheint, du stellst die Dinge viel zu nüchtern dar.«

»Merkwürdig – aber das Gleiche habe ich vorhin schon einmal gehört.«

»Und wenn wir gerade dabei sind: Ich finde, du solltest einen Arzt aufsuchen. Dein Bein bedarf dringend der Pflege.«

»Stell dir vor: Auch das habe ich heute schon gehört!«, blaffte Varro, nur um aufs Neue einen versöhnlicheren Tonfall anzuschlagen. »Frage: Worum genau ist es eigentlich gegangen?«

»Ehrlich gesagt – das weiß ich selbst nicht so genau.«

»Etwa um eine Frau?«, ergänzte Varro spitz, im Bewusstsein, welch ansehnliches Exemplar der Spezies Weib ihm da ins Haus geschneit war. »Würde mich nicht wundern.«

Aspasia ließ sich jedoch nicht aus der Reserve locken. »Nach allem, was ich aufgeschnappt habe, ging es um die Spiele.«

»Moment mal: Willst du damit sagen, die beiden hatten nichts Besseres zu tun, als sich wegen ein paar Gladiatoren in die Haare zu …«

»Mit ›in die Haare kriegen‹ hatte das nichts zu tun!«, versicherte Aspasia und strich ihre dunklen Locken aus dem Gesicht. »Das war bitterer Ernst, eine Sache auf Leben und Tod. So wütend habe ich Lupicinus noch nie gesehen.«

»Stammkunde?«

Aspasia nickte. »Und ein höchst spendabler dazu. Inhaber einer Wechselstube auf dem Forum. Geld wie Heu. Geht, wie man hört, über Leichen. Die Hinterlist in Person, gewieft wie ein Levantiner und mit allen Wassern gewaschen.«

»Hört sich nicht gerade schmeichelhaft an.«

»Ist aber, fürchte ich, die Wahrheit.« Aspasia atmete tief durch. »Ein Mann, um den man einen Bogen machen sollte. Es sei denn, man besitzt eine Schenke.«

»Was der Zecher, mit dem er aneinandergeriet, offenbar nicht beherzigt hat. Ach, übrigens: Wie hieß der Zweite im Bunde doch gleich?«

»Tut mir leid, das weiß ich nicht.«

»Bis dato unbekannt?«

Die Alexandrinerin nickte. »Bevor ich's vergesse: Der Streit hat sich offenbar um Niger gedreht.«

Varro runzelte fragend die Stirn.

»Ein Retiarius«, fügte Aspasia erklärend an. »Abgott unter Triers Gladiatoren. Sieger über Pugnax den Thraker, seines Zeichens Secutor.«

»Lass mich raten: Er hat ihn getötet.«

»Du bist kein Freund von Gladiatorenkämpfen, stimmt's?«

»Nicht unbedingt – aber lassen wir das.« Mit Blick auf die Wasseruhr, wo der Pegel die mit einer Vier versehene Markierung überschritten hatte, stieß Varro einen kaum hörbaren Stoßseufzer aus. »Lupicinus, sagst du, hatte also eine Mordswut im Bauch.«

»Mit Betonung auf ›Mord‹.«

»Präziser, wenn ich bitten darf!«

»Er hat gedroht, Niger umzubringen, sobald er ihm über den Weg laufen würde.«

»Und wie, bitte schön, soll das gehen? Ich meine, ein Gladiator wäre sein Geld nicht wert, wenn er sich von einem Geldwechsler …«

»… ins Elysium befördern ließe? Stimmt. Dennoch waren genau das seine Worte.« Aspasia atmete geräuschvoll aus. »Auf die Gefahr, dass du mich für überspannt hältst – ich bekam es mit der Angst.«

»Davon bin ich überzeugt.«

»Du glaubst mir nicht, oder?«

»Was ich glaube oder nicht, tut nichts zur Sache«, beschied Varro seine Gesprächspartnerin und warf einen neuerlichen Blick auf die Uhr. »Und dann – was ist im Anschluss an das Handgemenge passiert?«

»Lupicinus hat sich getrollt.«

»Und sein Widersacher?«

»Der zunächst auch.«

»Ausführlicher, wenn ich …«

»Um deine kostbare Zeit nicht über Gebühr zu beanspruchen, Patronus: Er hat mir aufgelauert und gedroht.«

»Tatsächlich?«

»Er werde meine Taverne in Schutt und Asche legen lassen, hat er gesagt, falls ich oder meine Tochter, die ebenfalls Zeugin der Auseinandersetzung war, auch nur ein Wort über den Streit mit Lupicinus verlauten lassen würden.«

»Hm.« Nachdenklich geworden, rieb Varro sein lädiertes Bein und bemühte sich, gute Miene zum bösen Spiel zu machen. Aus dem Vormittag, wie er ihn sich erträumt hatte, würde nichts mehr werden. Damit musste er sich notgedrungen abfinden. »Sonst noch jemand, der als Zeuge fungieren könnte?«

»Zwei Gäste, die mithalfen, die beiden im Zaum zu halten – nicht mehr ganz nüchtern, fürchte ich.«

»Bleiben nur du und deine Tochter«, murmelte Varro, in sich gekehrt und die Hände hinter dem Rücken verschränkt. »Und du meinst wirklich, der Kerl macht ernst?«

»So wahr ich hier stehe, Herr – er hat gedroht, mich umzubringen. Mich und Penelope.«

»Wenn er sich da mal nicht verrechnet hat.«

»Heißt das, du wirst mir helfen?«

Auge in Auge mit der Schankwirtin, deren Blick er nur mit Mühe standhalten konnte, rang sich Varro zu einem Nicken durch. »Syphax, mein Leibsklave, wird ein Auge auf dich haben«, versprach er nach kurzem Nachdenken. »Ich hoffe, das wird fürs Erste genügen.«

»Und Niger? Was geschieht mit ihm? Findest du nicht, man sollte ihn …«

»Warnen, meinst du? Und wovor?« Varro schüttelte den Kopf. »Was glaubst du, wie viele Treverer eine Rechnung mit Gladiatoren zu begleichen haben! Zuschauer, deren Erwartungen nicht erfüllt, Frauen, die von ihnen sitzen gelassen, Ehemänner, denen Hörner aufgesetzt wurden. Ziemlich lange Liste, was? Nein, Aspasia, was den Retiarius angeht, wüsste ich nicht, auf welche Weise ich tätig werden sollte.« Der Advocatus wandte sich achselzuckend ab. »Ich fürchte, dieser Niger wird sich selbst helfen müssen.«

»Und ... und was, wenn Lupicinus seine Drohung wahr macht?«

»Dann, Tochter der Venus«, sprach Varro und bedeutete der Schankwirtin, ihn zum Ausgang zu begleiten, »dann habe ich ein Problem!«

V

Kaiserthermen, kurz nach Beginn der fünften Stunde
| 09:30 h

»Mensch, Kerl, pass doch auf – wohl keine Augen im Kopf, was?« Quintus, Hitzkopf und notorischer Choleriker, reckte den Mittelfinger und ließ seinem Jähzorn freien Lauf. Der Wasserträger, Zielscheibe seiner Pöbeleien, reagierte jedoch nicht darauf. Der Rempler im Vorbeigehen war keine Absicht gewesen, und wer ihn kannte, wusste, wie man Quintus zu nehmen hatte. Das Beste war, den Trunkenbold links liegen zu lassen, an guten Tagen und, mehr noch, an schlechten wie heute. »Sei froh, dass ich so viel zu tun habe, sonst würde ich dir jetzt die Fresse polieren!«

An Arbeit herrschte auf der Baustelle, wo außer Quintus Hunderte von Maurern, Fuhrleuten, Schreinern, Werkzeugmachern und jede Menge Handlanger beschäftigt waren, wahrlich kein Mangel. Dort, wo einstweilen noch Gerüste emporragten, würde dereinst eine Thermenanlage entstehen, so groß und prunkvoll, dass sie den Vergleich mit Rom nicht zu scheuen brauchte. Was ein Trajan, Caracalla oder Diokletian zuwege gebracht hatte, das war für Konstantin, Imperator und Augustus, anscheinend Verpflichtung. Schließlich war Treveris seine Residenz, nichts wichtiger, als sich durch Bauwerke, welche nördlich der Alpen ihresgleichen suchten, ein Denkmal zu setzen.

Hierin waren sich alle, selbst Quintus, einig. Thermen waren eine Zierde für jede Stadt – und die Gewähr, dass diejenigen, welche hier schufteten, nicht zu darben brauchten. Bauvorhaben wie diese bedeuteten Arbeit, davon konnte der Maurer ein Lied singen. Arbeit, die, so die Götter gnädig gestimmt waren, noch Jahre in Anspruch nehmen würde.

»He, Quintus – Schluss mit der Trödelei! Wohl einen über den Durst getrunken, was?«

»Ach, rutsch mir doch den Buckel runter«, murmelte der Rotschopf, nicht gewillt, auf seinen Vorarbeiter zu hören. Eine Verschnaufpause konnte ihm niemand verwehren, der Tag, den er viel lieber im Amphitheater verbracht hätte, würde ohnehin lang genug werden. »Du kannst mich mal, Hängebauchschwein.«

»Was meckerst du da vor dich hin? Beweg deinen Hintern, sonst setzt es was!«

»Jetzt hab dich mal nicht so. Man wird doch mal 'ne Pause einlegen dürfen, oder?« Ohne Valens, den Vorarbeiter, eines Blickes zu würdigen, ließ Quintus den Ellbogen auf einem Stapel Ziegelsteine ruhen, welche gerade erst aus der Brennerei herbeigekarrt worden waren, und sah sich seelenruhig um. Auf der Ostseite der Baustelle, welche für das Caldarium vorgesehen war, waren die Rundbogenfenster bereits fertig, zehn von insgesamt 22, durch die das Tageslicht in eine gewölbte Halle fluten würde. Platz genug, dachte Quintus, für Heerscharen von Badenden, und er malte sich aus, wie es sich anfühlen würde, wenn man in die halbkreisförmigen Becken stieg. Die Architekten, so schien es, hatten an alles gedacht, den Gästen, wozu vielleicht auch er gehören würde, würde es an nichts fehlen. Das Frigidarium allein, hieß es, würde fast so groß wie die Palastaula des Kaisers werden, was Quintus, von eher schlichtem Gemüt, sich kaum vorstellen konnte. Groß genug, dem Vernehmen nach 20 Fuß, waren auch die Fundamente, imposanter als alles, was

Treveris diesbezüglich aufzuweisen hatte. Vom Caldarium, in dem mehrere Häuser Platz finden würden, gar nicht zu reden.

»He, Rotschopf – bist du taub, oder was?«

Nein, taub war er gewiss nicht. Nur eben ein bisschen verkatert. Wie so häufig hatte er gestern einen über den Durst getrunken, was Wunder bei der Plackerei, die er tagtäglich auf sich nahm. Quintus schnitt eine übellaunige Grimasse. Mit das Schlimmste, was er je miterlebt hatte, war das Aufschütten der Rampe gewesen, die von der Straße hinunter ins Kellergeschoss führte. Nach deren Fertigstellung hatte ein Gespann das nächste abgelöst, manche mit Zugochsen, andere wiederum mit Pferden, welche tonnenweise Baumaterial herbeikarrten. Beim Priapus!, dachte Quintus, an Arbeit herrscht hier wahrlich kein Mangel. Da galt es, Mauerziegel aufzustapeln, Kalk zu löschen, Flusskies abzuladen oder Mörtel anzurühren und ihn per Flaschenzug auf die Gerüste zu befördern. Da musste angepackt werden, sonst setzte es Hiebe, oder, weitaus schlimmer, man war seine Arbeit los. Kein Ort, an dem nicht mit Hochdruck gearbeitet, kein Winkel, aus dem nicht das Geräusch einer Säge, das Dröhnen eines Vorschlaghammers, das Wiehern der Pferde, die Flüche der Arbeiter, Handwerker und Kärrner, das Gebrüll der Fuhrknechte oder die Anweisungen der Aufseher und der über alles und jeden erhabenen Architekten drangen. Wahrhaftig, um Zeuge einer derartigen Betriebsamkeit zu werden, musste man schon weit gehen, wenn nicht gar bis nach Rom, wohin angeblich sämtliche Wege führten.

Einstweilen, dämmerte es Quintus, gab es hier jedoch genug zu tun. Das Organ seines Vorarbeiters, welches sich der Schmerzgrenze näherte, war Beweis genug. »Hab ich nicht gesagt«, posaunte Valens, dem Maurer mittlerweile bedrohlich nahe, zwischen gelblich schimmernden Zahnreihen hervor, »hab ich dir Sohn einer Zwei-Sesterzen-Dirne nicht gesagt, du sollst deinen fetten Hintern in Bewegung setzen und wieder an die Arbeit gehen?«

»Schon möglich.« Das war zu viel, entschieden zu viel. Quintus stieg die Zornesröte ins Gesicht. Wenn es um die Ehre ging, verstand der Maurer, Sohn eines leichtlebigen Schankmädchens, keinen Spaß. Wie jedermann bekannt war, hatte seine Mutter nämlich stets einen ordentlichen Preis verlangt. Ein Denar, hatte ihr Wahlspruch gelautet, oder du kannst dir eine andere Matratze suchen. »Spiel dich bloß nicht so auf, du …!«

In diesem Moment, den Geruch von Knoblauch in der Nase, welcher aus dem Schlund des verhassten Antreibers drang, wurde Quintus erst so richtig schlecht. Die ganze Zeit über hatte er das Brodeln in seinem Magen und seinen Brummschädel, dem ein Gewirr feuerroter Locken entspross, ignoriert. Damit war es jetzt, im Angesicht herannahenden Unheils, jedoch vorbei. »Ist ja gut, reg dich …«, hörte sich der Maurer noch japsen. Dann war es mit seiner Beherrschung vorbei.

Und er, Quintus, auf und davon.

Glück im Unglück, dass bis zur Abfallgrube, wo die Arbeiter ihre Notdurft verrichteten, nur wenige Schritte zu gehen waren. Schritte indes, die Quintus, dem die Hitze den Rest gab, so weit wie der Weg nach Colonia vorkamen.

Die Hand vor dem Mund, torkelte der Maurer voran, vorbei an zwei Zimmerleuten, die sich vor Lachen die Bäuche hielten. Dann verschwand er unter den Kolonnaden, welche den weiträumigen Innenhof säumten, suchte nach einem Durchgang, fand ihn, bog nach links und rannte, als seien die Furien hinter ihm her.

Doch dann, Bacchus sei Dank, war er am Ziel. Quintus hatte die Sickergrube erreicht, ließ sich auf die Knie fallen, dankte den Göttern, dass er es bis hierher geschafft hatte, beugte sich über den Rand der Grube, aus der ein Brodem aufstieg, welcher dem Orkus zur Ehre gereicht hätte, öffnete den Mund – und prallte entsetzt zurück.

Wie lang er dort gekauert hatte, unfähig, den Blick von dem Fuß abzuwenden, um den sich eine aus Tierzähnen gefertigte Kette schlang, wusste Quintus nicht mehr. Was er dagegen wusste, war, wem diese Kette gehörte. Jeder, der auch nur einen Funken Ahnung hatte, kannte sie. Vor allem er, der jeden freien Moment im Amphitheater verbrachte. Der jeden Gladiator, den es in Treveris zu bestaunen gab, kannte.

Fast schien es, als habe der Maurer den Würgereiz, welcher ihn peinigte, vergessen. Doch dann, das Gelächter seines Vorarbeiters im Ohr, der sich das Schauspiel nicht entgehen lassen wollte, riss er den Kopf herum und ließ dem Schwall, welcher aus seiner Kehle emporschoss, freien Lauf.

So lang, dass Quintus glaubte, er müsse sterben.

VI

Villa Aurelia, Mitte der fünften Stunde | 10:00 h

»Ich brauche keinen Stock – wie oft soll ich das denn noch sagen!«, fuhr Varro, bekleidet mit einer weißen Toga, welche nur Ratsherren tragen durften, seine Haushälterin an. Das allein war schon schlimm genug, wäre da nicht Fortunata gewesen, die ihm eine Predigt in Sachen Anstand hielt. Ein Anwalt, und sei er auch noch so bescheiden, müsse gut gekleidet sein, auch und vor allem an Feiertagen.

Varro ließ es geschehen, genau wie das Anlegen des Gewandes, unter dem man schwitzte, als ob man Schwerstarbeit verrichtete. Obgleich es sich bei Syphax, seinem Leibsklaven, um einen wahren Könner handelte, war Varros Geduld einmal mehr auf eine harte Probe gestellt worden. Erst die Schultern, aber so, dass ein möglichst langes Stück übrig bleibt, dann die Achseln und danach, weil es so schön war, von vorn über den Oberkörper bis zum Hals: soweit also die Prozedur, in deren Verlauf sein Körper in feinstes ägyptisches Leinen gehüllt wurde. Und damit auch alles seine Richtigkeit hatte, wurde der Stoff wie ein Schal um den Hals gewickelt und in Höhe des Schlüsselbeins mit einer Nadel befestigt. Ein vornehmer Herr, so Fortunata, müsse eben nach etwas aussehen, selbst dann, wenn er Gefahr lief, zu ersticken. »Der Fetzen hier ist schon schlimm genug.«

Die Reaktion der Haushälterin ließ nicht auf sich warten. »Sag mal, schämst du dich eigentlich nicht?«, schimpfte seine Amme, wobei Varro von Glück sagen konnte, dass Aulus, Türhüter und Faktotum, wie aus heiterem Himmel ins Gespräch platzte und Fortunata den Wind aus den Segeln nahm. »Der Herr Senator würde sich im Grab umdrehen, wenn er das gehört … äh … Er sieht gut aus, findest du nicht auch, Aulus?«

Der Türhüter, Kriegsveteran und so alt, dass er Varros Vater hätte sein können, grinste von einem Ohr bis zum anderen. »Das ist ja wohl nichts Neues!«, flachste er und fand offenbar nichts dabei, seinem Herrn zuzuzwinkern. »Ich denke, wir sind da einer Meinung, oder?«

Kalt erwischt, zog die Haushälterin den Kopf ein, stampfte auf und stierte den Pförtner wie ein angriffbereites Nashorn an. Dieser wiederum, Komödiant vom Scheitel bis zur Sohle, tat so, als könne er kein Wässerlein trüben. »Wenn du denkst, ich lasse mich von dir an der Nase herumführen, kannst du was erleben!«

»Aber, aber, Holdselige«, schnitt Aulus, die personifizierte Unschuld, der erbosten Alten das Wort ab, »wer wird denn an so etwas denken! Nie würde ich es wagen, dir zu widersprechen – das weißt du doch.«

»Deine Mutter hat sich mit einem Skorpion gepaart, Gallier.«

»Römer, Teuerste – genau wie mein Herr. Und *frei.*«

»Was soll denn das schon wieder heißen?«

»Das soll heißen, Herrin der 100 Töpfe, ich lasse nicht zu, wenn das Andenken meiner Mutter von einer Küchenschabe in den Schmutz …«

»Jetzt ist es aber genug, ihr zwei!«, fuhr Varro dazwischen und deutete mit dem Zeigefinger auf das Haus, welches er nur widerstrebend verlassen hatte. »Und was dich betrifft, Aulus – hattest du nicht vor, den Springbrunnen zu reparieren? Na also. Dann tu mir den Gefallen und lass deinen Worten Taten folgen.«

»Und ich?«

»Stimmt, Fortunata – du bist ja auch noch da. Wie wär's, wenn du dich ein wenig um den Garten kümmerst? Frische Luft kann bekanntlich nicht schaden.«

»Ich und dieser Lustgreis – zusammen auf engstem Raum?« Fortunata war das Entsetzen ins Gesicht geschrieben. »Das … das ist doch wohl nicht dein Ernst, Gaius!«

»Doch!«, lautete die entschiedene Antwort in einem Ton, der keinen Widerspruch duldete. »An die Arbeit, ihr zwei, und zwar schnell!«

»Verzeih mir, Herr, wenn ich dich belästigen muss, aber ich finde, du solltest dir das anschauen.«

»Was denn, Pertinax?«, ächzte Varro, flehte die Götter um Geduld an und drehte sich auf dem Absatz um. »Hat das nicht bis später Zeit?«

»Mit Verlaub, mein Gebieter – nein!«, beteuerte der Mittvierziger, Pächter des Ladens, welcher sich links vom Eingang seiner Villa befand, direkt unter dem überhängenden Balkon, welcher zur Wohnung von Varros Schwester gehörte. »Die Sache duldet keinen Aufschub.«

»Findest du.« Kein Tag, an dem Pertinax, von Beruf Goldschmied, Varro nicht in den Ohren lag, sei es, weil Dromas ihn angebellt, sei es, weil er wieder einmal Streit mit Piso gehabt hatte, welcher im rechts vom Eingang gelegenen Laden eine Schuhmacherwerkstatt besaß. Verfeindet aus Gewohnheit, redeten die beiden kein Wort miteinander, wobei Varro es allmählich leid war, mit den gegenseitigen Anschuldigungen der Streithähne belästigt zu werden. »Wie wär's, wenn ihr beide euch endlich vertragt?«

»Mit Verlaub, mein Gebieter …«

»Wenn du noch einmal ›Gebieter‹ zu mir sagst, kündige ich dir, klar?«

»Verzeiht, Dekurio – ich vergaß!«, versetzte der Goldschmied, dessen Unterwürfigkeit nur noch von den Beschwerden übertroffen wurde, welche gegen Dromas gerichtet waren. An der Tatsache, dass sich Pertinax eine goldene Nase verdiente, änderte dies freilich nichts. »Soll nicht wieder vorkommen.«

»Und – wo drückt der Schuh?«, entgegnete Varro und ließ den Blick am Haupteingang vorbei in Richtung Schuhmacherwerkstatt wandern, die, nicht weiter verwunderlich, am heutigen Tag geschlossen und mit Holzbrettern samt Kette und Vorhängeschloss gesichert war. »Hat Piso wieder mal nicht gefegt?«

Der Goldschmied, kahl, triefäugig und so hager, dass der Eindruck entstand, er sei am Verhungern, schüttelte das Haupt und lud den Advocatus ein, ihm zu folgen. »Nein, Herr, das ist es nicht – *ausnahmsweise*.«

»Sondern?«

»Sondern das hier, Herr.«

Eher widerstrebend denn aus Interesse ließ Varro den Blick auf dem Pfosten ruhen, welcher den Eingang der Goldschmiedewerkstatt begrenzte. Und stieß einen neuerlichen Seufzer aus.

Sein Pächter sah es mit Genugtuung. »Ist es nicht eine Schande, Herr?«, ereiferte er sich und stolzierte wild gestikulierend hin und her. »Wer so etwas tut, hat hier nichts verloren, oder?«

Varro runzelte die Stirn. Wandkritzeleien waren in der Tat ein Ärgernis, wenngleich keines, über das man sich über Gebühr aufregen musste. »Dann nimmst du eben Farbe und Pinsel zur Hand, Pertinax. Allmählich müsstest du ja wohl Übung im Übermalen haben.«

So leicht, wie von Varro erhofft, ließ sich der Goldschmied jedoch nicht besänftigen. »Wählt Popidius!«, japste er und deutete auf das Gekritzel, welches die Wand verunzierte. »Hat man so etwas schon gesehen?«

»Wenn du so fragst – ja.«

»Oder hier: Africanus und Victor setzen sich dafür ein, Marcus Cerennius zu wählen. Findest du das etwa in Ordnung, Herr?«

»Natürlich nicht. Cerennius ist ein nichtsnutziger Päderast. Und was Popidius angeht: Er ist der dümmste Mensch, der mir je über den Weg gelaufen ist.«

»Du machst dich über mich lustig, oder?«, stieß der Goldschmied hervor, unüberhörbar in seiner Ehre gekränkt. »Als Anwalt, finde ich, müsstest du eigentlich Verständnis für mich haben.«

»Als Anwalt, Pertinax«, fuhr Varro seinem Pächter in die Parade, »habe ich gewiss Besseres zu tun, als mich mit Wandmalereien … Moment mal, was ist denn das?«

»Das da?« Morgenluft witternd, wandte sich der Goldschmied aufs Neue den Kritzeleien zu. »Eine Vorankündigung für die Spiele.« Pertinax setzte eine selbstgefällige Miene auf. »Zum Ruhme des Kaisers und aus Anlass seines Regierungsantritts wird die Gladiatorentruppe des Maximinus am Vierundzwanzigsten des Monats Ju …«

»Ich meine nicht die Ankündigung, sondern das da!«

Aufmerksam geworden, schob Varro seinen Pächter beiseite und begutachtete den Schriftzug, welcher mit ungeübter Hand an die Hauswand gekritzelt worden war. »O Niger, in allen Kämpfen hast du gesiegt. Du bist das achte Weltwunder«, murmelte der Advocatus und zog die Stirn in Falten. »Artemisia, die Deine!«

»Nichts Ungewöhnliches, oder?«

Nein, Kritzeleien wie diese waren an der Tagesordnung.

Da hatte Pertinax recht. Gladiatoren waren begehrt, im übertragenen wie auch im wörtlichen Sinn. »Stimmt.«

»Darf man erfahren, Herr, was dich an einem Retiarius interessiert?«

»Gegenfrage, Pertinax – was weißt du über ihn?«

»Über Niger? Nicht mehr als jeder andere in der Stadt.«

Varro verrollte die Augen. »Und das wäre?«

»Egal, gegen wen, er hat stets gesiegt«, beeilte sich der Goldschmied zu antworten, bemüht, die Scharte auszuwetzen. »Sieger in knapp 20 Kämpfen, die Hälfte davon in Treveris, das muss ihm erst mal einer nachmachen!«

»Das beantwortet nicht meine Frage, Pertinax.«

»Nein?« Erst jetzt, im Angesicht des missvergnügten Advocatus, dämmerte dem Ligurer, worauf dieser hinauswollte. »Ach so, *das* meinst du! Tja, Herr, ich weiß nicht, wie ich mich ausdrücken soll – Gladiatoren sind eben heiß begehrt.«

»Und Niger?«

»Der bildet diesbezüglich keine Ausnahme.«

»Woher willst du das wissen?«

»Sagen wir es mal so, Herr: Meine Wenigkeit und die Helden der Arena haben eins gemeinsam – wir bedienen reiche Kundinnen, falls du verstehst, was ich meine.«

Varro, der sehr wohl verstand, was der Goldschmied meinte, verzog keine Miene.

»Mit Betonung auf ›bedienen‹!«, fügte Pertinax, welcher die Bemerkung durch Gelächter abrundete, voller Häme hinzu. Und ließ ihm eine an Eindeutigkeit nicht zu überbietende Geste folgen. »Gladiator müsste man sein.«

»Woher weißt du das?«

»In meiner Position hört man so manches. Stell dir vor, Herr: Erst neulich hat mir Porcia, die Frau des Tuchhändlers Marcellus, unter dem Siegel der Verschwiegenheit anvertraut, dass die … die …«

»Die was? Nur keine falsche Scham, Pertinax.«

Der Goldschmied kratzte sich an der Schläfe. »Na ja, sie hat durchblicken lassen, dass es in gewissen Kreisen üblich ist … wie soll ich sagen …«

»Tu dir keinen Zwang an.«

»Du nimmst es mir auch nicht übel, Herr?«

»Warum sollte ich!«, erwiderte Varro trocken, den die Art, wie Pertinax um den heißen Brei herumredete, amüsierte. »Nur zu.«

»Ja, wenn das so ist: Porcia hat durchblicken lassen, dass die Damen der besseren Gesellschaft gar nicht so fein sind, wie sie tun.«

»Darauf wäre ich nun wirklich nicht gekommen, Pertinax.«

»Du würdest dich wundern, Herr, wenn du wüsstest, wer alles sich mit Gladiatoren vergnügt«, fuhr der Goldschmied, der allmählich in Fahrt geriet, voller Genugtuung fort. »Tja, Herr, wie heißt es doch so schön: Geld stinkt nicht.«

»Heißt das, man kann …«

»Das heißt, Dominus, es ist möglich, sich die Dienste gewisser Heroen zu erkaufen. Für ein paar Solidi machen die alles.«

»Du übertreibst, Pertinax.«

»So wahr ich hier stehe, Herr: Alles, was man tun muss, ist, sich mit dem Lanista gut zu stellen.«

»Will heißen: einen bestimmten Obolus zu entrichten.«

»Genau. Alles Übrige erledigt sich von selbst.«

»Und was kostet die Nacht mit einem Gladiator?«

Der Goldschmied scharrte verlegen mit dem Fuß. »Auf die Gefahr, dich zu enttäuschen, Herr: Das weiß ich nicht.«

Peinlich berührt, wich Pertinax dem Blick des Advocatus aus. »Ich weiß nur, dass es Gladiatoren gibt, die alles daransetzen, in die Dienste der Göttin Venus zu treten.«

»Ich muss schon sagen, Pertinax: An dir ist ein Poet verloren gegangen.« Varro konnte sich ein Grinsen nicht verkneifen. »Und Niger? Was ist mit ihm?«

»Ob er aus dem gleichen Holz geschnitzt ist, meinst du?« Der Ligurer senkte den Blick und ließ ihn zwischen den Sandalenspitzen hin und her wandern. »Ehrlich gesagt – das weiß ich auch nicht.«

»Zu dumm, Pertinax – das hätte mich wirklich interessiert.«

»Und warum? Er ist doch nur ein Gladiator.«

»Nur ein Gladiator?«, fragte Varro und sah sein Gegenüber stirnrunzelnd an, »was willst du damit sagen?«

»N-n-nichts, Herr!«, beteuerte der Goldschmied und hob abwehrend die Hände. »War nur so dahergesagt. So gut kenne ich mich bei dem Thema auch nicht aus.«

»Schade, Pertinax«, sprach Varro, ließ die Hand zwischen den Falten seiner Toga verschwinden und mühte sich, nach außen hin gelassen zu wirken. »Wirklich schade. Ich hätte mir die Sache nämlich etwas kosten … Was ist denn, Dromas – du siehst doch, dass wir etwas zu besprechen haben!«

»Ich g-g-glaube, er möchte, dass du ihm den Stock aus dem Maul nimmst, Herr«, stieß Pertinax, der beim Anblick des Ungetüms zurückwich, mit schreckgeweitetem Blick hervor und verschwand hinter dem Ladentisch. »Mit Hunden habe ich nämlich so meine Erfahrungen gemacht. Da kenne ich mich bestens aus!«

»Fast so gut wie mit Gladiatoren, stimmt's?«, versetzte Varro und warf ihm einen Blick zu, der zeigte, wie wenig er ihm über den Weg traute. »Aber Spaß beiseite. Lass dich nicht von der Arbeit abhalten, Pertinax. Ich muss jetzt ohnehin los, die Thermen warten.« Ein Lächeln im Gesicht, aus dem der Goldschmied nicht schlau wurde, ergriff der Anwalt den Stock, tätschelte seinem Hund den Kopf und richtete sich zu voller Größe auf. »Na schön, weil du's bist, alter Vielfraß«, murmelte er und schlug den Weg nach Osten ein, wo die Straße in den Cardo mündete. »Und lass mir Pertinax in Ruhe, hörst du?«

Je ferner von zu Hause, desto weniger trauerte Varro der entgangenen Muße nach und desto mehr geriet er in den Strom der Passanten, welcher ihn auf seinem Weg zum Forum mit sich riss. Auf dem Cardo, wo die Wagenräder tiefe Spuren hinterlassen hatten, wimmelte es nur so von Menschen, die meisten auf dem Weg zum Markt, um ihren Geschäften nachzugehen. Der Anwalt atmete befreit auf. Treveris war eben Treveris, hier war er zu Hause, aufgewachsen und nach seiner Militärzeit Ratsherr geworden. Die meisten Erinnerungen, vor allem jene an seine Jugend, verbanden sich mit diesem Ort, und es überstieg seine Vorstellung, woanders zu leben. Rom, Athen, Mediolanum, Alexandria – klangvolle Namen, gewiss, Orte, deren Monumente er bestaunt hatte und deren Namen auch noch nach Jahrhunderten in aller Munde sein würden. All das jedoch, all die Wunder, die es dort zu bestaunen gab, waren nichts im Vergleich zu seiner Heimatstadt, mochten die Metropolen des Imperiums auch noch so glanzvoll sein. Für Varro, den eingefleischten Treverer, zählte dies nicht. Wichtig war allein, dass er sich hier wohlfühlte, dass er Wurzeln geschlagen, Freundschaften geschlossen und es geschafft hatte, sich eine Existenz aufzubauen. Hier war er bekannt und angesehen, das bekam Varro auch jetzt, da er den Cardo entlangspazierte, zu spüren. Die Blicke der Passanten, unter ihnen Bettler, fliegende Händler und Backwarenverkäufer, folgten ihm auf Schritt und Tritt, wohin er sich auch wandte, fiel der hochgewachsene Advokat auf. Die Betreiber der Imbissstuben offerierten ihm Garum, Obsthändler ihre besten Früchte, Schuhmacher teure Sandalen. Magistrate, die er vom Sehen kannte, entboten ihren Gruß, desgleichen Klienten, die er vor Gericht vertreten hatte. Hinzu kamen, wie nicht anders zu erwarten, die üblichen Bittsteller, unter ihnen sogar einer mit einer Schriftrolle, die er ihm in die Hand drücken wollte. Wäre Syphax, der ihm den Weg bahnte, nicht gewesen, hätte Varro für seinen Weg mehrere Stunden gebraucht. Allein die Anwesenheit seines Leibsklaven, der seine Mitmenschen um Haupteslänge überragte, reichte jedoch aus, um den Pulk, von dem er umgeben war, auf Distanz zu halten.

Varro sah und nahm es mit Gelassenheit, verschmähte es aus Prinzip, eine Sänfte zu benutzen. Manche seiner Standesgenossen, allen voran die im Rat, mokierten sich zwar darüber, aber das ließ den Anwalt, dem Dünkel verhasst waren, völlig kalt. Diese Leute, all die Krämer, Passanten, Verkäufer und Händler, waren Treverer wie er, mit dem Unterschied, dass die Götter es so eingerichtet hatten, dass er das Kind wohlhabender Eltern geworden war.

»So früh schon unterwegs, Herr? Wie wär's mit einem Blick in die Zukunft?«

»Ach, du schon wieder, Teiresias!« Im Begriff, das Forum zu betreten, blieb Varro vor dem Torbogen stehen, an dem der Bettler mit dem wohlklingenden Namen Position bezogen hatte. Ob er wirklich so hieß, wusste kein Mensch, ebenso wenig, woher er kam. Und ob er blind war, wollte Varro lieber nicht beschwören. »Beim Belenus – da behaupte mal einer, du könntest nicht sehen!«

»Ein Schwindler – ich?«, entrüstete sich der Bettler, dessen Haar bis auf die Schultern reichte, während er den Kopf bald in die eine, bald in die andere Richtung drehte. »Traust du mir etwa nicht?«

»Was heißt hier ›trauen‹, Teiresias«, konterte der Anwalt und schüttelte die Klaue ab, welche sein Handgelenk umklammert hielt. »Was vor Gericht zählt, sind doch wohl Beweise, oder?«

Teiresias, nach Bedarf Kundschafter, Botengänger und Informant, ließ sich nicht beirren. »Kein Grund zur Skepsis, Herr«, flötete er, in eine langärmelige, löchrige Tunika aus Schafwolle gehüllt, die vor Schmutz nur so starrte. »Du weißt doch, auf mich kann man sich verlassen.«

»Hm.« Scharlatan oder nicht, auf Teiresias, der buchstäblich das Gras wachsen hörte, war in der Tat Verlass. Davon hatte er sich mehrfach überzeugen können. »Na schön, was liegt an?«

»Es gibt Neuigkeiten, Herr.«

»Gute oder schlechte?«

»Kommt drauf an, was man darunter versteht.« Der Bettler lächelte maliziös. »Wie dem auch sei, es hat nichts mit dir zu tun.«

»Ich muss gestehen, du machst mich neugierig«, entgegnete Varro und drückte Teiresias einen Solidus in die Hand. »Lass hören.«

»Unter vier Augen, Herr – nicht hier.«

»Ich denke, du kannst nicht sehen!«

Kein Freund von Varros Humor, verzog der Bettler das Gesicht. »Aber ich kann den Atem deines Begleiters spüren. Dein Leibsklave, hab ich recht?«

Der Advokat bejahte. Und fügte, an seinen Beschützer gewandt, hinzu: »Kein Grund zur Sorge, Syphax – ich denke, ich komme auch ohne dich zurecht.«

»Bist du dir dessen auch ganz …?«, begann der Hüne und schielte dabei nach dem Gehstock, auf dem die Hand seines Herrn ruhte.

»Natürlich bin ich mir sicher – kein Grund zur Sorge.« Varro winkte gelassen ab. »Und weil dem so ist, gehst du jetzt nach Hause, richtest Fortunata aus, dass es später wird und machst dann einen kleinen Abstecher in den ›Kantharos‹.«

»Wozu denn, Herr?«

»Die Schankwirtin fürchtet um ihr Leben. Ergo: Du weichst ihr nicht von der Seite, ist das klar?«

»Dein Bein?«, versetzte der Bettler, nachdem Varro sich ihm erneut zugewandt, einen Schritt nach vorn gemacht und mit schmerzverzerrter Miene innegehalten hatte. »Du weißt doch: Mit so etwas ist nicht zu spaßen!«

»Ebenso wenig wie mit mir!«, giftete Varro, dem die Ratschläge, mit denen er überhäuft wurde, allmählich auf die Nerven gingen. »Ad rem, Teiresias – was gibt es Neues?«

»Nicht hier, Herr!«, raunte ihm der Blinde zu und lotste ihn unter dem Torbogen hindurch, ohne Stock, wie Varro kopfschüttelnd registrierte. Dann bog er nach links und bewegte sich auf die Kolonnaden zu, welche den Platz vor der Marktbasilika flankierten. Varros Neugier wuchs, und er fragte sich, was es mit der Geheimniskrämerei auf sich hatte. »So, hier können wir ungestört reden.«

»Machs nicht so spannend, was ist los?«

»Bei den Brüsten der Aphrodite«, amüsierte sich der Bettler, kaum fähig, seine Häme zu unterdrücken, »wenn du das hörst, wird es dich vom Stuhl hauen.«

»Da bin ich aber gespannt.«

»Zu Recht, Herr. Trotzdem muss die Sache auf jeden Fall unter uns …«

»Was soll unter uns bleiben, Teiresias?«, bohrte Varro und vergewisserte sich, dass niemand in der Nähe war. »Jetzt komm schon, ich bin es leid, dir die Würmer einzeln aus der Nase zu ziehen!«

»Und du versprichst mir, nichts über unser Gespräch verlauten zu lassen?«

»Lass mich raten, Teiresias: Es geht um Impudicus.«

»Meine Hochachtung, Herr, in puncto Scharfsinn ist dir niemand gewachsen.«

»Und dir niemand in puncto Dreistigkeit!«, gab Varro zurück und hatte Mühe, den Schein der Abgeklärtheit zu wahren. »Oder in Sachen Wagemut, je nachdem. Du weißt doch – wer sich mit meinem Ratskollegen anlegt, hat nichts zu lachen.«

»Sagst du!« Ein Lächeln im Gesicht, das ebenso höhnisch wie boshaft war, biss Varros Informant auf den Solidus, griente vor sich hin und ließ die Münze in seiner Gürteltasche verschwinden. »Mich dagegen freut es, wenn unser Ordnungshüter, der für Leute wie mich nichts übrig hat, kopfüber in der Kloake landet.«

»Na, na, na – mehr Respekt, wenn ich bitten darf!«

»Respekt? Vor dem? Das meinst du doch nicht im Ernst,

oder?« Teiresias schnappte nach Luft. »Korrupt, verlogen, hinterhältig, boshaft, geil wie ein Ziegenbock – einen Halunken wie den gibt's nicht zweimal!«

»Und wenn schon, was kümmert's dich?«

»Was mich das angeht, meinst du?« Ohne viele Worte zu machen, drehte sich der Bettler um und entblößte seinen Rücken, der von Striemen übersät war. »Weißt du jetzt, warum ich dem Kerl die Lepra an den Hals wünsche? Und dabei hatte ich ihm nichts getan! Na schön, ich hab gebettelt – aber das tun andere auch.« Teiresias bedeckte sich und wandte sich wieder seinem Gesprächspartner zu. »Willkür, Herr, reine Willkür – und so was sitzt auch noch im Rat.«

»Zu deiner Information, Teiresias: Da sitze ich auch.« Nicht in der Stimmung für Diskussionen, trat Varro an den Bettler heran, senkte die Stimme und sagte: »Zur Sache – was hat der Schwerenöter verbrochen?«

»Schwerenöter ist gut!«, keifte Teiresias, um kurz darauf in Schadenfreude zu verfallen. »Was er verbrochen hat, willst du wissen? Ganz einfach: Er hat es mit einem Stallburschen getrieben.«

Varro zog die Braue hoch und schwieg.

Sein Gegenüber indes erging sich in Häme. »Ein Stallbursche – man stelle sich das vor! Wer weiß, vielleicht fällt er demnächst über eine Ziege her.«

»Und woher weißt du das?«

»Von einem Gefährten – Bettler wie ich. Hat, wie schon zuvor, in besagtem Stall übernachtet. Und sich vor Angst beinahe in den Lendenschurz geschissen.«

»Kann ich mir vorstellen. Und dann?«

»Dann hat er mir davon erzählt.«

»Hat dein Gefährte auch einen Namen, Teiresias?«, fragte der Advokat, dem Flavius Sabinus, genannt ›Der

Lüstling‹, seit geraumer Zeit ein Dorn im Auge war. So wie ihm ging es auch anderen Ratsherren, doch fehlten, wie in ähnlichen Fällen, die Beweise, um ihn aus dem Amt zu katapultieren. Impudicus war korrupt bis ins Mark, aber immerhin so geschickt, dass man ihm nichts nachweisen konnte. Und außerdem unterhielt er beste Beziehungen zum Statthalter, wodurch eine Anklage, so sie überhaupt zustande käme, von vornherein zum Scheitern verurteilt sein würde. »Wer weiß, wozu seine Aussage gut sein würde.«

»Bei allem Respekt, Herr: Ich weiß etwas Besseres.«

»Und das wäre?«

Der Bettler grinste breit. »Warum flüsterst du es nicht einfach seiner Frau? Dann wären wir den Herrn Stadtpräfekten los.«

Varro blieb eine Antwort schuldig. Für schlüpfrige Geschichten, selbst wenn man sie ausschlachten konnte, hatte er nicht viel übrig. Das galt nicht nur für den Anwalt, um dessen Gunst manch reicher Klient buhlte, sondern auch für den Autor, der liebend gern an seinem Werk weitergearbeitet hätte. »Ich weiß noch etwas Besseres«, murmelte der Advokat, in Gedanken beim Gespräch mit der Schankwirtin, die einen bleibenden Eindruck bei ihm hinterlassen hatte. »Wärst du bereit, mir einen Gefallen zu tun?«

»Jeden, Herr, das weißt du doch.«

Das klang ehrlich, und Varro fühlte sich geschmeichelt. »Dann sei so gut und erkundige dich über einen Gladiator, der gerade bei den Spielen antritt.«

»Sein Name?«

»Niger.«

»Der Retiarius?«

»Ich sehe, du kennst dich aus. Sobald du dich schlaugemacht hast, meldest du dich wieder, klar?«

»Geht in Ordnung, Herr. Auf mich kannst du dich verlassen.«

»Sonst noch was?«

»Wenn du so fragst – ja.«

»Und das wäre?«

Teiresias lächelte verschmitzt. »Wie wär's mit einem weiteren Solidus, Herr«, fragte er, klug genug, sich einige Schritte zu entfernen. »Du weißt doch: Auf einem Bein kann man nicht stehen!«

VII

Kaiserpalast, zur gleichen Zeit | 10:00 h

Es geht doch nichts über ein Bad!, dachte sie, während sie ihr durchsichtiges Gewand abstreifte und sich in das wohltemperierte Marmorbecken gleiten ließ. Danach fühlte sie sich wie neugeboren, voller Zuversicht, ihre Pläne in die Tat umsetzen zu können. Sie genoss es, einfach so dazuliegen, die Arme auf dem Rand und den Duft in der Nase, welcher aus dem Becken in die Höhe stieg. Schon Kleopatra, so die Legende, hatte in Eselsmilch gebadet, und was für die ägyptische Königin und Gemahlin von Julius Cäsar recht war, das war für sie, deren Schönheit allenthalben gerühmt wurde, nur billig.

»Du wolltest mich sprechen, Herrin?«, ließ sich die Stimme hinter dem Seidenvorhang vernehmen, welcher das Becken vor den Blicken der Dienerschaft verbarg. Im Hintergrund, begleitet von Sistrum und Flöte, war der einschmeichelnde Klang einer Harfe zu hören. »Berenike sagt, es sei dringend.«

»Das ist es in der Tat«, sprach sie, wie immer, wenn sie badete, eher gnädig gestimmt. »Hatten wir nicht vereinbart, du würdest mir Bescheid sagen – umgehend?«

Die Stimme hinter dem Vorhang bejahte. »Was dein Ansinnen betrifft, lief alles nach Wunsch«, beeilte sie sich hinzuzufügen, derjenigen einer Frau täuschend ähnlich. »Die Schmach, welche dir angetan wurde, ist getilgt.«

»Das hoffe ich!«, versetzte sie, legte den Kopf in den Nacken und ließ den Körper, auf den sie so stolz war, auf der Wasseroberfläche treiben. »*Für dich*.«

Mehr als der Wink mit dem Zaunpfahl und das leichte Anheben ihrer Stimme waren nicht nötig, um den Domestiken jenseits des Vorhangs das Fürchten zu lehren. Sie war es gewohnt, dass man sich ihren Wünschen fügte, je früher, desto größer die Wahrscheinlichkeit, dass der Betreffende nicht in Ungnade fiel. Lief dagegen etwas nicht nach Plan, konnte er von Glück sagen, wenn er nicht ausgepeitscht und den Löwen im Amphitheater zum Fraß vorgeworfen wurde.

»Was auch geschieht, Herrin, du kannst dich auf mich verlassen.«

»Auch das will ich hoffen!«, gurrte sie, wovon sich niemand, der sie kannte, täuschen ließ. Hinter der Nymphe, welche die Männer um den Verstand brachte, steckte eine Frau, die keinerlei Skrupel besaß. Die, falls nötig, ihre Kontrahenten aus dem Weg räumen würde. Am Hof des Kaisers, wo es von Spitzeln, Verrätern und Verleumdern nur so wimmelte, war dies oberstes Gebot. Um zu überleben, musste man sich der Täuschung bedienen, nach Bedarf drohen, nachgeben oder, wie gerade jetzt, einen süßlichen Ton anschlagen. Vertrauen war hier fehl am Platz, und wer das Herz nicht auf der Zunge trug, besaß die Hoffnung, die Schlangengrube zu überleben. »Sonst, mein Lieber, bist du die längste Zeit in meinen Diensten gewesen.«

Ah, dieser Duft, verströmt durch das Räucherwerk, welches ringsum entzündet worden war. Berenike, ihre Leibsklavin aus Nubien, hatte wieder einmal ganze Arbeit geleistet, Duftkerzen mit dem Aroma von Moschus und Sandelholz entzündet und um das Becken, auf dessen Oberfläche unzählige Rosenblätter trieben, einen Kreis aus Öllampen gebildet. Dies alles, verbunden mit dem

Wohlgefühl, welches ihren Körper durchströmte, sorgte dafür, dass sich ihre Stimmung hob.

Kein Wunder, stand doch fest, dass ihre Schmach getilgt worden war.

Allein, damit würde sie sich nicht zufriedengeben. Betört von dem Duft, den sie einsog, wanderte ihr Blick zur Decke des Baderaumes empor. Wahrlich, dachte sie, während ihr Blick auf dem bunten Fresko ruhte, so wie diesem Zentauren, der sich dem Willen einer Mänade unterwirft, wird es auch meinen Widersachern gehen. Widersetzen sie sich, führt ihr Weg ins Verderben, weder Rang, noch Namen, noch Verdienst werden sie dann retten.

»Heißt das, du bist unzufrieden mit mir?«

Keineswegs, ganz im Gegenteil. Sie, die beinahe 30 Jahre Jüngere, hatte den Speichellecker auf der anderen Seite des Vorhangs aus der Gosse gezogen, unter ihre Fittiche genommen und zu ihrem willfährigen Werkzeug geformt. Sie hatte ihn zu dem gemacht, was er war, einer derjenigen, welche jeden Befehl ausführen würden. Ohne Zögern, ohne Widerspruch, ohne auch nur einen Gedanken an die Konsequenzen ihres Tuns zu verschwenden.

»Ach, übrigens!«, warf sie plötzlich ein, nicht zuletzt, um ihrem Domestiken einen Schreck einzujagen, »wie geht es eigentlich meinem Gemahl?«

»Vorzüglich, soviel ich weiß«, quiekte die Stimme, was, wie sie fand, auf das Trefflichste mit dem Aussehen ihres Gesprächspartners harmonisierte. Der Fleischberg hinter dem Vorhang, auf dem sich sein unförmiger Wanst abzeichnete, sah nicht nur aus wie ein Schwein, sondern war auch eins. Jede noch so schnöde Behandlung, jede noch so große Schikane ließ er ohne mit der Wimper zu zucken über sich ergehen. Aus diesem Holz waren die

Kreaturen geschnitzt, mit denen sie sich umgab. »Große Ereignisse werfen eben ihre Schatten voraus.«

»Wie recht du doch hast«, flüsterte sie in dem für sie typischen Ton, längst nicht mehr so sanft und einschmeichelnd wie zuvor. »Vorausgesetzt, die Dinge entwickeln sich so, wie ich es geplant habe.«

»Darf man fragen, was Hoheit zu tun gedenken?«

»Nein, darf man nicht!«, zischte sie im Stil einer Kobra, welche sich aufrichtet, um ihr Opfer zu attackieren. Dann gab sie ihrer Leibsklavin einen Wink, ihr beim Abtrocknen behilflich zu sein, ließ sich ein mit Goldfäden durchwirktes Seidengewand reichen und strich mit dem Zeigefinger über die Lettern, welche in Brusthöhe eingestickt waren. Ein F, ein M und ein F – die Gewähr, dass jeder ihrer Wünsche erfüllt wurde. »Erst dann, wenn wir unter vier Augen sind.«

Und so geschah es. Eine halbe Stunde später, parfümiert, frisiert, frisch geschminkt und in das eng anliegende Gewand gehüllt, lag – oder vielmehr rekelte – sie sich auf ihrem Ruhebett und genoss es, wie der Mann, über dessen Körperfülle man sich allenthalben lustig machte, ihrer Befehle harrte. Ob Schuhwerk, Gewand oder Haut, alles an diesem Fleischberg war weiß, mit Ausnahme der Perücke aus dunklem Rosshaar, unter der sich ein kahl geschorener Schädel verbarg. Um den kurzen, feisten Hals trug er ein Pektoral aus Gold, Glasfluss und Edelsteinen, welches Horus, den ägyptischen Falkengott, darstellte. Nicht genug damit, benutzte er reichlich Schminke, Puder und Khol, so viel, dass sich die Dienerschaft schon darüber lustig machte. Kein Zoll an seiner Hand, der nicht mit Ringen, Schmuck oder dem Armreif mit dem Abbild der Göttin Isis bedeckt war. Kein Zoll, wo die Haut, rissig wie ausgebleichtes Pergament, auch nur die Spur einer Pigmentierung aufwies.

»Wie lauten deine Befehle, Herrin?«

Anstatt zu antworten, zog die Frau mit dem Kinderantlitz eine Schriftrolle unter dem Berg gelber Kissen hervor, auf dem ihr Oberkörper ruhte, streckte die Hand aus und wartete, bis die Kröte das Schriftstück in Empfang genommen, entrollt und Wort für Wort studiert hatte. Dies nahm geraume Zeit in Anspruch, nicht etwa, weil der Text so lang, sondern weil das, was auf dem Papyrus stand, so ungeheuerlich war, dass es das Vorstellungsvermögen des Fleischberges bei Weitem überstieg.

»Noch Fragen?«

Die von unechten Wimpern überwölbten Augen weit offen, starrte die Kröte bald auf die Instruktionen, bald auf das Ruhebett, von wo aus eine sichtlich amüsierte Nymphe jede seiner Bewegungen verfolgte. »Aber …«, quiekte er, kaum noch Herr seiner Fistelstimme, deren Klang von den Wänden des Gemaches widerhallte. »Aber das … das wäre Hoch … Ich weiß wirklich nicht, was ich sagen soll!«

»Sprich dich ruhig aus, Chrysaphius.«

»Ich meine, bist du dir bewusst, welches Risiko du eingehst? Wenn nur ein Wort von dem, was wir besprechen, an die Öffentlichkeit dringt, wird es dich das Leben kosten.«

»Wenn hier jemand etwas riskiert, Chrysaphius, dann du.«

»Wie … wie meinst du das, Herrin?«

»Genau so, du Hasenfuß, wie ich es sage!«, fauchte Fausta, Gemahlin Kaiser Konstantins, und bedeutete ihrem Kammerherrn, die Schriftrolle zurückzugeben, um sie im Anschluss daran über ein Räucherbecken zu halten, wo der Papyrus umgehend Feuer fing. »Wenn etwas schiefgeht, mein Lieber, werde ich natürlich alles abstreiten.« Die Augen von Flavia Maxima Fausta, grünlich schimmernd wie ein Saphir, verschwanden hinter dunkel geschminkten Lidern. »Oder denkst du, irgendjemand würde dir glauben, wenn du mich der Mitwisserschaft bezichtigtest?«

Stumm vor Entsetzen stierte der Eunuch vor sich hin. »Nein.«

»Na also.«

»Aber warum, Herrin – warum?«

»Da fragst du noch?« Mit einem Ruck, der Chrysaphius zusammenfahren ließ, schnellte die Kaiserin in die Höhe. »Kann es sein, dass dein Gedächtnis Schaden genommen hat?«

»Nein, Herrin.«

»Dann ist es ja gut.« Kurz davor, aus der Haut zu fahren, schnappte die Kaiserin nach Luft. »Warum, warum?«, giftete sie, schwang die Füße vom Bett und lief wutentbrannt hin und her. »Ausgerechnet du musst mich das fragen!«

»Der Weg zur Macht ist eben mit Leichen gepflastert«, warf der Kammerherr achselzuckend ein, eine Bemerkung, die er umgehend bereute.

»Willst du etwa damit sagen«, schnaubte die Kaiserin und bewegte sich lauernd auf ihn zu, »willst du etwa damit sagen, dass der Tod meines Vaters reiner Zufall war? Ein Zufall, mit dem mein Gatte nichts zu tun gehabt hat?«

»Nein, nein – wo denkst du hin!«, winselte der Fleischberg und riss die enthaarten Arme empor. »Das natürlich nicht.«

»Allmählich, mein lieber Chrysaphius, solltest du dir Gedanken machen, auf wessen Seite du stehst.« Die Hände an den Hüften, stierte die Kaiserin ihren Kammerherrn an. »Sonst könnte es sein, dass du dort landest, wo du hergekommen bist. Oder hältst du dich für unentbehrlich?«

»Nein, Herrin.«

»Na also!«, säuselte die Kaiserin, würdigte den Eunuchen keines Blickes mehr und ließ sich wieder auf ihr Ruhebett sinken. »Dann tu, wie dir befohlen wurde, sonst …«

»Eure Hoheit können sich auf mich verlassen.«

»Genau das wollte ich hören.« Flavia Maxima Fausta, gut 20 Jahre jünger als ihr ungeliebter Gemahl, griff nach einer Weintraube, öffnete ihren Schmollmund und zerkaute eine Beere. »Und nicht vergessen: Wehe, du enttäuschst mich!«

»Lieber sterbe ich!«, beteuerte der Eunuch, worauf die Kaiserin ein breites Schmunzeln aufsetzte. »Ich denke, meine Wahl wird auf den Richtigen fallen.«

»Und wie heißt er?«

»Scorpio.«

»Ein Pseudonym – wie aufregend.« Überbordend vor Ironie, spendete die Kaiserin Applaus. »Hoffentlich macht er seine Sache gut. Denk dran: Zuerst kommt der Kaiser an die Reihe. Danach seine Speichellecker. Wer das ist, brauche ich nicht zu sagen.«

»Nein Herrin.«

»Nur Mut, Chrysaphius. Ist der Kaiser erst tot, geht alles wie von selbst. Dann bin ich am Zug. Und das bedeutet, dass ich vorhabe, sämtliche Posten mit Leuten meines Vertrauens zu besetzen. Das fängt beim Prätorianerpräfekten an und hört beim Oberhofmeister auf. Ein paar Tage, vielleicht Wochen – und nichts wird mehr so sein, wie es war, nichts wird mehr an meinen Herrn Gemahl und seine Sippschaft erinnern. Dafür werde ich sorgen, verlass dich drauf. Dafür wirst auch du sorgen – inklusive meiner Parteigänger, deren Namen du dir hoffentlich eingeprägt hast!« Berauscht von den eigenen Worten, hielt die Kaiserin inne und starrte in das Kohlenbecken, wo außer einem Aschehaufen nichts mehr an den Papyrus mit der Namensliste der Verschwörer erinnerte. Dann flüsterte sie: »Du weißt doch, Chrysaphius: Die Dinge haben sich immer noch so entwickelt, wie ich es vorausgesehen habe.« Die Frau, die vor nichts haltmachte, lächelte stillvergnügt vor sich hin. »Noch Fragen?«

»Mit Verlaub – ja.« Chrysaphius fingerte nervös an seinem Pektoral herum. »Einmal angenommen, einer deiner Gefolgsleute läuft über – was dann?«

»Mach dir keine Sorgen. Auf die Personen, deren Namen auf dem Papyrus stehen – oder vielmehr standen –, ist Verlass. *Jederzeit*. Und in jeder Situation.«

In Chrysaphius, der einen scheuen Blick auf das Kohlenbecken warf, regten sich dennoch Zweifel. »Ich hoffe nur, dass Scorpio keinen Fehler macht.«

»Kenne ich ihn?«

»Wohl kaum.« Chrysaphius dämpfte die Stimme. »Ein Mann ohne Skrupel, ohne Hemmungen, ohne Nerven. Er hat mich gestern nicht enttäuscht, dann wird er mich auch in Zukunft nicht enttäuschen. Wer es fertigbringt, einen Gladiator zu töten, dem muss vor deinem Gemahl nicht bange sein.« Chrysaphius trat nervös auf der Stelle. »Falls Majestät wissen, worauf ich anspiele.«

Die Antwort bestand aus einem Lächeln. »Wobei ich zuversichtlich bin, dass auch du, Chrysaphius, dein Handwerk verstehst.«

Der Kammerherr machte eine Verbeugung. »Wie gesagt: Majestät können sich auf mich verlassen.«

»Das hoffe ich!«, warf Flavia Maxima Fausta ein und schlang die messerscharfen Krallen um den Kelch, welcher neben dem mit Trauben, Feigen, getrockneten Pflaumen und gesüßten Datteln überhäuften Silbertablett stand. »Schade, wenn dir etwas zustoßen würde!«

VIII

Forum, kurz vor Beginn der sechsten Stunde | 10:30 h

»Probus? Der treibt sich wahrscheinlich drüben in den Thermen rum!«, lautete die Antwort von Crixtus, Gehilfe seines Freundes, als Varro das überfüllte Behandlungszimmer betrat. »Soll ich ihm etwas ausrichten, Herr?«

»Nicht nötig«, beschied Varro den Pannonier und warf einen Blick durch die Tür, welche das Tablinum des Medicus vom Warteraum trennte. »So weit schaffe ich es gerade noch.«

Crixtus, stämmig, kurz angebunden und ein ziemlicher Grobian, war in der Tat nicht zu beneiden. Varro runzelte die Stirn. Ein Junge mit Zahnschmerzen, eine Schwangere, ein Greis, der an Krücken ging, und ein Arbeiter mit gebrochenem Arm. Ein Dutzend weitere Patienten, darunter eine Frau mit Augenbinde. Bis jeder verarztet war, der im Wartezimmer saß, würden wahrscheinlich Stunden vergehen, und da Geduld nicht zu seinen Stärken zählte, verabschiedete er sich und trat auf das Forum hinaus.

Dort traf er zwar auf keine Kranken, dafür aber auf Hunderte von Treverern, welche sich auf dem Geviert vor der Marktbasilika drängten. Dort gab es Waren aus aller Herren Länder, unter anderem Schmuck, Geschirr aus Ton und alles, was man für den Hausgebrauch benötigte. Wahre Heerscharen von Händlern, Marktschreiern und Kaufleuten säumten Varros Weg, teils aus Treveris, zum Teil aber auch aus Gegenden, die man nur vom Hörensagen kannte. Gerade heute, während des Thronjubiläums, gab es viel zu verdienen, und es schien, als sei die ganze Stadt auf den Beinen.

Kein Mann für derlei Anlässe, fiel es Varro schwer, sich einen Weg durch die Menge der Feilschenden, Zeternden, Schachernden, lauthals Schimpfenden und ihre Waren Feilbietenden zu bahnen, und es half ihm wenig, dass er seine weiße Toga trug. Von überallher ertönten Rufe, Gelächter, Hundegebell, Geschnatter, Gekrähe, Gemeckere und das Geschrei von Maultieren, welche von ihren Herren, unter ihnen Winzer, Wollhändler, Küfer, Töpfer und Geflügelzüchter, an dafür vorgesehene Pflöcke gebunden worden waren.

Doch das war, wie Varro aus leidvoller Erfahrung wusste, längst noch nicht alles. Immer wieder, besonders an heißen Tagen wie heute, gab es Streitigkeiten, sei es, dass Töpferware zu Bruch gegangen, sei es, dass das Obst faul, der Wein ungenießbar oder der Fisch, welcher offeriert wurde, längst verdorben war. Verglichen mit dem, was den Ädilen Kopfzerbrechen bereitete, war dies jedoch nichts. Wo es etwas zu holen gab, trieben sich bekanntlich auch Diebe und lichtscheues Gesindel herum. Treveris bildete da keine Ausnahme. Wie viele Prozesse von Betrug, Scharlatanerie, Falschmünzerei und Benutzung von falschen Maßen und Gewichten Varro bereits hinter sich hatte, konnte er beim besten Willen nicht sagen, es mochten Dutzende, wenn nicht gar Hunderte sein. Viel zu verdienen gab es dabei freilich nicht, zu verlieren dagegen eine Menge. Längst nicht alle Klienten, welche er vertrat, waren auch imstande zu zahlen, und es wunderte ihn immer wieder, wie viele Patrizier dazu zählten.

»Na, Tigellinus – so früh schon unterwegs?« Noch so einer, an dem sämtliche Strafen, Prügel inbegriffen, scheinbar wirkungslos abgeprallt waren. »Was meinst du, soll ich nicht lieber gleich die Ädilen rufen?«

»Ich weiß gar nicht, was du willst, Herr!«, rief der bekannteste und leider auch begabteste Taschendieb von Treveris aus. »Ich bin lediglich als Privatmann hier.«

»Ich auch!«, konterte Varro, mit dem die Ironie wieder einmal durchzugehen drohte. »Siehst du, wenigstens das haben wir zwei gemeinsam.«

»Gestattest du mir eine Bemerkung, Herr?«

Beim Anblick des Lockenkopfes, an dessen Kinn gerade der erste Flaum spross, konnte sich Varro eines Schmunzelns nicht erwehren. »Sag bloß, du hast genug Geld, um deine Anwaltskosten zu begleichen!«

»Du weißt doch, Herr, ich ...«

»... habe keine Arbeit, meine Mutter und drei Geschwister zu ernähren und darüber hinaus jede Menge Schulden – ich weiß.«

»Nein, Advocatus, das ist es nicht.«

»Dann sind es eben die jungen Damen.«

Tigellinus, Abbild des jugendlichen Apoll, schüttelte den Kopf und schwieg.

»Na gut – was ist es dann?«

»Ich ... äh ... Na schön, Herr, die Sache ist die: Ich habe mein ganzes Geld auf Audax gesetzt – und weißt du, was passiert ist? Dann hat Priscus, dieser Tollpatsch von Murmillo, ihn nach allen Regeln der Kunst fertiggemacht. Priscus, das muss man sich mal vorstellen. Ausgerechnet der! Dieser Trottel bringt es doch nicht mal fertig, Holz zu hacken. Hätte ich auf Niger gesetzt, wäre mir das erspart geblieben. Der gewinnt wenigstens immer.« Tigellinus, an dessen Konterfei Praxiteles seine helle Freude gehabt hätte, rang nach Worten. »Dabei war ich mir so sicher, dass er es packt!«

Varro glaubte, sich verhört zu haben. »Ich muss dir wohl nicht sagen, Junge«, knurrte er, drauf und dran, vor Wut aus der Haut zu fahren. »Ich muss dir doch wohl nicht sagen, dass Wetten in deinem Alter verboten sind!«

»Natürlich sind sie das, Herr.«

»Und?«

»Wen kümmert's, Herr! Es verdienen halt zu viele dran.«

»Wer denn?«

»Der Lanista, das Wettbüro, der Veranstalter – du kannst es dir aussuchen, Herr.«

»Ich will dir mal was sagen, du Einfaltspinsel: Wenn du denkst, ich pauke dich noch ein einziges Mal raus, hast du dich geschnitten.« Varro trat bis auf Armlänge an den Taschendieb heran. »Haben wir uns verstanden, junger Mann?«

Der Jüngling ließ den Kopf hängen und nickte.

»Und jetzt, du Privatmann, sieh zu, dass du von hier verschwindest! Trau dich bloß nicht, wieder hier aufzukreuzen, sonst kannst du was erleben. Das ist ein Befehl – Abmarsch!«

»Darf ich noch etwas sagen, Herr?«

Noch ein, zwei Jahre, und die Frauen liegen ihm zu Füßen, dachte Varro, ein verräterisches Schmunzeln im Gesicht. »Falls du dich anschließend aus dem Staub machst – gern!«

»Wenn du mich fragst, Herr: Du siehst elend aus, verdammt elend sogar.«

Varro dachte, er habe sich verhört. »Na warte, Bürschchen!«, rief er dem Beutelschneider hinterher, der schneller verschwand, als er ihm mit den Augen folgen konnte. »Wenn du mir wieder über den Weg läufst, setzt es eine Tracht … Autsch! Verdammt noch mal, tut das weh!«

»Was tut dir weh, Gaius? Kann ich helfen?«

Einen Fluch auf den Lippen, den er nur mit Mühe unterdrückte, drehte sich Varro um. »Nicht der Rede wert, Popidius!«, beteuerte er im Angesicht des schafsäugigen Ädils, bei dem man nie sicher sein konnte, ob er so höflich war, wie er tat. Dumm war er dagegen allemal, dümmer als sämtliche Ratsherren zusammen. »So, und jetzt entschuldige mich, ich habe zu tun.«

Das stimmte zwar, aber eben nur zum Teil. Viel mehr als Tigellinus, dem er ohnehin nicht böse sein konnte, beschäftigte ihn momentan etwas anderes. Die Stirn in Falten, bahnte sich Varro den Weg durch das Gewühl. Zuerst sein Neffe, dann Aspasia, im Anschluss wiederum sein Nachbar, der Goldschmied Pertinax und zu guter Letzt auch noch Tigellinus, von Beruf Taschendieb. Tenor: Bei den Spielen, welche derzeit stattfanden, ging nicht alles mit rechten Dingen zu.

Varro fluchte leise vor sich hin. Niger, Niger und abermals Niger. Allmählich begann ihn der Name, auf den er bereits mehrfach gestoßen war, zu verfolgen. Tief in Gedanken, achtete Varro weder auf den Büttel, welcher ihm seinen Gruß entbot, noch auf die Anpreisungen eines Wunderheilers, der ein Elixier gegen Haarausfall anpries. Was, fragte er sich im Stillen, hatte es mit dem Retiarius, der sich offenbar großer Popularität erfreute, auf sich? War er in irgendwelche zwielichtigen Geschäfte verwickelt? Aspasias Bericht, an dessen Wahrheitsgehalt er nicht zweifelte, hatte ihn aufhorchen lassen, und Varro fragte sich, was Teiresias zutage fördern würde.

Am Meilenstein angekommen, welcher die Mitte des Platzes markierte, legte Varro eine Verschnaufpause ein. Obwohl die Sonne längst noch nicht im Zenit stand, herrschte bereits eine drückende Hitze, und der Anwalt ärgerte sich, dass er so töricht gewesen war, auf Fortunata zu hören. Das nächste Mal, schwor er sich, würde er sich nicht mehr beschwatzen lassen, tun, was er für richtig hielt und vor allem jeden, der ihn bei der Arbeit störte, im hohen Bogen aus seiner Villa werfen.

Aufgeschreckt durch einen Rempler hob Varro den Blick und überflog die Entfernungsangaben, welche auf dem Meilenstein standen. Mogontiacum – LXVI, Colonia Claudia Ara Agrippinensium – LXXVIII. Nach Colonia waren es drei bis vier Tagesreisen, verglichen mit dem, was er beim Militär hinter sich gebracht hatte, ein Katzensprung. Warum also nicht Nägel mit Köpfen machen, sein Pferd satteln und seinem Vetter Rufus, ebenfalls Anwalt, einen Besuch abstatten? Dann wäre er die Probleme, die ihn plagten, los. Wie pflegte Volkes Stimme doch zu sagen: aus den Augen, aus dem Sinn.

Varro rieb sich die Augen und seufzte. Dazu, wie für manch anderes, was ihn von Treveris fernhalten würde, fehlte ihm einfach die Muße. Schließlich waren da noch seine Arbeit, die Tätigkeit als Autor und die vielfältigen Verpflichtungen, per exemplum als Ratsmitglied, welche es ihm unmöglich machten, einfach alles liegen und stehen zu lassen. Und natürlich war da auch noch Publius, der sich die Gelegenheit, seiner Mutter auf der Nase herumzutanzen, nicht entgehen lassen würde.

Varro konnte eben nicht aus seiner Haut, er war Treverer mit Leib und Seele, dem schon wehmütig ums Herz wurde, wenn die Porta Martis am Horizont verschwand. Das war so und würde sich aller Voraussicht nach nicht ändern, auch dann nicht, wenn er Fortunatas Rat befolgen und in den Stand der Ehe treten würde. Das wiederum hörte sich einfacher an, als es war. Allein schon deshalb, weil er die Richtige noch nicht gefunden hatte.

Oder etwa doch?

Peinlich berührt verscheuchte Varro den unwillkommenen Gedanken, reckte das Haupt und ließ den Blick über die Köpfe der Umstehenden schweifen. Lieber hier leben als irgendwo sonst, dachte er, den Anflug eines Lächelns im Gesicht. Lieber hier, eingekeilt im dichtesten Gewühl, inmitten mannigfaltigster Gerüche, die von den Gewürzständen, den Bratrosten oder den Kisten aufstiegen, in denen Aale, Forellen, Hechte, Barsche und Rotaugen in der Sonne schmorten. Lieber hier als …

»Auf ein Wort, Herr, das hier ist für dich.«

»Für mich?«, antwortete Varro, im Begriff, sich nach dem Mann umzudrehen, der ihm einen Pergamentstreifen in die Hand gedrückt hatte. »Und von …?«

Der Anwalt kam nicht dazu, den Satz zu vollenden. So sehr er sich auch bemühte, den Überbringer der Botschaft ausfindig zu machen, der Unbekannte war schon verschwunden.

Um welche Art Botschaft es sich handelte, war jedoch sofort klar. ›Cave curiositatem!‹ – interessant. »Steck deine Nase nicht in anderer Leute Angelegenheiten!«, murmelte Varro, faltete den Streifen zusammen und bahnte sich einen Weg zum Torbogen, welcher das Forum nach Westen hin begrenzte. »Tut mir leid: Da habt ihr euch den Falschen ausgesucht!«

IX

Taverne am Brückentor, zwischen sechster und siebter Stunde | 11:20 h

Aspasia wusste nicht, wo ihr der Kopf stand. Die Gäste, in der Mehrzahl Schaulustige, die es ins Amphitheater zog, strömten nur so in ihre Taverne, und es schien, als platze der ›Kantharos‹ aus den Nähten.

Genau das aber war ihr Glück.

Und es rettete ihr das Leben.

»Zahlen, Aphrodite – wenn's geht, heute noch!« Kurz davor, aus der Haut zu fahren, schluckte Aspasia ihren Ärger hinunter, kassierte ihren Obolus und flüchtete sich hinter den Tresen. Selten zuvor hatte sie so viel zu tun gehabt, und obwohl sie das Geld gut brauchen konnte, hätte sie am liebsten alles liegen und stehen lassen. Das wiederum war nicht möglich, wieso nicht, lag auf der Hand. Ohne Geld keine Miete, ohne Miete kein Dach über dem Kopf, ohne Behausung ein Fall für den Präfekten, der im Ruf stand, mit Herumstreunenden kurzen Prozess zu machen.

So einfach war das.

»He, Wirtschaft – wo bleibt mein Wein?«

»Nur die Ruhe, Calvus, dauert nicht mehr lang.« Aspasia stöhnte leise auf. Mit der Ruhe war es bekanntlich so eine Sache, namentlich in diesem Getümmel, wo sie Köchin, Schankmädchen und Verkäuferin in einer Person war. Wie allerorten üblich, war ihre Schenke nämlich auch für die Passanten da, unter ihnen Händler, Straßenjungen, Tagelöhner und all jene, die auf dem Weg zu den Spielen oder dem nahe gelegenen Forum waren. Der ›Kantharos‹, berühmt für seine Fischsoße, lag direkt am Decumanus, am heutigen Tag eher Fluch als Segen. Nicht nur in der Wirtsstube, nur wenige Schritte im Quadrat groß und mit ein paar Stühlen, roh gezimmerten Tischen und Halterungen für die Amphoren versehen, sondern auch draußen, direkt vor dem hölzernen Vordach und dem in unmittelbarer Nähe befindlichen Kreuzwegaltar, herrschte ein Betrieb, wie Aspasia ihn sonst nur aus Alexandria kannte. Karren, Fuhrwerke und Gespanne aller Art rumpelten über das Pflaster, die einen stadteinwärts, die anderen Richtung Brücke, die mittlerweile bereits 150 Jahre alt war. Hinzu kamen, nicht minder häufig, die Sänften der Vornehmen und Beamten, deren Träger lauthals freie Bahn forderten. Dies alles, verbunden mit dem Wiehern der Pferde, dem Geschrei der Maultiere oder den Wutausbrüchen der Fuhrleute, welche unachtsame Passanten beschimpften, verursachte so viel Lärm, dass man Mühe hatte, sein eigenes Wort zu verstehen.

Die Linke auf der Theke, wischte sich Aspasia den Schweiß von der Stirn. Der Gestank von Tierkot, welcher in der Mittagshitze vor sich hin moderte, war heute besonders penetrant, und es fruchtete wenig, wenn man sich mit den Maultiertreibern anlegte. Für sie, wie für manch einen ihrer Gäste, waren Frauen Bürger zweiter Klasse, und da sie ohnehin genug zu tun hatte, ging sie Wortgefechten aus dem Weg.

Die gab es aber auch so, unmittelbar vor ihren Augen. »He, du Rüpel!«, herrschte ein Ziegelbrenner, der einen Teller Dinkelgrütze mit Fladenbrot bestellt hatte, einen beinahe zwei Kopf größeren Fuhrknecht an. »Anstellen, aber ein bisschen plötzlich!«

»Weißt du, was du mich kannst, du Zwerg?«, raunzte das tumbe Kraftpaket zurück, unter dessen Tunika sich ein Paar muskulöser Oberarme abzeichnete. »Pass bloß auf, sonst kriegst du eins auf die …«

»Wer hier was kriegt, bestimme ich, ist das klar?«, fuhr Aspasia dazwischen, funkelte den Fuhrknecht an und schob dem Ziegelbrenner den Teller hin, auf dem sich sein karges Mahl befand. »Und nun zu dir, Herakles – was darf's sein?«

»Hera … was?«

»Deine Bestellung, gallischer *Herkules* – möglichst rasch, wenn ich bitten darf.«

»Ich heiße Pomponius, nicht Herkules.«

Ich geb's auf!, dachte Aspasia, setzte um des Friedens willen ein Lächeln auf und fragte: »Na schön, starker Mann, was darf's denn sein?«

»Hühnerschenkel mit Brot, gekochte Eier, Schafkäse, Oliven und …«

»Das nenne ich Appetit!«, warf Aspasia ein, nahm einen Schöpflöffel und ließ ihn im rechten der sechs Tonkrüge verschwinden, welche in die mit Marmor verkleidete Theke eingelassen waren. »Und?«

»Und als Nachspeise Sardellen in Salzlake!«, fügte das Sechs-Fuß-Monstrum hinzu und strahlte Aspasia, die sich ein Kopfschütteln nur mit Mühe verkneifen konnte, dümmlich an. »Macht wie viel?«

Aspasia nannte den Preis, führte die Bestellung aus, überbrachte sie, kassierte das Geld, wandte sich an den nächsten in der Schlange – und erstarrte.

»Wer hätte das gedacht!«, knurrte der dunkelhaarige, mittelgroße und mit einer weinroten Tunika bekleidete Mann Mitte 30, anhand seines Akzents, der vom örtlichen deutlich abwich, unschwer als Orientale zu erkennen. »Wer hätte gedacht, dass wir uns so schnell wiedersehen!«

»Was willst du?« Bleich vor Angst, sah sich Aspasia um. Niemand, weder ihre Gäste noch die Passanten, die vor der Theke Schlange standen, schien von dem Gespräch Notiz zu nehmen, und es schien, all sei all das hier nur ein böser Traum. »Verschwinde, sonst kannst du was erleben!«

»Falls du beabsichtigst, die Soldaten da vorn zu Hilfe zu rufen, lass es lieber gleich sein.« Der Fremde, mit dem sie am Vorabend Bekanntschaft geschlossen hatte, rückte seine Augenklappe zurecht und ließ der Drohung ein ebenso schmieriges wie zynisches Lächeln folgen. »Glaub mir, Flittchen: Du würdest es bereuen.«

»Was willst du?«

»Gegenfrage: Wo befindet sich eigentlich deine Tochter?«

»Bei einer Freundin!«, stieß Aspasia hervor und folgte dem Blick des Unbekannten, der dafür sorgte, dass sein Hintermann zurückzuweichen begann. »Lass sie in Ruhe, sonst bekommst du es mit mir zu tun.«

»Soll das etwa eine Drohung sein?«

»Nenn es, wie du willst!«, zischte Aspasia, bemüht, sich ihre Angst um Penelope, die sie zum Einkaufen aufs Forum geschickt hatte, nicht anmerken zu lassen. »Wenn du denkst, ich tanze nach deiner Pfeife, liegst du falsch!«

»Wenn *du* denkst, ich lasse mir von dir auf der Nase rumtanzen, hast du dich geschnitten, Abschaum.«

»Sieh zu, dass du verschwindest, sonst …«

»Sonst was? Bist du eigentlich so dumm oder tust du nur so? Damit du Bescheid weißt, Gunstgewerblerin: Ein Wink von mir, und du bist die längste Zeit Schankwirtin gewesen.«

»Dein Imponiergehabe kannst du dir sparen. So etwas zieht bei mir nicht.«

Der Unbekannte brach in Gelächter aus. »Weißt du, was ich an dir bewundere, Flittchen? Deine Dreistigkeit. Du hast Mumm, das muss dir der Neid lassen. Aber er wird dir nichts nützen.« Scheinbar unbeeindruckt von den Kunden, die ihn mit verstohlenen Blicken musterten, beugte sich der Syrer über den Tresen, zog Aspasia zu sich heran und knurrte: »Wie gesagt: Es würde mir leidtun, wenn deiner Tochter etwas zustoßen würde. Du weißt doch, überall lauern Gefahren. Sogar beim Einkaufen auf dem Forum. Oder nehmen wir einmal die hübsche Taverne hier.« Der Dunkelhaarige, dessen Atem der Geruch von Wein anhaftete, fletschte die vergilbten Zähne. »Wie du weißt, ist gerade einer der heißesten und trockensten Sommer seit Jahren. Da sind Brände bekanntlich keine Seltenheit. Weißt du was, Dirne? Erst neulich, vor etwa zehn Tagen, ist in meiner Nachbarschaft ein Haus abgebrannt. Bis auf die Grundmauern.« Der Syrer lächelte. »Zu dumm, die Sache mit dem Kohlenbecken. Umgekippt, und dann auch noch im Hochsommer! Weiß doch jeder, wie gefährlich es ist, die Dinger zu benutzen.« Als sei dies das Selbstverständlichste der Welt, griff der Unbekannte in einen der Tonkrüge, förderte eine Olive zutage und zerkaute sie. »Genügt das, oder muss ich noch deutlicher werden?«

Aspasia hielt seinem Blick stand und schwieg.

»Damit wir beide uns verstehen, schöne Frau: Meine Gefährten und ich sind über alles, was du tust, im Bilde. Und darum: Noch ein Wort zu diesem Varro, und ich mache Hackfleisch aus dir.« Der Fremde ließ von Aspasia ab, spuckte den Olivenkern aus und sagte: »Schade – wirklich schade, wenn dir etwas zustoßen würde. Täte mir leid um dich – und natürlich auch um deine …«

Der Syrer kam nicht dazu, den Satz zu vollenden.

»Ärger, Frau Wirtin?«, hörte er jemanden hinter sich sagen, dessen Stimme so klang, als ob mit ihm nicht zu spaßen wäre. »Wenn ja, brauchst du es nur zu sagen.«

Außer sich vor Wut wirbelte der Fremde herum. Und sah sich mit einem Riesen konfrontiert, in dem selbst Herkules seinen Meister gefunden hätte.

Es war die Schankwirtin, welche die Situation bereinigte. So prompt, dass es dem Unbekannten die Sprache verschlug. »Nicht nötig, Syphax«, versetzte Aspasia kühl. »Der Herr wollte gerade gehen!«

X

Brückenthermen, eine Viertelstunde später | 11:40 h

»Wenn du so weitermachst, Gaius, kannst du dein Bein abschreiben«, Valerius Probus, Varros Freund, machte seinem Ärger durch ein Kopfschütteln Luft. »Beim Stab des Asklepios – wie kann man nur so unvernünftig sein!«

»Wieso? Mir geht's doch blendend.«

»Noch so eine Bemerkung, und du Möchtegern-Tacitus kriegst es mit mir zu tun!«, fuhr der ehemalige Militärarzt, mit dem Varro einen Großteil seiner Dienstzeit verbracht hatte, seinen Patienten an und bestrich dessen Oberschenkel mit Salbe, einer Mischung aus Heilkräutern, Tierfett und Sesamöl. »Was hast du dir eigentlich dabei gedacht?«

»Nichts«, räumte Varro ein, in der Hauptsache, um Ärger aus dem Weg zu gehen. Probus war nicht gerade bester Laune, was angesichts der Hitze, unter der die Stadt ächzte, auch kein Wunder war. »Beziehungsweise nicht viel.«

»Typisch Gaius, immer mit dem Kopf durch die Wand.«

»Das sagt gerade der Rich … Au! Nicht so fest, du Viehdoktor!«

»Auch noch wehleidig, so haben wir's gern.« Am Ende seiner Behandlung tauchte Probus, drei Jahre älter, aber fast zwei Köpfe kleiner als Varro, die Hände in die bereitstehende Wasserschüssel und trocknete sie mit einem Leinentuch ab. »Wie pflegt mein Freund, von Beruf Hinterhofadvokat, doch zu sagen: ›Jeder kriegt, was er verdient.‹« Die Hände auf den Knien, nahm der Medicus, auf den nicht nur Varro große Stücke hielt, den Gefährten gemeinsam gemeisterter Gefahren mit strenger Miene ins Visier. Die

Pose, an der er sich versuchte, war freilich nicht von Dauer. Valerius Probus war ein fröhlicher, dem Wein, ausgiebigen Tafelfreuden und der Geselligkeit zugeneigter Mensch und somit das exakte Gegenteil seines Freundes, der erst dann richtig aufblühte, wenn er sich in seinem Studierzimmer aufhielt. Sein Lachen, welches durch Mark und Bein ging, wirkte ansteckend, und das gleiche galt für die Art, wie er die Widrigkeiten des Lebens meisterte. Von Natur aus Optimist, kam das Wort ›aussichtslos‹ in seinem Wortschatz nicht vor, was Varro, der die Dinge eher nüchtern betrachtete, durchaus zu schätzen wusste. Weniger begeistert war er hingegen über seinen Hang zum Alkohol, auf den Probus, wie sein Patient mit Sorge registrierte, auch heute nicht verzichtet hatte.

Der Medicus trank entschieden zu viel, und das sah man ihm auch an. Ohnehin kein Adonis, wies die Knollennase, welche dem Arzt mit dem Bacchantengesicht ein unverwechselbares Aussehen verlieh, eine tiefrote Färbung auf, und Varro fragte sich, ob es nicht an der Zeit war, ein ernstes Wort mit ihm zu reden. Doch dann, wie aus heiterem Himmel, war da wieder dieses Lachen, und er beschloss, seine Moralpredigt auf unbestimmte Zeit zu verschieben. »Ist was – oder warum guckst du so belämmert aus der Wäsche?«

»Nichts, was soll denn sein?«

»Komm schon, Gaius, mir kannst du nichts vormachen«, forderte ihn der Medicus auf, dessen Tunika mit dem Lebenswandel des Arztes perfekt harmonierte. Probus, schmuddelig, unrasiert und konsequenterweise auch ungekämmt, scherte sich jedoch nicht darum. »Oder hast du seit Neuestem Geheimnisse vor mir?«

»Red keinen Unsinn, Probus.«

»Einverstanden – und jetzt raus mit der Sprache!«

»Na schön, wenn du meinst.« In Gedanken bei dem Drohbrief, der ihm auf dem Forum zugesteckt worden war, ließ Varro den Saum seiner Toga über die Knie fallen, räusperte sich und warf einen Blick in die Runde. Niemand, so schien es, befand sich in Hörweite, und keiner der Müßiggänger, welche die Palästra bevölkerten, schien Probus oder ihn zu beachten.

Varro runzelte die Stirn. Hier, im Vorhof der größten Thermenanlage Galliens, herrschte in der Tat reger Betrieb. Dennoch oder gerade deswegen musste alles seine Ordnung haben. Die Vormittage, das heißt die Zeit von Sonnenaufgang bis zur sechsten Stunde, waren den Frauen vorbehalten, Nachmittage und Abendstunden den Männern. Die Thermen, so weiträumig sie auch sein mochten, waren jedoch nicht nur zum Baden da. Außer Probus, der seine Patienten verarztete, gab es mindestens ein halbes Dutzend Ärzte, die ihre Dienste anboten, wie gründlich sie diese verrichteten, hing von der Zahlungsfähigkeit der Kranken ab. Für Geld konnte man hier nämlich alles kaufen, angefangen bei Speisen und Getränken, über Salböl, Schminke und diverse Tinkturen, bis hin zu der Kunstfertigkeit der Masseure, Enthaarer und Bartscherer, welche es gleich dutzendweise gab. Ob Greis oder Jüngling, arm oder reich, Ratsherr oder Tagelöhner, jeder kam auf seine Kosten. Wer Zerstreuung suchte, lauschte den Musikanten, die vor dem Torbogen aufspielten, wem der Sinn nach Höherem stand, dem Wortgefecht zweier Philosophen, wer auf Neuigkeiten aus war, der hitzigen Debatte, welche sich am Eingang zum Kaltbadesaal entspann. Wunderheiler priesen ihre Präparate an, darunter solche zur Steigerung der Manneskraft, Rhetoren ihre Traktate, Gelehrte ihre Abhandlungen, die sie für teures Geld unters Volk brachten. Neben all dem kam die Körperertüchtigung, vom Baden abgesehen, ebenfalls nicht zu kurz. Zwei Ringer, ihrer Haartracht nach zu urteilen Barbaren, wetteiferten um den Sieg, umringt von einer Menschentraube, welche sie lauthals anfeuerte. Nur wenige Schritte davon entfernt fand ein Wettlauf statt, und wen dies nicht interessierte, der stemmte Hanteln oder gab sich der Geselligkeit, will heißen, dem Würfelspiel, hin.

Nicht in der Stimmung, um Konversation zu betreiben, wanderte Varros Blick ins Leere. Je mehr die Zeit voranschritt, desto größer wurden die Menschenmassen, die sich vom Decumanus aus durch den Torbogen drängten. Wer konnte, nahm Reißaus vor der Hitze, welche Stadt und Umgebung in einen Glutofen verwandelte, begab sich ins Bad, ließ sich massieren, tauschte Neuigkeiten aus, trank hie und da einen Schluck. Varro indes verspürte keine Lust, sich unter die Menge zu mischen, und je länger er inmitten des Trubels verweilte, desto stärker wurde sein Gefühl, beobachtet zu werden.

»Sag mal, was ist denn eigentlich los?« Es war das Organ von Probus, wie stets nicht zu überhören, das ihn wieder in die Gegenwart zurückholte, und Varro hatte Mühe, sich wieder auf das zuvor unterbrochene Gespräch zu konzentrieren. »Leidest du unter Verfolgungswahn?«

»Wieso?«

»Seit du mir gegenübersitzt, hast du dich ein halbes Dutzend Mal umgeschaut. Wenn das normal ist, will ich Gaius Julius Cäsar heißen.« Mit der Geduld am Ende, packte der Arzt sein Besteck zusammen, seufzte und nahm einen Schluck aus dem Weinschlauch, der stets griffbereit neben seinem Scherenstuhl lag. »Entweder du sagst mir jetzt, was los ist, oder …«

»Schon gut, Probus – tut mir leid.« Ohne auf die Umstehenden zu achten, beugte sich Varro nach vorn und begann zu erzählen. Als er geendet hatte, war er sichtlich erleichtert, was man von Probus, welcher die Schilderung kommentarlos verfolgt hatte, allerdings nicht sagen konnte.

»Weißt du was, Gaius?«, sprach der Medicus, wobei er es vermied, Varro in die Augen zu schauen. Dann gab er ihm den Pergamentstreifen zurück, auf den der Anwalt im Verlauf seines Berichts zu sprechen gekommen war. »Ich finde, du solltest die Finger davon lassen.«

»So, findest du.«

»Ja, und das aus tiefer Überzeugung.«

»Darf man erfahren, weshalb?«

»Na klar.« Probus setzte den Weinschlauch an den Mund und trank, als ob er am Verdursten wäre. »Verzeihung, Tribun, aber …«

»Dekurio – zum hundertsten Mal!«

»Sag ich doch.« Der Medicus gab einen herzhaften Rülpser von sich und sprach: »Du fragst, warum ich dir davon abrate, den Kasus weiter zu verfolgen?«

Varro nickte.

»Ich will es dir sagen: Weil ich keine Lust habe, dich noch mal zusammenzuflicken.«

»Jetzt übertreibst du aber, alter Freund.«

»Frage, Herr Anwalt: Bist du so blauäugig oder tust du nur so? Die Sache stinkt – und zwar gewaltig. Da geht es um Geld, um Unmengen von Geld.«

»Darum geht es immer.«

»Unter die Philosophen gegangen, wie? Wie auch immer, halt dich da raus, Gaius. Sonst werden sie dich eines Tages aus der Mosel ziehen.«

»Zu deiner Information, Probus: Ich kann schwimmen.«

Der Medicus lief vor Wut rot an. »Ich frage mich, was daran so witzig ist, Gaius!«, wetterte er. »Aber wenn du willst – bitte schön! Dann lässt du es eben drauf ankommen. Eins aber kann ich dir gleich sagen: Wenn du in der Klemme sitzt, sieh zu, wo du bleibst. Was mich betrifft, hab ich keine Lust, mich mit Kriminellen anzulegen.«

»Oder mich zusammenzuflicken – schon kapiert.« Varro machte ein nachdenkliches Gesicht. In diesem Punkt musste er Probus recht geben: Der ehemalige Tribun, ausgesandt, um Britannien zu befrieden, verdankte dem Legionsarzt außer Dienst sein Leben. Daran gab es nichts zu rütteln. Nur wenige Augenblicke, nachdem der Speer seinen Oberschenkel durchbohrt hatte, war Probus zur Stelle gewesen, wie so häufig, wenn Varro mit Problemen zu kämpfen gehabt hatte.

Die Hand auf dem Oberschenkel, verfiel Varro erneut ins Grübeln. Wieder einmal und wider Willen war er gezwungen, der Vergangenheit ins Auge zu sehen. Er sah den jungen Tribunen vor sich, gerade einmal 25, der den nach Londinium zurückflutenden Truppen des Allectus auf den Fersen war und der den Streitwagen, welcher auf ihn zupreschte, zu spät bemerkt hatte. Das Rattern der Wagenräder im Ohr, war Varro herumgewirbelt, just in dem Moment, als der Krieger, welcher neben dem Wagenlenker stand, zum Wurf ausholte. Zu spät!, war es ihm durch den Kopf gefahren, bevor die Metallspitze in sein Bein eindrang, am Oberschenkelknochen entlangschrammte, eine klaffende Wunde riss und ihn wie ein Orkan, der wie aus dem Nichts über das Schlachtfeld gefegt war, von den Füßen holte. Doch damit nicht genug. Fast ebenso plötzlich war vor ihm ein fränkischer Söldner aufgetaucht, bärtig, hünenhaft und mit einem blutverschmierten Schwert in der Hand. Das ist das Ende!, hatte Varro gedacht, und sein Entsetzen war so groß gewesen, dass der Schmerz, welcher ihn soeben noch durchzuckt hatte, wie weggeblasen war.

Doch dann, als der Gefolgsmann des Allectus zum Todesstoß ausgeholt hatte, wendete sich das Blatt. Nur eine Handbreit vom Elysium entfernt, wehrlos, kampfunfähig und der Bewusstlosigkeit nahe, hatte Varro auf den Söldner gestarrt, aus dessen Leib eine Schwertspitze herausragte. Als begreife er nicht, wie ihm geschah, hatte der Barbar innegehalten, die Hände am Schwertknauf und die Augen weit offen. Dann aber, von einem Moment auf den anderen, war es vorüber gewesen. Der Kopf des Kriegers, aus dessen Mund bereits Blut sickerte, war nach hinten gekippt, der Körper ins Taumeln geraten und das Schwert, mit dem er ihm den Garaus hatte machen wollen, zu Boden geglitten.

Am Ende, nachdem alles vorüber gewesen war, hatte sich eine Gestalt in sein Blickfeld geschoben, blutverschmiert, schmutzverkrustet, abgekämpft, aber ein müdes Lächeln im Gesicht. Ein Lächeln, welches er zeitlebens nicht vergessen würde. Wäre sie nicht aufgetaucht, hätte selbst Probus, mit dem er von da an durch dick und dünn gegangen war, nichts mehr ausrichten können.

»Na, schlauer geworden?«

»Wie man's nimmt, Probus – wie man's nimmt.« Entschlossen, das Thema ruhen zu lassen, atmete Varro tief durch und hantierte umständlich an seinem Ring herum. »Ich bin sicher, das letzte Wort ist noch nicht gesprochen.«

»Du hältst ihm immer noch die Treue, stimmt's?«

»Hand aufs Herz, alter Freund: Wärst du an meiner Stelle, würdest du es nicht genauso halten?«

»Auf die Gefahr, undankbar zu erscheinen: Ich weiß nicht, wie ich es diesbezüglich halten würde.«

»Ich verdanke ihm mein Leben, Probus. Genau wie dir.«

»Stimmt. Aber musst du ihm deshalb auf ewig dankbar sein?« Bedacht, die Worte sorgfältig zu wählen, legte Probus eine Pause ein. Dann sagte er: »Sieh mal, Gaius, seit damals sind mehr als eineinhalb Jahrzehnte vergangen. Das solltest du nicht vergessen.«

»Tu ich auch nicht.«

»Na also. Wenn dem so ist, weißt du auch, wie viel sich seit damals geändert hat.« Kein Freund großer Worte, holte Probus tief Luft und rückte bis auf Armlänge an Varro heran. »An der Hand dieses Mannes klebt Blut, das weißt du so gut wie ich. Das Blut seines Schwiegervaters, das Blut seiner Rivalen, die er einen nach dem anderen ausgeschaltet hat, das Blut von Senatoren, die nicht nach seiner Pfeife getanzt haben.«

»Schon gut, Probus, ich verstehe, was du meinst.« Entschlossen, nicht mehr Staub aufzuwirbeln als nötig, stand Varro auf, verpasste dem Medicus einen Klaps und wechselte abrupt das Thema. »Was ich noch sagen wollte – wie geht's eigentlich deiner Frau?«

»Porcia?«, antwortete Probus, ein Lächeln im Gesicht, das Varro nicht recht zu deuten wusste. »Der geht's gut.«

»Und den Kindern?«

»Du, Gaius?«

»Ja, was gibt's?«

»Kann ich dich mal was fragen?«

»Nur zu, Probus – sprich dich aus.«

»Was würdest du tun, wenn deine Frau … Wie soll ich sagen? … Was würdest du tun, wenn deine Frau plötzlich zu spinnen anfängt?«

»Wie bitte? Das musst du mir erklären.«

Anstatt zu antworten, nestelte der Medicus an seiner Tunika herum. »Ich weiß nicht, aber irgendwie ist Porcia in letzter Zeit ziemlich komisch geworden. So ... so sanftmütig, falls du verstehst, was ich meine.«

Und ob er verstand, was der Medicus meinte. Wer mitbekam, wie Porcia mit Probus umsprang, würde nie mehr im Leben Heiratspläne schmieden. Das war so sicher wie die Tatsache, dass Rom die Herrin des Erdkreises war. »Sanftmütig, sagst du? Bei Hera, da stimmt was nicht!«

»Obacht, Gaius – sonst machst du dich bei ihr unbeliebt.«

»Unbeliebt?«

»Weil du es wagst, einen heidnischen Gott anzurufen. Das gibt Ärger – und was für welchen!«

»Moment mal: Soll das etwa heißen, sie ...«

»Sie hat sich in den Kopf gesetzt, Christin zu werden – genau.«

»Na und? Was ist daran so schlimm?«

Noch röter als sonst, sprang der Medicus auf und fuchtelte wie ein Tobsüchtiger mit den Armen herum. »Was daran so schlimm ist, willst du wissen? Da hört sich ja wohl alles auf!« Probus war völlig außer sich. »Irre ich mich, oder haben sie diesen ... diesen ... Wie hieß dieser Aufrührer doch gleich?«

»Jesus.«

»Genau! Haben sie ihn ans Kreuz genagelt, ja oder nein?«

»Gewiss.«

»Na also, und jetzt kommst du daher und behauptest, alles sei nicht so schlimm. Bacchus hilf – ich muss gleich kotzen!«

»Seit damals sind fast 300 Jahre vergangen, Probus.« An Gefühlsausbrüche dieser Art längst gewöhnt, ließ sich Varro nicht aus der Ruhe bringen. »Jupiter, Mithras, Isis, Kybele –wem die Leute huldigen, ist doch wohl egal.«

»Dir vielleicht, aber mir nicht.«

»Und wieso?«

»Wenn dich einer auf die linke Backe schlägt, dann halt ihm auch die andere hin. Bei Hades, was für eine Heuchelei! Weißt du was, Gaius? Dieser jüdische Rabbiner mitsamt seinem Gewäsch kann mir gestohlen bleiben. Und zwar ein für alle Mal.« Der Medicus stieß einen Schwall Atemluft aus und machte eine abfällige Geste. »Haut dir jemand auf die Schnauze, dann gibt's nur eins: zurückschlagen, dass es nur so kracht!«

»Immer mit der Ruhe, alter Freund. Nichts wird so heiß gegessen, wie es gekocht wird.« Die Hände auf den Knien, stieß Varro einen leisen Seufzer aus. Weit entfernt, mit den Christen zu sympathisieren, regte sich dennoch Unbehagen in ihm. Gewalt, so berechtigt sie auch sein mochte, war kein Mittel, um Zwistigkeiten zu bereinigen. Wer Gebrauch davon machte, der würde wieder Gewalt ernten. Wenn es eine Lehre gab, die er aus seiner Militärzeit gezogen hatte, dann diese. »Der Kaiser wird gewusst haben, was er tut.«

»So, meinst du.« Probus schnitt eine Grimasse. »Ob du es hören willst oder nicht, Gaius: Vor knapp sechs Wochen war die Welt noch in Ordnung. Zumindest für mich.«

»Was ist denn schon groß anders geworden, Probus! Das Edikt von Mediolanum vom letzten Monat besagt doch nur, dass alle Religionen von jetzt an gleichberechtigt …«

»Aber das ist es ja gerade, Gaius! Gib einem Christen den kleinen Finger, dann schnappt er sich die ganze Hand.«

»Jetzt übertreibst du aber.«

»Findest du? Dann schau dich mal um, du Traumtänzer! Ladenbesitzer und Laufburschen, Reeder und Hafenarbeiter, Gelehrte und Analphabeten – überall wimmelt es bereits von ihnen.« Sichtlich aufgebracht wanderte der Arzt hin und her. »Wenn wir so weitermachen, mein Freund, dann sind Leute wie du und ich bald in der Minderheit. Dann können wir einpacken, das garantiere ich dir.«

»Jeder so, wie es ihm passt, oder? Damit ist Rom seit jeher gut gefahren.«

»Mag sein – die Frage ist nur, wie lang noch.«

Varro stutzte. »Was soll denn das schon wieder heißen?«, fragte er und begleitete die Replik mit einem Stirnrunzeln. »Sag bloß, du bist unter die Propheten gegangen!«

»Prophet oder nicht – eines, mein Freund, weiß ich genau: Wenn diese Christen am Ruder sind, können wir uns auf was gefasst machen. Dann ist es mit Jupiter, Belenus und wie sie alle heißen, vorbei.« Probus hob mahnend den Zeigefinger. »Darauf, Herr Anwalt, kannst du Gift nehmen.«

»Der Kaiser wird schon wissen, was er tut.«

»Du wiederholst dich, Gaius.« Auge in Auge mit seinem Freund schnappte der Medicus nach Luft. »Weißt du, was ich glaube, Gaius? Der Imperator hat sich längst von ihnen einwickeln lassen.«

»Der Kaiser, ein Christ? Kann es sein, dass du zu tief ins Glas geschaut hast?«

»Abwarten, Herr Stadtrat – und Rotwein trinken.« Wie nicht anders zu erwarten, ließ Probus seiner Ankündigung Taten folgen. »Aber nimm ihn ruhig weiter in

Schutz, Gaius. Ich kann dich nicht daran hindern. Eines aber glaube mir: Was den Kaiser angeht, liegst du falsch. Dieser Emporkömmling führt nichts Gutes im …«

»Staatsfeindliche Hetze und Verunglimpfung des Kaisers – wenn du so weitermachst, Probus, landest du im Kerker«, ertönte plötzlich eine dritte Stimme.

»… Schilde.«

»Impudicus. Auch das noch.« Eine Erwiderung auf den Lippen, brach Varro ab, stieß einen Stoßseufzer aus und nahm wieder Platz. »Heute bleibt mir nichts erspart.« Dann musterte er den Magistrat, mit dem er wiederholt aneinandergeraten war. »Und aus welchem Grund, Stadtpräfekt?«

Flavius Sabinus, bei Hoch und Niedrig als ›Der Lüstling‹ bekannt und verhasst wie kaum ein Zweiter, watschelte hoch erhobenen Hauptes auf seinen Ratskollegen zu, rümpfte die Nase und erachtete es offenbar für überflüssig, Varro zu begrüßen. »Weil es mir so gefällt, Gaius – weshalb denn sonst?«

»Dekurio, wenn ich bitten darf. Sonst heißt es noch, dass wir befreundet sind.«

Fast ebenso groß wie Varro, doch mehr als doppelt so schwer, stieß der Präfekt ein affektiertes Lachen aus und bedeutete seinem Leibsklaven, ihm Luft zuzufächeln. »Weißt du, was ich an dir so schätze, *Gaius*?«, höhnte er, die Mundwinkel, in welche seine wulstigen Lippen mündeten, mit Speichel verklebt. »Nein? Deine Offenheit. Guck nicht so, das ist die Wahrheit!«

»Die Wahrheit, *Herr Kollege*, ist eine alte Dirne, die sich dem Meistbietenden an den Hals zu werfen pflegt.« Varro setzte ein treuherziges Lächeln auf. »Gerade du müsstest das doch am besten wissen.«

»So, müsste ich das.« Feist, faul, aufgeschwemmt und reizbar wie ein Eber, lief Varros Widersacher, dessen Kahlkopf nahtlos in den Rumpf überzugehen schien, vor Ärger rot an. »Nebenbei bemerkt, stimmt es eigentlich, dass du wieder zu haben bist?«

»Falls das eine Provokation sein soll, vergiss es, Präfekt.«

»Hochnäsig, eingebildet und ungehobelt. Du änderst dich wohl nie, was, Gaius?«

»Vorschlag, Herr Kollege – wie wär's, wenn wir dies unwürdige Spektakel beenden? Sonst …«

»Sonst was?«, bellte Impudicus und reckte das vorspringende Kinn. »Denkst du vielleicht, ich habe Angst vor dir?«

»Ich denke überhaupt nichts, Sabinus.« Varro lächelte verschmitzt. »Dürfte ich dich trotzdem um einen Gefallen bitten?«

Nichts Böses ahnend, lächelte der Präfekt zurück. »Nur zu, Gaius – du weißt doch, dass ich dir nichts abschlagen kann.«

»Geh mir aus der Sonne.«

»Wenn du denkst, ich lasse mich vorführen, dann …« Weiter kam Impudicus, Stadtpräfekt von Treveris, nicht. Schuld daran war Naso, Befehlshaber der Stadtwache, der wie von Furien gehetzt auf ihn zustürmte. »Was gibt es, Bursche?«, blaffte der Fleischberg, in Gedanken bei seinem Intimfeind, der ihn amüsiert musterte. »Nicht einmal hier hat man seine Ruhe!«

»Bedaure, Präfekt, aber es ist dringend!«, keuchte der Ordnungshüter, der seinem Spitznamen alle Ehre machte. »Sonst würde ich nicht wagen, dich zu stören.«

»Das will ich hoffen, Naso.« Darauf bedacht, sich in

Szene zu setzen, nahm der Stadtpräfekt seine sorgfältig einstudierte Cäsarenpose ein. »Für dich.«

»Wir haben eine Leiche gefunden, Herr!«, stieß der Haudegen hervor, was nicht nur Varro, sondern auch die übrigen Anwesenden hellhörig werden ließ.

»Ein Toter? Ist das dein Ernst?« Impudicus, an dem ein Schauspieler verloren gegangen war, blähte sich ungehalten auf. »Und deswegen wagst du es, mich zu behelligen?«

»Nicht irgendein Toter«, schob der Bewaffnete hinterher und handelte sich einen Blick ein, der nichts Gutes verhieß, »sondern jemand, den ihr kennt. Den alle hier kennen.«

»Rede, Nichtsnutz! Um wen handelt es sich?«

»Bei allem Respekt, Herr: Hältst du es nicht für besser, wenn wir das unter vier Augen be …«

»Noch ein Wort, Naso, und ich lasse dich in Ketten legen.« Kurz davor, aus der Rolle zu fallen, bedeutete der Präfekt den Umstehenden, sich zu zerstreuen, wovon sich Varro allerdings nicht beeindrucken ließ. »Also: Um wen handelt es sich?«

»Um Niger, Herr!«, platzte der Ordnungshüter heraus, den Blick auf Impudicus und im Anschluss daran auf Varro gerichtet. »Du weißt schon, der Retiarius!«

VERFEMTE

›Zu gleicher Zeit rühmt man sie, wertet sie ab und erniedrigt sie, in der Tat verurteilt man sie ganz offen zu einer verächtlichen Stellung und zum Verlust der Bürgerrechte, man schließt sie vom Senat aus und von der Rednertribüne, vom Stand der Senatoren und der Ritter und allen anderen Ehren und Auszeichnungen.‹*

[Tertullian (ca. 150–220 n.Chr.)]

* zit. bei **Junkelmann**, S. 23f.

LIBER TERTIUS

XI

Kaiserthermen, Beginn der siebten Stunde | 12:00 h

»Halt dich da raus, Gaius!«, giftete Impudicus seinen Ratskollegen an. Auf den Leichnam, der am Rand der Abfallgrube in der prallen Sonne lag, verschwendete er keinen Blick. »Sonst gibt es Ärger.«

»Ärger?«, echote Varro und verzog keine Miene. »Den bin ich gewohnt!«

»An deiner Stelle, *Herr Kollege*, würde ich den Mund nicht so voll nehmen! Ich habe Verbindungen, von denen du nur träumen kannst.« Impudicus, dessen Körperfülle in umgekehrt reziprokem Verhältnis zu seinen Geistesgaben stand, griente hämisch vor sich hin. »Ein Wort von mir, und du darfst beim Statthalter vorreiten. Was dann passiert, überlasse ich deiner Fantasie.«

»Soll das etwa eine Drohung sein? Falls ja, wird sie bestimmt nicht fruchten.« Rein äußerlich die Ruhe selbst, hob Varro seine Hand vor die Augen. Die Sonne, grell und kurz vor dem Zenit, brannte auf die in Sichtweite der Palästra gelegene Grube herab, und er fragte sich, weshalb der Tote ausgerechnet hier deponiert worden war. Kein Römer, nicht einmal ein Sklave, hatte es verdient, wie ein Tierkadaver verscharrt zu werden, übersät mit Unrat, Ziegelsplitt, Bauschutt, Schuhsohlen und Tonkrügen, welche auf der Baustelle zu Bruch gegangen waren. Das war nicht nur inhuman, sondern menschenverachtend.

Das war, drastisch formuliert, Barbarei.

Varro schluckte, nicht nur aufgrund des Schicksals, welches den dunkelhäutigen Gladiator ereilt hatte. Ein infernalischer Gestank lag in der Luft, ein Gemisch aus gelöschtem Kalk, Kot und den Essensresten, mit denen der Leichnam überhäuft gewesen war. Auf Anhieb kaum wahrnehmbar gesellte sich jedoch ein anderer Geruch hinzu, den Varro nur allzu gut kannte. Es war der Hauch des Todes, welcher ihn erstarren, der Odem des Schlachtfeldes, der ihn trotz der Hitze frösteln, der Atem des Hades, welcher ihn instinktiv zurückweichen und an sich selbst die Frage nach dem Sinn seines Tuns stellen ließ.

Wer weiß, vielleicht hatte Impudicus sogar recht. Vielleicht ging ihn das alles nichts an. Schließlich war er als Privatmann hier, anders als dieser Aufschneider, dem es oblag, die öffentliche Ordnung zu wahren. Er war nur Zaungast, einer von circa zwei Dutzend Gaffern, welche sich im Hintergrund zusammengerottet hatten. Daher, nicht zuletzt aus Gründen der Pietät, wäre ein Leichtes gewesen, den Ort des Grauens zu verlassen. Impudicus wäre dies nur recht gewesen, hasste er doch nichts mehr, als einen Aufpasser neben sich zu haben.

»Du siehst schlecht aus, Gaius – stimmt irgendetwas nicht?«

Die Handfläche auf dem Stock, den er liebend gern als Waffe benutzt hätte, blieb Varro kühl und gefasst. »Zum Mitschreiben, Sabinus: Was mich betrifft, wäre ich dankbar, wenn du mich nicht mit meinem Vornamen anreden würdest.«

»Jetzt hör' mir mal gut zu, Varro, wenn du glaubst, du kannst mich von oben herab …«

»Na also, geht doch.«

Bebend vor Zorn trat Impudicus bis auf Armlänge an Varro heran. »Wenn du denkst, ich lasse mir auf der Nase rumtanzen, hast du dir den Falschen ausgesucht!«, schäumte er. »So, und jetzt verschwinde, damit wir hier fertigwerden.«

»Mit Verlaub, erhabener Impu … äh … Sabinus«, schaltete sich Probus, welcher neben der Leiche kniete, unversehens ein. »Ich fürchte, das wird nicht gehen.«

»Und wieso nicht?«

»Weil, wie ich zu meinem Bedauern konstatieren muss, wir es hier mit einem Mordfall zu tun haben.«

Wäre das Thema, um das es ging, per se kein ernstes gewesen, hätte Varro in die gleiche, nämlich ironische Kerbe gehauen. So aber hielt er sich zurück, und sei es nur, um sich an der Verblüffung zu weiden, die Impudicus ergriff. »Mord? Was soll das heißen?«

»Das soll heißen«, begann Probus und winkte den korruptesten Stadtrat, welchen Treveris je erlebt hatte, mit einladender Gebärde heran, »das soll heißen, man hat der bemitleidenswerten Kreatur das Genick gebrochen.«

»Bemitleidenswert?«, echote Impudicus und förderte ein Seidentuch zutage, mit dem er sich die schweißglänzende Stirn betupfte. »Ist das dein Ernst?«

»Natürlich. Oder findet du das Ganze zum Lachen?«

»Auf die Gefahr, dir jegliche Illusion zu rauben, Probus: Hier handelt es sich nicht etwa um einen unbescholtenen Bürger, sondern um einen Gladiator. Und um einen *Afrikaner*, falls du verstehst, was ich meine.«

Probus, der sehr wohl verstand, was Sabinus meinte, machte ein angewidertes Gesicht. Dann, nach einem neuerlichen Schluck aus seinem Weinschlauch, drehte er den Leichnam auf den Bauch und deutete auf einen Punkt, welcher sich knapp oberhalb des Kragens befand. »Hier«, erläuterte er und wischte sich den Wein von den Lippen. »Genau hier ist die Halswirbelsäule gebrochen.«

»Wer weiß, vielleicht war es ein Unfall.«

»Tut mir leid, dich diesbezüglich enttäuschen zu müssen.« Probus schnitt eine Grimasse, welche von der Maske eines Komödianten kaum zu unterscheiden war, tauschte einen Blick mit Varro und schob Nigers Tunika in die Höhe. »Tritt näher, Dekurio, hier kannst du etwas lernen.«

»Hüte deine Zunge, Trunkenbold, sonst …«

»Aber, aber, Sabinus«, höhnte Probus, dem das Wortgefecht sichtlich Vergnügen bereitete, »wer wird denn gleich so aufbrausend sein.« Dann deutete er auf die Wunde, welche sich eine Handbreit unterhalb des Schulterblatts befand. »Eine Stichwunde, circa zwei bis drei Fingerbreit tief. Wer das getan hat, muss eine Mordswut im Bauch gehabt haben. Oder Bärenkräfte.«

Sabinus machte eine wegwerfende Gebärde. »Und woher willst du wissen, dass die Wunde nicht vom Kämpfen herrührt? Schließlich war das sein Beruf.«

»Mit Verlaub, Clarissimus: Eigentlich hätte ich dir mehr Verstand zugetraut.«

»Nimm dich in Acht, Medicus!«, grollte Sabinus, der es für überflüssig hielt, sich zu bücken. »Sonst wird dir das noch mal leidtun.«

»Leid, oh Muster an Rechtschaffenheit, tut mir eigentlich nur der arme Schlucker da.« Ohne Impudicus eines weiteren Blickes zu würdigen, rappelte sich Probus auf, nahm seinen Weinschlauch mit und gesellte sich zu Varro, der den Leichnam nachdenklich musterte. »Oder was meinst du, Stubenhocker?«

»Das gleiche wie du, Probus.«

»Aber?«

»Kein ›Aber‹, Medicus.« Des Anblicks müde, welcher sich ihm bot, klopfte Varro seinem Freund im Vorbeigehen auf die Schulter, bückte sich und breitete das Leinentuch, mit dem der Leichnam verhüllt gewesen war, wieder über ihm aus. Dann, zu seiner eigenen Überraschung, bat er die Götter, sich Nigers anzunehmen. »Auf dass die Seele, welche nicht mehr in seinem Körper weilt, dereinst Frieden finden möge.«

»Das hast du aber schön gesagt Varro. Sag bloß, du bist zu den Christen übergelaufen!«, grinste Sabinus.

»Wenn ja – wäre das schlimm?«

»Aber nein, wo denkst du hin. Auf einen Verrückten mehr oder weniger kommt es nicht mehr an. Weißt du was, Varro? Ich glaube, die Angelegenheit wird sich von selbst regeln. Rom hat schon viele Modetorheiten erlebt – und hat sie allesamt verkraftet. Solang die Armee ihren Mann steht, wird das Imperium fortbestehen.«

»Genau das, mein lieber Sabinus, ist das Problem.« Die Armee, auf die viele offenbar große Hoffnungen setzten, war längst nicht mehr das, was sie einmal gewesen war. Das hatte Varro zu spüren bekommen. Früher, zu Zeiten eines Augustus, war der Dienst in den Legionen noch begehrt gewesen. Heute, knapp 300 Jahre später, war das nicht mehr so. Der Dienst mit der Waffe hatte an Reputation eingebüßt, am meisten in Italien, Ägypten und Griechenland, wo sich kaum noch jemand freiwillig meldete. Heutzutage stammten die meisten Legionäre aus Illyrien, dicht gefolgt von Thrakern und Söldnern, welche germanischer Herkunft waren. Niemand, so schien es, legte mehr Wert darauf, dem Vaterland zu dienen, und er bezweifelte, ob diejenigen, welche sich Römer nannten, überhaupt Patrioten waren. »Darf man fragen, was ihr jetzt zu tun gedenkt?«

»Nichts.«

Varro glaubte, er habe sich verhört. »Nichts?«, brach es aus ihm hervor, obschon der Schmerz, der ihn in diesem Moment peinigte, nicht von schlechten Eltern war. »Ist das dein Ernst?«

Sabinus nickte, in Gedanken bei seinem Sklaven, dem er den Auftrag erteilt hatte, einen Sonnenschirm zu beschaffen. »Selbstverständlich, Herr Kollege.«

»Falls du es noch nicht bemerkt haben solltest, Dekurio: Wir haben es hier mit einem Mordfall zu tun.«

»Wir?«, quiekte Impudicus, dessen Schweißflecke unter den Achseln die Größe von Untertellern erreicht hatten. »Was heißt hier ›wir‹, wenn ich fragen darf?«

»Na schön, dann eben nur ich.«

Kurz vor dem Platzen, lief Impudicus rot an, riss den Mund auf, machte Anstalten, sich umzudrehen – und verstummte. »Genau so könnte es gewesen sein, oder was meinst du, Dekurio?«, hörte er Probus sagen, während er dessen Unterarm am Kinn und einen spitzen Gegenstand in der Rückengegend spürte. »Der Mörder schleicht sich an, nimmt sein Opfer in den Würgegriff, rammt ihm einen Dolch zwischen die Rippen und bricht ihm das Genick. Und was lernen wir daraus? Doppelt genäht hält besser. Um wen auch immer es sich gehandelt haben mag: Der Bastard weiß, wie man seine Mitmenschen ins Jenseits befördert.«

»Was erlaubst du dir eigentlich, du …«

»Einen anderen Ton, wenn ich bitten darf.« Probus dachte nicht daran, seinen Griff zu lockern, zur Freude der Gaffer, welche die Szene aus der Distanz verfolgten. »Ach, übrigens: Du brauchst keine Angst zu haben, Dekurio – was du im Rücken spürst, ist nur ein Stock.«

»Genug, Probus – das reicht.«

Sichtlich in seinem Element, stellte sich Probus taub und ließ Impudicus noch eine Weile zappeln. Dann kam er Varros Aufforderung nach, stieß den Fettwanst von sich und schleuderte den Stock ins Gebüsch. »Noch Fragen?«

»Eines Tages –«, geiferte Impudicus und würdigte seinen Sklaven, der samt Sonnenschirm zur Stelle war, keines Blickes, »eines Tages, du Ratte, werde ich dir alles heimzahlen! Ich werde dich zur Verantwortung ziehen, verlass dich drauf.«

»Was, wie ich hoffe, auch auf den Täter zutrifft.«

Bebend vor Zorn zupfte Sabinus an seiner Toga herum, deren Faltenwurf, von seiner Laune nicht zu reden, irreparablen Schaden genommen hatte. »Nur damit das klar ist, Herr Kollege«, zischte er und vermied es, Varro dabei anzuschauen, »Mord oder nicht – für mich ist der Fall abgeschlossen. Denkst du, ich hätte nichts Besseres zu tun, als hinter dem Mörder eines Negers herzujagen? Was glaubst du eigentlich, wen du vor dir hast? Einen Popanz, oder was? Hier habe immer noch ich das Sagen, kapiert?«

»Gegenfrage: Weiß deine Frau eigentlich, dass du dich mit einem Stallburschen vergnügt hast?«

Der Hieb saß, und da Zurückhaltung unangebracht schien, konnte sich Varro eines Schmunzelns nicht erwehren. Teiresias war sein Geld wirklich wert, und er war gespannt, was er noch zutage fördern würde. »Von mir aus tu, was du willst, aber ich fürchte, Pomponia wird das anders sehen als ich.«

»Weißt du, was du bist, Varro?«, schniefte Impudicus, so kleinlaut, dass man fast Mitleid mit ihm bekam. »Du bist ein heimtückischer ...«

»Fragt sich, wer hier heimtückisch ist.« Varros Schmunzeln verschwand, und der Anwalt in ihm gewann die Oberhand. »Aber ich kann dich beruhigen.« Als sei der Anblick etwas Alltägliches für ihn, wanderte sein Blick zur Abfallgrube und blieb dort haften. »Ich kann schweigen, *Impudicus* – schweigen wie ein Grab.«

»Wie viel wird mich der Kuhhandel mit dir kosten?«

»Nichts.«

»Das nehme ich dir nicht ab, Varro.«

»Nun ja – fast nichts.«

»Komm schon, bringen wir's hinter uns – *wie viel*?«

»Ich finde, du begehst einen Fehler, Dekurio.« Der Blick, welchen Varro mit Probus wechselte, sprach Bände. »Du misst mich mit deinen Maßstäben. Dabei will ich doch nur das Beste – für mich und für dich.«

»Spuck's aus, Varro: Was geht in deinem Advokatengehirn vor?«

»Als Erstes, Herr Kollege, wirst du Sorge tragen, dass der Tote zur Kurie transportiert wird. Ohne Aufsehen, das versteht sich von selbst.«

»Zu welchem Zweck?«

»Darüber zerbrich dir nicht den Kopf. Wichtig ist nur, dass der Leichnam gewaschen, aufgebahrt und von niemandem angetastet, geschweige denn an einen anderen Ort verbracht wird. Damit nichts schief geht, wird dir mein Freund Probus mit Rat und Tat zur Seite stehen.«

Am Boden zerstört, hatte es Impudicus die Sprache verschlagen.

»Ich weiß, du wirst mich nicht enttäuschen.« Erschöpfter als er es sich eingestehen wollte, holte Varro tief Luft, stützte sich auf seinen Stock und sagte: »Und nicht vergessen: zu niemandem ein Wort. Keine Finten, Winkelzüge und was du sonst noch auf Lager hast. Haben wir uns verstanden?«

»Du stellst dir das sehr einfach vor, Varro.«

»Sagen wir's einmal so: Das wird eine echte Herausforderung für dich. Vergiss nicht, was dabei auf dem Spiel steht, Dekurio. Deine Frau hat ein Vermögen geerbt und den Fehler begangen, dass sie auf dich hereingefallen ist. Was, denkst du, wird sie tun, wenn deine Affäre mit dem Stallburschen ruchbar wird?« Varros Mundwinkel kräuselten sich. »Na also, ich sehe, wir verstehen uns. Und wenn wir gerade dabei sind: Wo steckt eigentlich der Arbeiter, der den Leichnam gefunden hat? Wenn du nichts einzuwenden hast, würde ich gern ein paar Worte mit ihm wechseln.«

»Sonst noch was, der Herr?«

»Nein, das wär's – zumindest für den Augenblick.« Weit entfernt, sich seines Triumphes zu freuen, richtete sich Varro zu voller Größe auf. »Du kannst gehen, Impudicus – ich habe zu tun!«

XII

Forum, kurz vor Beginn der achten Stunde | 13:20 h

»Machs Maul auf, Abschaum, sonst kannst du was erleben!« Holconius, Besitzer eines Steinbruchs unweit der Stadt, hob die Faust und zielte auf das Gesicht des Mannes, der das Pech hatte, seinen Zorn heraufbeschworen zu haben. »Wo ist das Geld, das ich auf diesen scheiß Neger gesetzt habe?«

»Na, wo denn wohl!«, würgte Lupicinus hervor und versuchte, sich dem Griff des 300-Pfund-Kolosses zu entwinden, dessen Linke ihn mit eisernem Griff am Kragen gepackt hatte. »In den Taschen der Gewinner. Alles weg, bis auf ein paar Kupfermünzen.«

»Alles weg? Und du buckliger alter Zwerg traust dich, mir das ins Gesicht zu sagen? Rück meinen Einsatz raus, oder ich mache Hackfleisch aus dir!«

Lupicinus, von Beruf Geldwechsler, bedarfsweise jedoch auch Pfandleiher und Buchmacher, bei dem man Wetten über den Ausgang von Kämpfen abschließen konnte, wandte den Blick reflexartig ab. Diesem Grobian, der zu den engsten Freunden des Stadtpräfekten zählte, traute er einfach alles zu, und er überlegte fieberhaft, wie er den Kopf aus der Schlinge ziehen konnte. »Ich weiß nicht, wie oft ich es dir noch sagen soll«, japste er, das Gesicht, welches von einer Hakennase dominiert wurde, vor Angst totenbleich, »ich musste das Geld auszahlen. Das weißt du so gut wie ich. Sonst … sonst hätten sie mir die Bude in Brand gesteckt!«

»Und warum, du armenischer Scheißhaufen, hast du mir dann diesen Floh ins Ohr gesetzt? Denkst du vielleicht, ich lasse mich an der Nase rumführen?« Vor Wut kaum zu bändigen, fegte der Koloss mehrere Münzstapel, Schuldverschreibungen und eine Silberwaage vom Tresen und zerrte Lupicinus zu sich heran. »Schau mich gefälligst an, wenn ich mit dir spreche!«, brüllte er so laut, dass die Passanten vor der Tür der Wechselstube aufhorchten. »Was soll der Quatsch – willst du mich verarschen, oder was?«

»Wenn hier einer verarscht worden ist, dann ich!«

»So, so – und von wem?«

»Glaubst du vielleicht, ich bin lebensmüde? Meinetwegen schlag hier alles kurz und klein – von mir erfährst du kein Wort!«

»Ich will dir mal was sagen, du Gnom: Entweder du rückst das Geld raus, oder du kriegst dermaßen was auf deinen Zinken, dass der Rotz drei Meilen weit …!«

»Ich hab einen Wink bekommen – kapier's doch endlich.«

»… spritzt. Einen Wink – aha! Nennt man das jetzt so. Du verlangst hoffentlich nicht, dass ich dir das glaube! Ich bin ein Mal auf dich reingefallen, das reicht.«

Zappelnd wie ein Aal, rang Lupicinus nach Luft. »So wahr ich hier stehe, Herr: Genau so war's! ›Niger wird den Kampf verlieren!‹, hat mein Gewährsmann gesagt. ›Darauf kannst du deinen Arsch verwetten.‹«

»Was du nicht sagst. Und du grauhaariger alter Hanswurst warst so blöd, um ihm das zu glauben?«

»Warum nicht?«

»Verstehe ich das richtig, Schlappschwanz: Da erhältst du einen … Wie sagtest du doch gleich? Genau! Da kriegst du also einen Wink – wer weiß, am Ende vielleicht von Hermes höchstpersönlich! –, riechst ein dickes Geschäft und entsinnst dich deines Freundes Holconius, mit dem du bereits mehrere dicke Geschäfte gemacht hast. Auf dass die Bande, welche wir geknüpft haben, gefestigt werden mögen. Ist es das, was du mir weismachen willst?«

»Genau!«, winselte der Geldwechsler in der Hoffnung, die angedrohte Tracht Prügel oder Schlimmeres würde ihm erspart bleiben. »Kleine Geschenke erhalten schließlich die Freundschaft.«

»Weißt du, was du bist, Lupicinus?«

Krebsrot im Gesicht, aus dem die Augen wie Luftblasen hervorquollen, hielt der Geldwechsler den Atem an. Entweder es würde gleich Hiebe setzen oder, im günstigsten Fall, weiter Beschimpfungen hageln. »Wie ich dich kenne, wirst du es mir gleich sagen.«

»Genau.« Nur eine Armlänge von seinem Opfer entfernt, blähte der Koloss die Nüstern, blinzelte und blies Lupicinus seinen übel riechenden Atem ins Gesicht. »Du bist der größte Halunke, den ich kenne. Mit mir teilen – das kannst du deiner Großmutter erzählen.« Holconius prustete vor Lachen. »Ich zähle jetzt bis drei, du Drecksack, und dann rückst du mit der Wahrheit raus. Eins, zwei …«

»Und drei!«, ertönte es so plötzlich, dass beide, sowohl Lupicinus als auch sein Peiniger, zusammenzuckten. Doch da war es bereits zu spät, und der Unbekannte, welcher sich Holconius von hinten genähert hatte, drehte ihm die Rechte auf den Rücken. Der Steinbruchbesitzer, beileibe kein Schwächling, schrie vor Schmerz und holte mit dem Ellbogen aus, um ihn dem Angreifer in den Leib zu rammen. Ehe es dazu kam, spürte er jedoch einen weiteren, mindestens ebenso starken Schmerz. Der Unbekannte, alles andere als zimperlich, packte seinen Oberarm und drückte ihn wie morsches Holz zusammen. Holconius schrie auf – und ergab sich in sein Schicksal. »Was ist«, höhnte eine Stimme in seinem Rücken, »hat es dir die Sprache verschlagen?«

Mehr als ein Winseln, auf das der Angreifer mit Schadenfreude reagierte, brachte Holconius jedoch nicht zuwege. Schuld daran war natürlich sein Oberarm, der schmerzte, als ob er sich in einem Schraubstock befand. Die Rechte, immer noch an Ort und Stelle, spürte er schon fast nicht mehr.

»Hier, als Geste des guten Willens.« Doch plötzlich, ebenso schnell, wie Holconius überwältigt worden war, hatte die Qual ein Ende. Der Griff des Fremden lockerte sich und gab die Rechte wieder frei. Mehr noch, als der Koloss den schmerzenden Oberarm betasten wollte, erlebte er eine faustdicke Überraschung, spürte, als träume er, plötzlich einen Schnürbeutel in der Hand. »Beziehungsweise als Wiedergutmachung.«

»Und was muss ich dafür tun?«, ächzte Holconius, der nicht den Mut hatte, sich umzudrehen. »Ich dachte schon, du brichst mir den Arm.«

»Warum sollte ich? Damit ist niemandem geholfen.«

»Na, du hast vielleicht gut reden!« Weit schneller als erwartet gewann der Steinbruchbesitzer die Fassung zurück, argwöhnisch beäugt von Lupicinus, dessen Blick verriet, dass er den Fremden kannte. »Erst fällst du über mich her und dann machst du einen auf Versöhnung.«

»Wie schade – ich wollte dir nur einen Gefallen tun.« Der Fremde atmete geräuschvoll aus, räusperte sich und blaffte: »Jetzt tu nicht so, das Geld gehört dir!«

»Na, wenn das so ist, will ich nicht so sein.« Fast wieder der Alte, drehte sich Holconius um.

Und hielt überrascht inne.

Der Mann, welcher ihn das Fürchten gelehrt hatte, war nicht annähernd so groß wie er, dafür aber kräftig, um nicht zu sagen muskulös, braun gebrannt und dunkelhaarig. Zwar hatte er, was unschwer zu erkennen war, den Zenit seines Lebens bereits überschritten, wirkte deswegen aber nicht alt. Unter dem Umhang, welcher durch eine Silberfibel zusammengehalten wurde, zeichneten sich kräftige Schultern ab, und das galt auch für seine Hände, wovon Holconius mittlerweile ein Lied singen konnte.

All dies war einschüchternd genug, jedoch nichts im Vergleich zu der Aura, die den Mittvierziger umgab. Mittelgroß, bullig und untersetzt, haftete ihm etwas Bedrohliches, nahezu Raubtierhaftes an, ein Eindruck, welcher durch die Klappe über dem linken Auge verstärkt wurde. Arme und Gesicht waren mit Narben übersät, teils verblasst, zum Teil nur wenige Tage alt. Vulgär oder gewöhnlich sah der Unbekannte dennoch nicht aus, nicht zuletzt dank der weinroten und mit Blattwerk und Ranken bestickten Tunika, Sandalen aus Hirschleder und dem Armreif, auf dem eine Kampfszene abgebildet war.

»Was gibt's da zu glotzen, noch nie einen Syrer gesehen?«

Natürlich hatte Holconius, der aus Smyrna stammte, schon genug Landsmänner des Fremden gesehen, aber das war eine Ewigkeit her. »Syrer? Jede Menge!«, beeilte er sich folglich zu versichern, was, wie ein Blick auf den Unbekannten verriet, die gewünschte Wirkung jedoch verfehlte. »Freut mich, deine Bekanntschaft zu machen – und danke für das Geld.«

Nicht so einfältig, um die Unterwürfigkeit des Steinhauers für bare Münze zu nehmen, nahm der Fremde sein Gegenüber ins Visier. »Ich hoffe, wir sind quitt.«

»Klar doch.« Ein Blick in den Beutel, und die Miene des Kolosses hellte sich auf. »Natürlich sind wir das.«

»Vergiss das Ganze, es ist besser so.«

Holconius antwortete mit einem Kopfnicken, empfahl sich und verschwand. »Und du auch, Lupicinus, haben wir uns verstanden?«

»Und was ist mit der Ägypterin?« Alles andere als überzeugt, umrundete der Geldwechsler die Theke und begann, die am Boden verstreuten Münzen aufzusammeln. »Wird nicht leicht werden, sie zum Schweigen zu bringen.«

»Kommt drauf an, was man darunter versteht.« Nachdenklich geworden, fuhr der Unbekannte mit dem Zeigefinger über den Tresen und begutachtete den Staub, der daran haften blieb. »Wärst du gestern Abend nicht aus den Latschen gekippt, hätten wir jetzt ein Problem weniger.«

»Und Geld zum Fressen.«

»Falls das ein Vorwurf gewesen sein soll, Lupicinus – wird nicht wieder vorkommen!«

»Das sagt sich so leicht, Maximinus.« Fast zwei Köpfe kleiner als der Syrer, dem er mit spürbarem Misstrauen begegnete, richtete sich der Geldwechsler auf und ließ eine Reihe von Münzen auf den Tresen gleiten, unter ihnen einen Solidus, auf dem das Konterfei des Kaisers abgebildet war. »Wenn so etwas wie gestern noch mal vorkommt, können wir beide ein ...«

»Einpacken – kommt nicht infrage.« Die Handfläche auf dem Türpfosten, schwieg sich Maximinus, Ex-Gladiator und Veranstalter der Spiele, zunächst aus, beobachtete das Treiben auf dem Forum und wandte sich geraume Zeit später wieder seinem Gesprächspartner zu. »Dazu, mein Bester, steht viel zu viel auf dem Spiel.«

»Und der Neger? Ich finde, man sollte ihm eine Lektion erteilen.«

»Das, mein lieber Lupicinus, findest nicht nur du.« Die Lippen des Syrers kräuselten sich. Aus dem Lächeln, welches sich andeutete, sollte jedoch nichts werden. »Aber sei unbesorgt, alter Freund: So schnell wird uns der Verräter nicht mehr in die Quere kommen.«

»Dein Wort in Jupiters Gehörgang, Lanista.«

»Nicht nötig!«, antwortete der Syrer, hob die Hand und wandte sich zum Gehen. »Dafür wurde längst Sorge getragen!«

XIII

Ebenda, eine Viertelstunde später | 13.40 h

»Fazit: keinerlei Zeugen.«

»Und wie steht's mit … wie hieß der Rotschopf doch gleich?«

»Quintus.« Varro rümpfte die Nase und warf Probus, auf den er vor der Kurie gewartet hatte, einen vielsagenden Seitenblick zu. »Verkatert bis zum Gehtnichtmehr. Aber immerhin kannte er sich aus.«

»Das heißt, Niger war ihm ein Begriff.«

Varro nickte und bedeutete Probus, ihm zu folgen. Unter den Kolonnaden, welche das Forum flankierten, konnte man sich in Ruhe unterhalten, anders als hier, wo Gott Sol seine ganze Kraft entfaltete. »Er behauptet, er habe ihn sofort erkannt.«

»Woran denn?«

»An der Kette, die er am Fußgelenk trug. Müsste dir eigentlich aufge …«

»Ist sie, falls du das hier meinst.« Endlich im Schatten, dessen Kühle ihn befreit aufatmen ließ, nahm Probus seine Ledertasche von der Schulter, griff hinein und zog ein per Lederriemen miteinander verbundenes Sammelsurium hervor. »Hübsche Trophäensammlung, findest du nicht auch?«

»Wie man's nimmt.« Eher beiläufig und mit einem flauen Gefühl im Magen ließ Varro den Blick auf der Kette ruhen. »Scheint so, als sei er Jäger gewesen.«

»Gut möglich«, antwortete Probus, dem die Beklommenheit seines Freundes nicht entging, und verstaute die Kette wieder in der Tasche. »Wer weiß, vielleicht können wir das Ding noch brauchen.«

»Wie gesagt«, entgegnete Varro und begann, unter den Kolonnaden auf und ab zu gehen, »was Gladiatoren betrifft, kannte sich dieser Quintus aus.«

»Auch, was Niger betrifft?«

»Scheint so.« Die Hand auf dem Stock, den er mehr denn je benötigte, hielt Varro unvermittelt inne. »Zumindest war er gestern im Amphitheater.«

»Und? Ist ihm etwas aufgefallen?«

»Nein. Nimmt man das, was er sagt, für bare Münze, scheint es sich um einen ganz normalen Kampf gehandelt zu haben.«

»Warum auch nicht. Alles andere als ein Sieg von Niger wäre ja wohl eine Überraschung gewesen.«

»Mag sein, alter Freund, mag sein.« Die Stirn in Falten, ließ Varro die Darstellung, welche der Bauarbeiter von den Geschehnissen geliefert hatte, vor seinem geistigen Auge vorüberziehen. Ein ganz normaler Kampf, in der Tat. Ein Kampf, bei dem, wie von jedermann erwartet, Niger den Sieg davongetragen und seinem Gegner den Gnadenstoß gegeben hatte. »Ich bin zwar kein Experte, aber …«

»Aber?«

»Dieser Quintus sagt, die Wetten standen 17 zu eins.«

»17 zu eins? Na, dann ist ja alles klar.«

»Nichts ist klar, Probus, aber auch rein gar nichts.«

»Und wieso nicht?« Die Arme vor der Brust verschränkt, verzog Probus das Gesicht. »Hätte er verloren, wäre es Niger an den Kragen gegangen. Liegt ja wohl auf der Hand. Dann hätte er sich bei gewissen Leuten unbeliebt gemacht. Aber so – nee, alter Freund, mit dem, was sich im Amphitheater abgespielt hat, kann sein Ableben nichts zu tun gehabt haben. Da bin ich mir sicher. Absolut sicher.«

»Und was, wenn du dich irrst? Was, wenn er getötet wurde, *weil* er gewonnen hat?«

»Moment mal, du denkst doch nicht etwa, bei den Spielen wird besch …«, platzte Probus heraus, brachte es jedoch nicht über sich, den Gedanken auszusprechen.

»Angenommen, dem wäre so – würde dich das überraschen?«

»Eigentlich nicht.«

»Siehst du, mich auch nicht.« Reif für eine Erfrischung, rief Varro nach dem Wasserverkäufer, welcher unweit von ihm das Forum überquerte, ließ sich einschenken und hob den Becher an den Mund. »Auch einen Schluck?«

»Willst du mich umbringen, oder was?«

»Ein Angebot, auf das ich bei Gelegenheit zurückkommen werde!«, scherzte Varro, leerte den Becher und ließ eine Münze in die Handfläche des Wasserverkäufers wandern, der sich freudestrahlend und unter Verbeugungen empfahl. »Es sei denn, du hilfst mir, den Fall zu lösen.«

»Ich – dir helfen? Wie kommst du denn auf die Idee?«

»Auf Treverisch gesagt: Du bist dabei.«

»Ich kann einen Invaliden doch nicht im Stich lassen, oder?«, entgegnete Probus, ein breites Lächeln im Gesicht. »Ohne mich wärst du doch glatt aufgeschmissen.«

»Da hast du recht, alter Freund – *ausnahmsweise*.«

»Regel Nummer eins: Ich habe immer recht.«

»Und Regel Nummer zwei?«

»Es geht nichts über einen Becher Wein.«

»Bedaure, Probus – daraus wird so schnell nichts werden.«

Der Medicus stieß einen theatralischen Seufzer aus. »Hab ich mir fast gedacht.« Probus schulterte seine Tasche und sah Varro, dessen Miene auf einmal ernst geworden war, erwartungsvoll an. »Spuck's aus – was hast du vor?«

»Du erinnerst dich an die Frau, von der ich dir erzählt habe?«

»An die Schankwirtin, na klar. Heißt das, wir beide gehen jetzt einen …?«

»Dann erinnerst du dich sicher auch an den Vorfall, über den sie mich heute Morgen in Kenntnis gesetzt hat.«

Um eine Enttäuschung reicher, begnügte sich Probus mit einem Nicken.

»Wie schön.« Die Handkante über den Brauen, um das Sonnenlicht abzuwehren, trat Varro aus dem Schatten und sah sich nach allen Seiten um. »Hier muss es irgendwo sein.«

»Was denn?«

»Ah ja – da drüben. Komm, Probus, es ist nicht weit!« Ohne eine Erklärung abzugeben, umklammerte Varro seinen Stock und schlug den Weg zu den auf der gegenüberliegenden Seite des Platzes gelegenen Läden ein. »Ich denke, es ist an der Zeit, jemand ganz Bestimmtem einen Besuch abzustatten – wobei ich bezweifle, dass dieser Jemand erfreut sein wird!«

Unter den Büsten, welche die Marktbasilika zierten, befand sich auch diejenige der Justitia, die Waage in der linken, das Füllhorn in der rechten Hand. Laut Augustus, dessen Tatenbericht zu Varros Lieblingslektüre zählte, gehörte sie zu den vier Herrschertugenden, und was für den ersten Kaiser galt, war für den Anwalt, der die Dinge unvoreingenommen zu betrachten hatte, eine Selbstverständlichkeit. Wollte man etwas gelten, musste man Rückgrat besitzen, Vertrauen in den Ratschluss der Götter haben, Milde walten lassen und Gerechtigkeit gegenüber jedermann üben. Das traf, so Varros Credo, nicht nur für die Juristerei, sondern auch für den Umgang mit den Mitmenschen zu. Um ein Urteil fällen zu können, durfte man sich nicht an Äußerlichkeiten orientieren, weder an Roben noch am Aussehen und schon gar nicht an der Kunst der Rede, die so mancher, der etwas ausgefressen hatte, perfekt beherrschte. Ein Schuft war und blieb nun einmal ein Schuft, und nichts, weder Kleidung noch selbstsicheres Auftreten, machte einen guten Menschen aus ihm.

Was Lupicinus anging, schien das Fazit, zu dem Varro im Verlauf seines Advokatendaseins gelangt war, nicht recht zu taugen. Der Geldwechsler war nicht nur ein Schuft, sondern er sah auch so aus. Er war klein, sehr klein sogar, weit über 60 und hatte einen verkrümmten Rücken. Und er sah, höflich gesagt, überaus ungepflegt aus. Noch lange kein Grund, voreilige Schlüsse zu ziehen, wusste er doch nur zu gut, dass Halunken mitunter in Prachtroben gehüllt waren.

Diese trug Lupicinus, Gerüchten zufolge kein unbeschriebenes Blatt, zwar nicht. Ein Schurke, vor dem es sich zu hüten galt, war er aber trotzdem. Zugegeben, der Geldwechsler war alt und missgestaltet, vor allem aber war er hinterhältig, ein Heuchler, wie er im Buche steht, und so gerissen, dass man sämtliche Register ziehen musste, um ihn festzunageln. Wider alle Grundsätze, welche sich Varro zu eigen gemacht hatte, war ihm der Armenier auf Anhieb unsympathisch gewesen, und es gab nichts, was geeignet war, seine Antipathie abzumildern.

»Niger, nie gehört.« Dies fing, milde ausgedrückt, schon

damit an, dass jedes zweite Wort von Lupicinus gelogen war. Und hörte damit auf, dass er glaubte, Varro aufs Glatteis, um nicht zu sagen hinters Licht, führen zu können. »Ist das jemand aus Treveris?«

»Nein – *aus Afrika.*« Varro musste wider Willen schmunzeln. Von Probus, der seine Aversion zu teilen schien, konnte man sich eine Scheibe abschneiden, und es war beruhigend, ihn an seiner Seite zu wissen. »Falls dir das etwas sagt.«

»Ob du mir glaubst oder nicht, Herr – das tut es.« Zu gewieft, um sich aus der Reserve locken zu lassen, ging Lupicinus über die Provokation hinweg, setzte die Miene auf, der er seinen Spitznamen verdankte und schlug einen Tonfall an, bei dem sich Varro die Nackenhaare sträubten. »Was Geografie betrifft, kenne ich mich aus.«

»Fast so gut wie bei krummen Dingern, stimmt's?«

»Aber, aber, Medicus – geht das nicht ein bisschen weit?« Rein äußerlich die Ruhe selbst, gab Lupicinus den Gelangweilten. Am Eindruck, den Varro von ihm gewann, änderte dies jedoch nichts. Die Frage lautete, was er zu verbergen hatte.

Und wie viel.

»Jeder geht so weit, wie er kann, oder?« Wie geschaffen für heikle Situationen, ließ sich Probus nicht den Wind aus den Segeln nehmen. »Nur so kommt man im Leben weiter.«

»Danke für den Rat, Herr – aber ich kann nicht klagen.«

»Das sieht man.«

»Darf man fragen, wie das gemeint ist, Dekurio?«

»Wie ich es sage, Lupicinus«, konterte Varro, nicht willens, sich in die Defensive drängen zu lassen. »Oder denkst du, ich habe keine Augen im Kopf?«

Ein Blick, und man wusste Bescheid, sah der Ort, wo der Pfandleiher hauste, doch wenig einladend aus. Überall, auch im entlegensten Winkel, lag wertloses Gerümpel herum, angefangen bei alten Töpfen, Bronzekesseln und Pfannen bis hin zu Zaumzeug, Geschirr und einer Mistgabel. Dinge von Wert, zum Beispiel Schmuck, suchte man vergebens, und auch sonst ließ der Zustand des Kramladens zu wünschen übrig. Vielerorts bröckelte der Verputz, Staub lagerte auf den Regalen, Modergeruch lag in der Luft. Wahrlich kein Ort, um seriöse Geschäfte zu tätigen, und schon gar keiner, wo sich die Kunden die Klinke in die Hand gaben. »Darf man erfahren, was dich zu mir führt?«

»Man darf.« Wie beim Kreuzverhör, einer Spezialität von ihm, schwieg sich Varro eine Zeit lang aus. Dann sagte er: »Dem Vernehmen nach soll es zwischen dir und einem weiteren Zecher am gestrigen Abend kurz vor Mitternacht zu einer lautstarken Auseinandersetzung gekommen sein, in deren Verlauf es schließlich zu Tätlichkeiten …«

»Was mein Freund sagen will, ist: Worum ist es bei dem Gerangel im ›Kantharos‹ gegangen?«

»Darf man fragen, was dich das angeht, Medicus?«

»Was mein Freund zum Ausdruck bringen will, ist: Mach den Mund auf, Lupicinus – *wir können auch anders.*« Varro setzte sein Feiertagslächeln auf. »Stimmt's oder hab ich recht, Probus?«

Der Medicus lächelte zurück. »Ich hätte es nicht eleganter ausdrücken können, Herr Rechtsanwalt.« Dann wandte er sich wieder dem Geldwechsler zu. »Raus mit der Sprache – weshalb seid ihr aneinandergeraten?«

»Das geht dich nichts an. Und außerdem: Wo gesoffen wird, fliegen ab und zu die Fetzen.« Der Geldwechsler blinzelte nervös. »Kann es sein, dass du nichts zu tun hast?«

»Erstens: Wie viel oder wie wenig ich zu tun habe, geht dich einen Scheißdreck an.« Um Drohgebärden nie verlegen, schlug Probus mit der Faust gegen die Fläche der linken Hand. »Zweitens: Hier geht es nicht um Lappalien, sondern um Mord. Um einen feigen, hinterhältigen Mord.«

»Eine Bluttat? Damit hab ich nichts zu tun.«

»Wenn du dich da mal nicht irrst, halbe Portion.« Die Handfläche auf dem Tresen, beugte sich Probus nach vorn und knurrte: »Oder leugnest du, dass du wilde Drohungen gegen einen Afrikaner ausgestoßen hast? Ganz schön mutig, bedenkt man, dass es sich um einen Gladiator handelt. *Beziehungsweise gehandelt hat.*«

Der Armenier wurde aschfahl. »Du … du willst doch nicht etwa damit sagen, dass er … dass Niger …«

»Ich dachte, du kennst ihn nicht.«

»Was heißt hier ›kennen‹ – wenn, dann höchstens vom Sehen.«

»Ist dir klar, was passiert, wenn ich meine Beziehungen spielen lasse?« Varro hasste es, Erpressermethoden anzuwenden, hasste es aber noch mehr, für dumm verkauft zu werden. »Verdacht auf Münzfälschung, Hehlerei, Schmuggel, Abschluss illegaler Wetten – genug, um dich hinter Schloss und Riegel zu bringen.«

»Was willst du von mir?«

»Beginnen wir damit, was wir nicht wollen.« Varro und Probus tauschten einen raschen Blick. »Nämlich dir mehr Ärger aufhalsen, als du ohnehin schon hast. Anders ausgedrückt: Zeigst du dich kooperativ, bin ich bereit, auf eine Anzeige wegen oben genannter Vergehen zu verzichten.«

»Heißt: Wenn du auspackst, hast du nichts zu befürchten.«

Bleich vor Angst schnappte der Geldwechsler nach Luft. »Und was dann, Medicus? Glaubst du, ich habe Lust, als Wasserleiche zu enden?«

»Dein Hang zur Reinlichkeit in Ehren, Lupicinus: Aber so kommen wir nicht weiter.« Kühl bis ins Mark, baute sich Varro neben Probus auf. »Man kommt nicht einfach daherspaziert, bricht mir nichts, dir nichts einen Streit vom Zaun und legt sich mit unbescholtenen Bürgern an.«

»Unbescholten? Dass ich nicht lache.«

»Wer war der Mann, mit dem du dich gestritten hast – und was der Grund dafür? Rede, du Wicht, sonst reißt mir der Geduldsfaden!«

»Ich … ich kann nicht.«

»Machen wir uns nichts vor, Lupicinus: Bei den Munera geht es in erster Linie um Geld. Um Unsummen an Geld. Wenn man es geschickt anstellt, kann man sich eine goldene Nase verdienen – als Devotionalienhändler, Wurstverkäufer, Weinhändler, Liebesdienerin, Lustknabe oder meinetwegen auch als Taschendieb.« Um die gewünschte Wirkung zu erzielen, hielt Varro einen Wimpernschlag lang inne. »Oder, wie in deinem Fall, mit Wetten.«

»Was willst du damit …«

»Nebenbei bemerkt: Wie standen eigentlich die Quoten?«

»Welche Quo …«

»Na welche wohl!«

»17 zu eins.«

»Pro oder contra Niger?«

Der Kopf des Geldwechslers sackte nach vorn. »Pro – was denn sonst.«

»Lauter bitte, damit es alle verstehen.«

»17 zu eins, du hast richtig gehört!«, räumte der Geldwechsler zähneknirschend ein. »So bekloppt, um auf Pugnax zu wetten, ist ja wohl kein Mensch, oder?«

»Mag sein.« Der Advokat zog die rechte Braue hoch. »Da fällt mir ein: Wie hoch ist eigentlich dein Gewinn?«

»Gewinn?«, echote der Armenier und tat, als habe er das Wort noch nie gehört. »Sagtest du Gewinn? Tut mir leid, Advocatus – was das betrifft, hast du ein falsches Bild von mir.«

»Mir kommen gleich die Tränen.« Scheinbar unbeeindruckt von Lupicinus, aus dessen Augen Blitze schossen, schnappte sich Probus eine Silbermünze, biss auf den Rand und legte sie wieder auf den Stapel. »Aber was soll's – ein Denar riecht bekanntlich nicht.«

»Von irgendwas muss der Mensch ja leben, oder?«

»Kommt drauf an, Lupicinus, kommt drauf an.« Spürbar gereizt verschärfte Varro seinen Ton. »Wie viel, Lupicinus«, fuhr er den Geldwechsler an, »behältst du für dich?«

»Ich möchte wissen, was dich das angeht, Advocatus.«

»*Wie viel*, oder ich muss zu anderen Methoden greifen!«

»Ein Viertel!«, zischte Lupicinus, zitternd vor Wut. »Ein Viertel für mich – und der Rest für die glücklichen Gewinner.«

»25 per centum? Alle Achtung – nicht schlecht.« Der Medicus pfiff anerkennend durch die Zähne. »So leicht möchte ich mein Geld auch mal verdienen.«

»Leicht? Soll das ein Witz sein?«

»Keineswegs.«

»Kann es sein, dass Rechnen nicht deine Stärke ist?«

»Wieso?«, tat Probus mit treuherziger Miene kund. »Hab ich etwas Falsches gesagt?«

Unfähig, die Falle zu wittern, ging Lupicinus zum Angriff über. »Denkst du, ich verdiene mein Geld im Schlaf! Ja? Ich fürchte, da muss ich dich enttäuschen.« Der Geldwechsler holte tief Luft. »Ob du's glaubst oder nicht: Ich kann froh sein, wenn ich nicht drauflegen muss.«

»Und was ist, wenn der haushohe Favorit verliert?«, warf Varro scheinheilig ein. »Sagen wir mal, die Quote beträgt 17 zu ... Halt, wir wollen nicht übertreiben! Angenommen, die Quote beträgt zehn zu eins, und der Kampf nimmt ein – dezent ausgedrückt – unerwartetes Ende, wie viel würde in einem solchen Fall für dich übrigbleiben?«

Der Geldwechsler verstummte, und sein Blick huschte zwischen Varro und dem Medicus hin und her. »Moment mal – heißt das, du traust mir zu, dass ich meine Kunden übers Ohr haue?«

»Offen gestanden, Lupicinus – jemandem wie dir traue ich alles zu.« Die Hände hinter dem Rücken, begann Varro auf und ab zu gehen. »Ich traue dir sogar zu, dass du mit dem Lanista unter einer Decke steckst. Dumm nur, dass ich es dir – oder vielmehr euch – nicht beweisen kann.« Der Advocatus hielt unvermittelt inne. »Aber das kann sich ja noch ändern, was, Probus?«

»Worauf du dich verlassen kannst, Bücherwurm.«

»Tut meinetwegen, was ihr wollt – mit dem Mord an Niger habe ich nichts zu tun.«

»Weißt du was, Lupicinus?« Auf einen Schlag hundemüde, nahm Varro seinen Stock in die Hand und begab sich zur Tür. »Das glaube ich dir sogar. Jemand wie du ist nicht so töricht und kündigt die Bluttat, welche er begehen will, auch noch an. Das tun nur Verrückte. Oder Dummköpfe.« Ein Lächeln im Gesicht, das der Geldwechsler wohlweislich übersah, nahm Varro seine Wanderung wieder auf. »Du aber, Lupicinus, du bist aus einem anderen Holz geschnitzt.«

»Heißt das, du schenkst mir Glauben?«

»Ich finde, das wäre ein bisschen viel verlangt, oder?«

Der Geldwechsler ließ den Kopf hängen und schwieg.

Varro indes ließ nicht locker. »Langer Rede kurzer Sinn: Du hast Zeit, dir die Sache zu überlegen. Bis Sonnenuntergang. Dann will ich die Wahrheit hören, verstanden? Die ganze Wahrheit!«

XIV

Tempelbezirk im Irminenwingert, unmittelbar vor Beginn der neunten Stunde | 14:30 h

Die Männer, denen Maximinus Respekt zollte, konnte man an wenigen Fingern abzählen. Einer davon war sein Vater gewesen, ein weiterer sein Lehrer, bei dem es andauernd Hiebe gesetzt hatte, und wiederum ein anderer sein Zenturio, vor dem die gesamte Einheit gezittert hatte. An den Mann, der ihm gegenüberstand, reichte jedoch selbst der nicht heran.

Mit Körperkraft, wie unschwer zu erkennen war, hatte dies nichts zu tun. Maximinus, Veteran unzähliger Schlachten, Gladiator und Lanista, nahm seinen ganzen Mut zusammen. Selbst jetzt, in mittleren Jahren, hätte er jedem Angreifer Paroli bieten können. Der Syrer verfügte über Bärenkräfte, war, gemessen an seinem Alter, gewandt, verschlagen, argwöhnisch, hitzköpfig und am gefährlichsten, wenn er in die Enge getrieben wurde. Bei einer Messerstecherei hatte er zwar das linke Auge eingebüßt, aber das tat dem Ruf, der ihm vorauseilte, keinen Abbruch. Um Maximinus, Besitzer von zwei Dutzend Gladiatoren, machten alle, die konnten, einen Bogen, nicht zuletzt aufgrund seines Temperaments. Kaum einer, der nicht ausgepeitscht, auf halbe Ration gesetzt oder verprügelt worden wäre, keiner, der es wagte, Widerworte zu geben.

»Man teilte mir mit, du willst mich sprechen.« Von Furcht konnte bei dem Mann, dem sich Maximinus gegenübersah, freilich keine Rede sein. »*Dringend.*«

»Das stimmt.«

»Um was geht es?« Der Mann unter dem Türsturz, vernarbt, drahtig, kleiner und nicht annähernd so kräftig wie der Lanista, ließ die Fackel, welche er entzündet hatte, von der rechten in die linke Hand wandern, drehte sich um und verriegelte die Tür. Dann wandte er sich dem Herrn der Gladiatoren zu.

In der Grabkammer, nur einen Steinwurf vom Stammesheiligtum der Treverer entfernt, kehrte augenblicklich Stille ein. Der Atem von Maximinus ging rascher, und wie immer, wenn er sich bedroht fühlte, fuhr seine Hand zum Schwert.

»Nervös?«

»Na, du stellst vielleicht Fragen.« Der Lanista stieß ein abfälliges Lachen aus. »Woher du die Ruhe nimmst, ist mir ein Rätsel.«

»Nenn mir einen Grund, Maximinus, weshalb ich nicht ruhig sein sollte.«

»Jetzt tu doch nicht so, Messala. Du weißt doch genau, weshalb ich dich hergebeten habe.«

»Sagen wir mal so: Ich kann's mir denken.« Im Gegensatz zu Maximinus, dem man die Nervosität anmerkte, war bei seinem Gesprächspartner nichts Derartiges zu spüren. Er blieb ruhig und gefasst, die Stimme wohltönend, wenngleich eine Idee zu hoch, die Bewegungen geschmeidig, wenn nicht gar elegant. Kein Zweifel, der Mann wusste sich zu benehmen, und er wusste, wie man sich Respekt verschafft. »Hatte ich dir nicht eingetrichtert, keinen Kontakt aufzunehmen? Warum, muss ich wohl nicht erklären.«

»Was ist mit meinem Geld, Messala?« Die Stimme des Lanista drohte sich zu überschlagen, und wie stets, wenn ihm etwas missfiel, blieb die Vernunft auf der Strecke. »Damit ich weiß, an wen ich mich halten muss!«

»Zum hundertsten Mal, Maximinus: Ich weiß es nicht.« Die Stimme aus dem Halbdunkel, welches in dem knapp fünf Schritt im Quadrat großen Grabgewölbe herrschte, hörte sich wie aus der Unterwelt kommend an. Hartgesotten wie kein Zweiter, fuhr Maximinus zusammen, und da er wusste, dass dies nicht unbemerkt bleiben würde, schämte er sich dafür. »Und zweitens: Was kann ich denn dafür, wenn du deine Leute nicht im Griff hast? Ein Gladiator hat zu gehorchen, egal, was der Lanista ihm befiehlt. Oder siehst du das etwa anders?«

»Nein.«

»Na also.«

»Du hast gesagt, ich kriege eine Entschädigung. *In angemessener Höhe.*«

»So, habe ich das.« Der Mann, welcher den Spitznamen ›Der Skorpion‹ trug, dunkelhaarig, mittelgroß, in den Dreißigern und mit einer Narbe auf der linken Wange, schnitt eine angewiderte Grimasse. »Tut mir leid, aber das war ein bisschen voreilig.«

»Voreilig, sagst du? Weißt du überhaupt, wie viel Geld ich in diesen Neger gesteckt habe?«

»Ich weiß nur, dass er es wert gewesen ist. Dass er dein bestes Pferd im Stall war. Dass du dich dumm und dämlich an ihm verdient hast. Dass, falls er gespurt hätte, du dich weiter dumm und dämlich hättest verdienen können.«

»Was du nicht sagst. Kann es sein, dass du keine Ahnung hast, was ein Gladiator kostet?« Maximinus holte tief Luft. »100 Goldstücke – in Worten: einhundert! Und wofür?«

»Dein Pech, Maximinus, nicht meines.«

»Und dann auch noch diese scheiß Inflation. Den Aureus kann man sich ja wohl endgültig in den Hintern schieben. Weißt du was, Scorpio? Wenn ich könnte, würde ich die Brut, die uns das eingebrockt hat, erwürgen. Da gibst du einen Haufen Geld aus, so viel, dass man ein ganzes Dorf satt kriegen könnte – und was passiert? Das Geld ist immer weniger wert.«

»Ich weiß, ich weiß: Noch so eine Pleite, und du nagst am Hungertuch.«

»Deinen Sarkasmus kannst du dir sparen. Sag mir lieber, wie ich zu meinem Geld kommen soll.«

»Keine Ahnung. Deine Schuld, wenn du den scheiß Neger nicht im Griff gehabt hast. Jetzt komm schon, Maximinus, du bist doch sonst nicht so! Hättest du ihm gezeigt, wo's langgeht, wäre das alles nicht …«

»Hätte, wäre, könnte – das macht ihn nicht lebendig.«

»Besser so.«

Aschfahl im Gesicht, rang der Lanista um Fassung. »Was willst du damit sagen?«

»Gegenfrage: Wie kommst du darauf, dass ich jemandem wie dir Rechenschaft schulde?« Die Fackel in der rechten Hand, bewegte sich der Mann, dessen Name den Wenigsten bekannt war, auf die Mitte des Familiengrabes zu. Dort angekommen, begutachtete er die beiden Sarkophage, unter denen sich eine gemauerte Grablege befand. Erst kürzlich war hier ein Kind bestattet worden, der siebente von insgesamt neun Toten, die einer begüterten Familie aus Treveris entstammten. »Der Befehl lautete, er soll den Kampf verlieren. Alles andere, mein Lieber, geht und ging dich nichts an.«

»Sagst du.«

»Gib acht, Maximinus – und hüte deine Zunge. Es sind schon wichtigere Leute verschwunden als du. Weitaus wichtigere sogar.« Im Schein der Fackel, deren Flamme wie ein Schlangenhaupt emporzüngelte, mutete das Gesicht des

Mannes wie eine Geistererscheinung an. »Auf die Gefahr, dein Erinnerungsvermögen zu strapazieren – du warst mir noch eine Gefälligkeit schuldig. Einfach ausgedrückt: Spielschulden sind bekanntlich Ehrenschulden. Selbst dann, wenn man im Geld nur so zu schwimmen scheint.«

»Das, Scorpio, das genau ist der Punkt.« Zitternd vor Furcht nahm Maximinus seinen gesamten Mut zusammen. »Ich will mein Geld zurück, auf der Stelle!«

Das Lachen, welches nun erscholl, hätte Furcht einflößender nicht sein können. »Weißt du, Maximinus«, prustete der Skorpion und hielt sich den Bauch vor Lachen, »weißt du, was ich am meisten an dir schätze? Nein? Deinen Sinn für Humor. Aber ja doch, du hast richtig gehört. Deine Scherze ziehen einem wirklich die Sandalen aus. Denkst du, ich weiß nicht, wie es in deinem Gewerbe läuft? Ein Viertel für dich, das andere für Lupicinus. Je überraschender der Ausgang, desto besser.«

»Was ... was zum Henker willst du damit sa ...«

»Kannst du dir das nicht denken? Zum letzten Mal, Maximinus: Kümmre dich um deinen eigenen Kram.«

»Und wenn nicht?«

»Dann, mein Lieber«, antwortete der Skorpion, wandte sich um und schlenderte zur Tür, um sie mit einer ruckartigen Handbewegung zu entriegeln, »dann, Maximinus bist du die längste Zeit Lanista gewesen. Du weißt doch: Ich habe Verbindungen, von denen deinesgleichen nur träumen kann. Kein Mensch, und schon gar nicht du, ist unentbehrlich. Memento mori, Maximinus – ich habe zu tun!«

XV

Kaiserpalast, kurz nach Beginn der neunten Stunde | 15:00 h

»WENN DU SCHLAU BIST, tust du, was ich sage.« Die Stimme, eingangs gedämpft, dann jedoch ganz nahe, triefte nur so vor Hohn. »Aber das bist du doch, oder?«

Berenike schwieg. Ein Traum, redete sie sich ein, nichts weiter. Oder ein Irrtum. Ein dummer, korrigierbarer Irrtum.

Doch dem war nicht so.

Kaum war die Stimme verklungen, kam es über sie. Wasser. Eiskaltes, jede Regung abtötendes Wasser. Zuerst ein Rinnsal, dann ein Schwall und kurz darauf ein Strom. Ein reißender, nicht enden wollender Strom.

Sie wollte schreien. Vergeblich. Ihr Mund war noch nicht offen, da presste sie ihn auch schon zusammen. Die Wassermassen, welche sich über sie ergossen, erstickten jeden Laut im Keim. Schreien, um Hilfe rufen, um Gnade bitten, um Erbarmen flehen – all das war nutzlos, sinnlos, aussichtslos. Mit einem Wort: Sie war verloren.

Niemand würde sie hören.

Mehr noch, man wollte sie nicht hören.

»Na, wie gefällt dir das?« Nach Luft ringend, tat Berenike, Vertraute der Kaiserin, genau das, was jeder in ihrer Situation getan hätte: Sie versuchte ihre Arme zu bewegen, strampelte, zappelte, wippte, zerrte und zog – vergebens. Es gab kein Entkommen. Hier waren Fachleute am Werk. Die Fesseln, mit denen man sie festgebunden hatte, erfüllten ihren Zweck. Umschlossen ihr Handgelenk, den Hals, die Füße. Schnitten ihr ins Fleisch, schmerzten, dass sie hätte schreien können. Verhinderten, dass sie sich aufbäumte. Machten sie wehrlos und hielten sie fest.

So fest, dass sie sich kaum rühren konnte.

»Noch mehr?« Berenike verneinte, das heißt, sie bildete es sich ein. Drang doch kein Laut, nicht einmal ein Wimmern, über ihre Lippen. »Dann lass dir das eine Lehre sein!«

Stumm vor Entsetzen rang die Nubierin nach Luft. Als Kind, mit vier oder fünf, war sie beim Spielen in den Nil gefallen, unweit des Dorfes, in dem sie geboren und aufgezogen worden war. Ihr Bruder, ein exzellenter Schwimmer, hatte sie herausgezogen, ihr und zwei Mädchen, mit denen sie eine Bootspartie unternommen hatte, das Leben gerettet. Und Mutter? Nun, die war zunächst erleichtert, aber kurz darauf wieder so gewesen, wie jeder, der mit ihr zu tun hatte, die Frau des Dorfschulzen kannte: streng, beherrscht – und kaltherzig. »Lass dir das eine Lehre sein!«, hatte sie gesagt. Barsch, brüsk und emotionslos. Emotionslos wie der Mann, der dafür gesorgt hatte, dass ihr eine Kapuze über den Kopf gestülpt und jede Aussicht, sich zu rechtfertigen, verweigert wurde.

»Ich höre.«

Jener Mann, an dessen Tonfall man den passionierten Menschenschinder erkannte, schrie sie nicht etwa an. Ja, er hob nicht einmal die Stimme. Er flüsterte, als teilten er und sie, die ihm auf Gedeih und Verderb ausgeliefert war, ein Geheimnis. Etwas, das außer ihr und ihm niemand erfahren, das, sofern sie bereit war zu reden, unter ihnen blieb und das fensterlose Verlies nicht verlassen durfte.

Etwas, das für fremde Ohren ungeeignet, wenn nicht gar höchst gefährlich war.

»Was … was willst du von mir?«

»Als ob du das nicht längst wüsstest, Hexe.«

In Erwartung der Flut, welche sich unweigerlich entladen würde, rang Berenike nach Atem, sog die Luft, welche sie erhaschen konnte, wie eine Ertrinkende ein. ›Hexe‹! Daher wehte also der Wind. Daher also die Behandlung, der sie ausgesetzt war, das Verhör, die menschenverachtende Tortur. Deswegen also ihre Entführung und die Kapuze über ihrem Gesicht. Eigentlich hätte sie es sich denken können, gerade sie, die im Ruf stand, Schwarze Magie zu betreiben.

Berenike atmete geräuschvoll aus. Nun gut, ganz unschuldig war sie diesbezüglich nicht. Erst neulich war da diese Frau gewesen, ratlos, verzweifelt und am Ende ihrer Kraft. Wie so viele, die von ihren Männern geschlagen, tyrannisiert, betrogen oder links liegen gelassen wurden. Ihr Mann, ein Wachsoldat, hatte sie verprügelt, nicht nur einmal, sondern beinahe jeden Tag. Diese Frau, von der sie nicht einmal den Vornamen kannte, hatte sie um Hilfe angefleht. Auf Knien und unter Tränen. Im Grunde hatte Berenike keine Wahl gehabt, hatte um Haare und Fingernägel des Ehemannes gebeten, eine Puppe aus Mehlteig gebacken, Zauberformeln eingeritzt, das Ganze mit Wachs versiegelt und die Götter der Unterwelt, allen voran Hades, um Hilfe gebeten. Auf dass er den Unhold, der seine Frau zugrunde richtete, zu sich holen möge.

»Wie kommst du eigentlich darauf, dass ich eine Hexe bin?«

»Ich fürchte, hier liegt ein Missverständnis vor.« Aus den Worten, die wie aus weiter Ferne an ihr Ohr drangen, konnte man eine gehörige Portion Spott heraushören. Hohn und die Genugtuung, welche ihr Peiniger zu verspüren schien. »Hier geht es nicht um Zauberei, sondern um Verrat. *Um Hochverrat.*«

Wieder bei Atem, begann es in Berenike zu arbeiten.

Hochverrat. Das also war der Grund, weshalb sie verschleppt, gefoltert und an den Rand des Wahnsinns getrieben worden war.

»Du weißt, was das ist?«

Aber natürlich wusste sie, was das war. Und sie wusste, worüber Chrysaphius und ihre Herrin, die Kaiserin, gesprochen hatten. Vor ihr, der langjährigen Vertrauten, hatte Flavia Maxima Fausta, ungeliebte Gattin von Flavius Valerius Constantinus, keinerlei Geheimnisse. Wenn, dann war sie es, die in ihre Pläne eingeweiht, mit Botengängen betraut und mit Geschenken überhäuft worden war. Sie war es, der die Kaiserin ihr Herz ausschüttete, der sie vertraute, der sie Einblicke gewährte, die allein ihr vorbehalten waren. »Natürlich weiß ich das.«

»Na also, dann wären wir uns ja einig.«

»Einig?«

Ein Wort, nur ein einziges unbedachtes Wort, und die Tortur begann von vorn. Das Schicksal, zu dem sie verdammt zu sein schien, vor Augen, hielt Berenike die Luft an, während die Wogen, die zu Brechern anschwollen, über ihr zusammenschlugen. Das ist das Ende!, dachte sie, und es schien, als würde sie von der Flut, gegen die sie sich stemmte, fortgerissen werden.

»Wie du siehst, führt es zu nichts, wenn du die Unwissende spielst. Mir kannst du nichts vormachen. Ich weiß genau, mit wem du unter einer Decke steckst. Und ich weiß, wie man mit Leuten deines Schlages umzugehen hat.«

Von dem, was ihr Peiniger sagte, hatte Berenike nur die Hälfte verstanden. Eines aber war ihr klar: Dieser Mann meinte es ernst. Bitterernst.

Und er schreckte vor nichts zurück.

»Also: Hast du es dir überlegt?«

Auch davor nicht, bis zum Äußersten zu gehen.

»Alles, woran ich interessiert bin, sind ein paar Informationen. Über die Kaiserin. Über ihr Privatleben. Und über den Umgang, den sie pflegt.«

»Wer bist du? Wer gibt dir das Recht, am helllichten Tag über mich herzu …«

»Der Kaiser«, entgegnete der Mann und schlug ihr ins Gesicht. »Zufrieden?« Der Unmut des Menschenschinders wuchs. »Doch zurück zu uns, mein Schatz: Wie wär's mit einem heißen Bad? Das entspannt und verleiht frische Kräfte.«

»Nein, bitte nicht! Hab Erbarmen, Herr, ich werde sagen, was ich …«

»Aber, aber, wer wird denn gleich in Panik geraten.« Am Ziel seiner Wünsche, schlug der Mann, vor dem Berenike kapituliert hatte, einen vor Genugtuung strotzenden Tonfall an. »Du wirst mir sagen, was du über das Privatleben – oder wenn man so will – *Intimleben* der Kaiserin weißt. Und zwar alles, bis ins Detail. Ihre Ambitionen, ihre Machtgelüste nicht zu vergessen. Dann werden wir weitersehen.«

»Heißt das, ich komme wieder frei?«

»Ob du freikommst, schwarze Hexe, hängt allein von dir ab. Insbesondere von deiner Redseligkeit.«

Und so begann Berenike zu erzählen. Je länger ihr Bericht währte, desto mehr wuchs ihre Scham, desto mehr aber auch die Zuversicht, der Gefahr, in der sie schwebte, entronnen zu sein. »So, das war alles!«, schloss sie ihren Bericht, »mehr weiß ich beim besten Willen nicht zu berichten.«

»Mehr war auch nicht verlangt!«, lautete die Antwort,

welche an das Ohr der Kammerfrau drang. »Ich muss zugeben, du hast mir sehr geholfen.«

»Heißt das, du lässt mich in Ruhe?«

»Aber natürlich.«

Berenike atmete befreit auf.

»Was hast du denn gedacht.«

Und tatsächlich – kaum hatte sie die Worte ihres Peinigers vernommen, spürte die Nubierin, wie sich jemand näherte, an das Kopfende der Holzpritsche trat und die Kapuze entfernte, welche ihr zuvor übergestülpt worden war.

Berenike schlug die Augen auf. Stille. Überall Totenstille. Und dieser Geruch, dieser beißende Gestank nach Schweiß. Blut, das aus ihrer Nase sickerte. Wasser, das auf den Boden tropfte. Schattenbilder, welche in Zylindern steckende Fackeln an die Decke warfen.

Sonst nichts?

Noch nichts.

Bis sich das Profil eines Mannes in ihr Blickfeld schob, verging beinahe eine Ewigkeit. Es war ein Mann in mittleren Jahren, vom Aussehen her Dalmate, breitschultrig, beinahe doppelt so alt wie die Nubierin und mit harten, unerbittlich anmutenden Zügen.

Ein Mann, den sie kannte.

»Überrascht?«

»*Du?*«, brach es aus Berenike hervor, so heftig, dass das Echo ihres Ausrufs von den Wänden widerhallte. »Du hier?«

»Ja, ich – was ist daran so schlimm?«

Blind gegenüber dem Blick, mit dem Tiro, Magister Officiorum, sein wehrloses Opfer musterte, hellten sich Berenikes Züge auf. »Nichts, gar nichts!«, beteuerte sie, froh, dem Tod entronnen zu sein. »Ich bin nur erleichtert, dass ich noch am Leben … dass alles vorüber ist, wollte ich sagen.«

»Ich auch«, flüsterte der Mann, dem ein Heer von Spitzeln unterstand, zückte den Dolch und setzte ihn der Nubierin an die Kehle. »Du ahnst gar nicht, wie. Ein wenig Geduld, Verräterin, dann bist du frei!«

XVI

Gladiatorenkaserne, gegen Ende der neunten Stunde
| 15:50 h

»Bist du taub, Incitatus?«, brüllte Danaos, Ausbilder in der Gladiatorenkaserne, seinen Schützling über den Sandplatz hinweg an. »Schild hoch, Hieb abfangen, Ausfallschritt und dann zustoßen. Wie oft soll ich es dir denn noch sagen!«

»So lang, bis er's kapiert hat!«, witzelte sein Gegner, ein Thraex, der Hitze wegen ohne Helm und, wie seine Kameraden, die sich auf den nächsten Kampf vorbereiteten, mit einem Holzschwert in der Hand. »Incitatus ist nun mal schwer von Begriff.«

Der Murmillo, von dem die Rede war, reagierte jedoch anders als erwartet. »Noch ein Wort«, drohte er seinem Stubenkameraden, dessen Scherze er sonst immer ertrug, »noch ein Wort, und du kriegst eins auf die Fresse, dass du nicht mehr ›Gladius‹ sagen kannst! Schluss mit dem Gewäsch, klar?«

»Du hast sie wohl nicht mehr alle, was?« Der Thraex, ein baumlanger Recke namens Mucro, war wie vom Donner gerührt. »Man wird doch wohl noch einen Witz reißen dürfen!«

»Na warte, du Großmaul, dir werd' ich's zeigen!« Keineswegs besänftigt, umklammerte der Murmillo sein Schwert und trieb den Thraex vor sich her. Niemand, der Zeuge der Szene wurde, hatte ihn jemals so wütend erlebt. Incitatus, ein gebürtiger Dalmate, war einfach nicht zu besänftigen, schlug, drosch und hieb wie von Sinnen auf den Thraex ein.

»Schluss jetzt, aber sofort!« Zwischen Wut und Verblüffung schwankend, hatte Danaos Mühe, die Streithähne zu trennen. »Sonst lasse ich euch auspeitschen!«

Gerade noch in ihre Fechtübungen vertieft, hielten die Gladiatoren inne, und auf dem Kampfplatz, nach allen Seiten hin von Säulengängen umgeben, wurde es mucksmäuschenstill. Von Ruhe, und sei es nur im übertragenen Sinn, konnte dennoch nicht die Rede sein. Dazu war die Nachricht, welche kurz vor dem Mittagessen die Runde gemacht hatte, viel zu niederschmetternd gewesen. Niger, so hatte es geheißen, ein Kamerad, der in hohem Ansehen stand, war tot aufgefunden worden. Ob jemand die Hand im Spiel gehabt hatte, hatte der Maurer, welcher die Nachricht überbracht hatte, nicht sagen können. Sicher war nur, dass der Leichnam in einer Abfallgrube gefunden worden war, unweit der Baustelle, wo gerade die Thermen errichtet wurden. Mehr hatte Danaos, den die Nachricht schwer getroffen hatte, zunächst nicht in Erfahrung bringen können.

Nach dem Mittagessen, welches aus Pökelfleisch, verdünntem Wein, Brot, Käse, Eiern und Früchten bestand, waren die Dinge dann aber wieder ihren normalen Gang gegangen. So hatte es zumindest den Anschein gehabt. Jeder, auch Danaos, hatte getan, was er an jedem anderen Tag getan hätte. Die einen hatten sich um ihre Schwerter, andere um ihr Rüstzeug und der Rest um jene Kameraden gekümmert, welche am Vortag verwundet worden waren.

Über den Tod von Pugnax, der Niger im Kampf unterlegen war, hatte kaum jemand ein Wort verloren. Freunde, sofern es die in ihren Kreisen gab, hatte der Secutor keine gehabt, dafür aber jede Menge Gegner. Kein Tag, an dem er nicht mit irgendjemandem aneinandergeraten war, kein Tag, an dem Pugnax, unter Eingeweihten auch Vulcanus genannt, nicht von sich reden gemacht hatte. Kein Zweifel, niemand weinte dem Secutor eine Träne nach, und die Mehrzahl war froh, ihn los zu sein.

Ganz anders Niger, auf den man sich stets hatte verlassen können. Am Vorabend noch der strahlende Sieger, war sein Tod völlig überraschend gekommen, hatten die Umstände, welche dazu geführt hatten, für nicht enden wollende Spekulationen gesorgt. Doch dann, als es ihm zu bunt wurde, hatte Danaos ein Machtwort gesprochen, gerade rechtzeitig, bevor die Unruhe überhandzunehmen drohte.

Auch jetzt, beim Streit zwischen Incitatus und Mucro, war es der Ausbilder, welcher für Ruhe sorgte. »Hast du gehört, Incitatus – Ende der Vorstellung! Schluss jetzt, oder ich lasse dich in Ketten legen!«

Das wirkte. Incitatus räumte das Feld.

Nicht so Danaos, der seinem Unmut lauthals Luft machte. »Sagt mal, was ist denn auf einmal in euch gefahren?«, herrschte er seine Schützlinge an, einer mürrischer als der andere. »Habt ihr nichts Besseres zu tun, als euch an die Gurgel zu gehen? Oder seid ihr zu lang in der Sonne gewesen? Morgen finden die nächsten Kämpfe statt, und wer Langweile hat, soll es mir sagen. So, und jetzt bewegt euren Hintern, sonst mache ich euch Beine!«

Wenn Danaos, die von allen respektierte Autorität, einen Befehl gab, dann meinte er es auch so. Da gab es keinen Widerspruch, und man tat gut daran, ihn auszuführen. So und nicht anders war es immer gewesen, und niemand hätte gewagt, ihm zu widersprechen.

Heute aber, einen Tag nach Nigers Verschwinden, war alles anders. Keiner der knapp zwei Dutzend Gladiatoren rührte sich von der Stelle. Keiner von ihnen sprach ein

Wort. Und keiner, nicht einmal der Waffenmeister, hob die Schwerter auf, die überall herumlagen.

Wahrhaftig, so etwas hatte es noch nicht gegeben. Zumindest nicht, solange Danaos zurückdenken konnte.

Wie vor den Kopf geschlagen, ließ der Ausbilder den Blick über die Gesichter seiner Schützlinge schweifen. Gesichter voller Trotz, Bitterkeit und ohnmächtiger Wut. Thraker, Ägypter, Daker, Makedonier, Mesopotamier, Lusitanier und Briten. Männer aus aller Herren Länder, in der Mehrzahl Kriegsgefangene, Freigelassene und solche, die etwas ausgefressen hatten. Oder die auf der Flucht waren. Vor sich, dem Gesetz, ihren Gläubigern oder wem auch immer.

Danaos holte tief Luft. Normalerweise hätte er den Befehl wiederholt, doch sein Instinkt sagte ihm, dass nichts, was am heutigen Tag geschah, der Normalität entsprach. Gladiatoren kamen und gingen, wurden getötet, verwundet, verkauft, verspottet, verprügelt. Manche, aber das waren die wenigsten, wurden sogar freigelassen. All das gehörte zu seinem Alltag, dafür war er selbst lang genug Gladiator gewesen. Es gebe nichts, was er nicht schon erlebt habe, pflegte Danaos zu sagen, und das entsprach auch der Wahrheit.

Nichts außer Befehlsverweigerung. Oder, harsch ausgedrückt, außer einer Meuterei.

»Wird's bald, oder muss ich noch deutlicher werden?«

»Nein, musst du nicht.«

Ausgerechnet Mucro!, fuhr es Danaos durch den Sinn, als sich der Thraex anschickte, das Wort zu ergreifen. Ausgerechnet er, auf den er so große Stücke setzte.

»Na also – dann ist ja alles klar.«

»Überhaupt nichts ist klar, Danaos. Und das weißt du auch.«

»Du redest nur, wenn du gefragt wirst, kapiert?« Nicht zimperlich, wenn es um Fragen der Disziplin ging, ließ Danaos seinen Knüppel in die Fläche der rechten Hand fallen. Er hasste Drohgebärden, verabscheute es, wie ein Sklaventreiber aufzutreten und seine Schützlinge wie Dreck zu behandeln. Aber was sein musste, musste nun einmal sein. Ungehorsam war das Schlimmste, was einem Ausbilder widerfahren konnte, ob zu Recht oder Unrecht, war ohne Belang. »Und noch etwas: *Ich* bin es, der hier die Befehle erteilt, verstanden? Ich und niemand sonst. Vergesst nicht, wem ihr es zu verdanken habt, dass ihr noch lebt!«

»Wir wissen, dass du ein guter Ausbilder bist. Und ein menschlicher dazu.« Euphrates, von Geburt Mesopotamier und seit drei Jahren unter seinem Kommando, blickte Danaos unverwandt an. »Aber darum geht es nicht.«

»Sondern?«

»Du weißt genau, was uns auf den Nägeln brennt.«

»Falls das, was du sagst, auf Niger gemünzt ist: Ich weiß auch nicht mehr als du.« Danaos trat von einem Fuß auf den anderen. »Oder denkt ihr, sein Schicksal lässt mich kalt?«

»Natürlich nicht, Danaos.« Myron, geboren auf Samos, aufgewachsen in Piräus und in jungen Jahren auf die schiefe Bahn geraten, entledigte sich seines Rundschildes, knetete die Nasenflügel und bezog mit verschränkten Armen Position. »Das wollte Euphrates auch nicht sagen.«

»Sondern?«

»Wir müssen rauskriegen, was passiert ist. Das sind wir unserem Gefährten schuldig.«

»Sag mal, hast du einen über den Durst getrunken?« Die Hände an den Hüften, um die sich ein Gürtel mit Silberbeschlägen schlang, baute sich der Murmillo vor Myron auf. Der Samiot, ein Hoplomachos, ließ sich jedoch nicht aus der Ruhe bringen. »Wenn man dich reden hört, denkt man, dass der Kerl ein Halbgott war.«

»Er war einer von uns, Incitatus. Da können wir nicht einfach zur Tagesordnung übergehen.«

»Das sagt sich so leicht, Myron«, warf Ursus ein, ein hünenhafter Pikte mit tätowiertem Oberarm. »Du weißt doch, wie die Leute über uns denken, oder? ›Nur ein toter Gladiator ist ein guter Gladiator.‹ Die juckt es nicht, was mit uns passiert!« Der rothaarige Koloss, Secutor und zuweilen auch Ringer, machte eine abfällige Geste. »Wenn ihr mich fragt, können wir uns die Mühe sparen. Für uns macht niemand einen Finger krumm. Weder die Zuschauer, noch die Ratsherren, noch der Stadtpräfekt. Niemand. Damit müssen wir uns abfinden. Für die sind wir nicht besser als Sklaven. Abschaum. Gesindel, dem man tunlichst aus dem Weg gehen sollte.« Der Pikte spie verächtlich aus. »Schon gut, Kameraden, ich weiß, was jetzt kommt: Die jubeln uns doch zu, die feuern uns an, die bangen um uns, die vergöttern uns! Träumt weiter, ihr Fantasten. Wir alle, auch du, Myron, sind nur Mittel zum Zweck. Nervenkitzel, Zerstreuung, Unterhaltung – mehr wird von uns nicht verlangt. Und natürlich muss auch Blut fließen, je reichlicher, desto besser. Schließlich will das Volk unterhalten werden. Wen kümmert es da, wenn einer von uns krepiert, wenn der, dem sie zujubeln, in einer Abfallgrube landet! Nein, Männer: Wer denkt, die nehmen uns ernst, ist nicht ganz richtig im Kopf.«

»So darfst du nicht denken, Ursus. Sonst kannst du dir gleich einen Strick um den Hals legen.«

»Keine üble Idee, Euphrates. Dann hätte ich es endlich hinter mir.«

»Jetzt ist es aber genug, Männer. Weiter geht's, sonst ...!«

»Ich finde, Myron hat recht.« Der Blondschopf, welcher Danaos ins Wort fiel, hatte erst zwei Kämpfe bestritten. Das hinderte ihn jedoch nicht daran, das Wort zu ergreifen. »An der Sache ist was faul.«

»Ich sag's nicht noch mal, Bato. Entweder du tust, was ich sage, oder du kriegst es mit mir zu tun!«

»Niger war mein Freund, Danaos.«

»Na und? Das macht ihn auch nicht mehr lebendig.«

Der Provocator, zwar erst 19, nach allgemeiner Überzeugung jedoch der beste Speerschleuderer der Provinz, antwortete mit einem Kopfschütteln. »Und das von einem Mann, der wie ein Vater für ihn war!« Bato, der Herkunft nach Alamanne und Spross eines Waffenschmieds, von dem er im Kriegshandwerk unterwiesen worden war, schüttelte abermals das Haupt. »Auf die Gefahr, Prügel zu beziehen: An der Sache ist was faul. Ich weiß zwar nicht, was, aber es kann ja nicht so schwer sein, dies herauszufinden.«

»Klugscheißer.«

»Hab Dank für das Kompliment, Incitatus. Ich fürchte nur, Pöbeleien bringen uns nicht weiter.«

»Sondern?«

»Denk doch mal nach, Ursus: Gestern Abend war Niger noch springlebendig. Kein Mensch wäre auf die Idee gekommen, dass irgendwas nicht stimmt.«

»Na ja, so lebendig nun auch wieder nicht.«

Bato stutzte. »Wie meinst du das, Myron?«

Der Samiote wiegte das schwarz gelockte Haupt. »Schwer zu sagen. Irgendwie ... Keine Ahnung, wie ich das sagen soll. Irgendwie war er anders als sonst.«

»Kein Wunder, wenn man gerade jemanden getötet hat, oder?«

»Stimmt, Mucro. Aber daran kann es ja wohl nicht gelegen haben. Jedenfalls nicht nur.« Ohne Danaos auch nur eines Blickes zu würdigen, begann Myron auf und ab zu gehen. »Ihr könnt sagen, was ihr wollt, Kameraden, aber so deprimiert wie gestern habe ich Niger noch nie erlebt.«

»Du musst es ja wissen. Warst ja schließlich sein Stubengenosse.«

»Eben.« Der Samiote stieß einen Stoßseufzer aus. »Genau das, Mucro, ist das Problem. Niger war völlig verändert. Hat kaum den Mund aufgemacht. Dem musste man die Wörter einzeln aus der Nase ziehen.«

»Kann passieren, oder?«

»Klar kann das passieren. Hat mich aber trotzdem stutzig gemacht.« Myron runzelte die Stirn. »Mitten in der Nacht abzuhauen – sieht ihm überhaupt nicht ähnlich.«

»Jetzt tu doch nicht so, Myron!«, stichelte Incitatus und blinzelte dem Ausbilder zu. »Das haben wir ja wohl alle hinter uns, oder?«

»Du vielleicht, aber ich nicht.«

»Dreimal kurz gelacht! Das kannst du deiner Großmutter erzählen, nicht mir. Alles, was man wissen muss, ist, wer gerade Wache schiebt. Und wie viel der Betreffende verlangt. Der Rest regelt sich von selbst.«

»So, meinst du?«

»Ich weiß gar nicht, was du willst, Grieche.« Ganz in seinem Element, machte Ursus eine obszöne Geste, gefolgt von einem Grinsen, das an Häme nichts zu wünschen übrig ließ. »Was mich betrifft, kann ich Niger gut verstehen. Ab und zu muss halt auch mal eine Lupa herhalten, besonders nach einem schweren Kampf.«

»Sie ist kein Freudenmädchen, merk dir das!«

»So? Da habe ich aber was anderes gehört.« Nicht gewillt, nachzugeben, schlenderte der Pikte auf Myron zu. »Wenn du denkst, sie war Niger treu, irrst du. Das Miststück treibt es mit jedem, Hauptsache, er zahlt. Wer weiß, vielleicht macht sie es dir auch um …«

»Noch ein Wort, Fettsack, und du kannst dir die Radieschen von unten ansehen!« Krebsrot vor Wut zückte der Hoplomachos seinen Dolch. »Ich lasse nicht zu, dass du meinen Freund beleidigst, klar?«

»Weg mit dem Ding, Myron – oder ich schneide dir die Eier ab!«

Um herauszufinden, wer ihn anbrüllte, musste sich Myron nicht einmal umdrehen.

Er wusste es auch so.

Und er wusste, was ihm bevorstehen würde.

XVIII

Gladiatorenkaserne, zu Beginn der zehnten Stunde
| 16:00 h

»Viginti unus – duo – tres.« Der Ohnmacht nahe, biss Myron die Zähne zusammen. Keine Stelle auf seinem Rücken, die nicht schmerzte. Kein Fleck, an dem seine Haut intakt, kein Fingerbreit, der nicht zerfetzt, mit Blut verschmiert und aufgeplatzt war.

Drei Jahre zuvor, während einer Schmuggelfahrt auf der Ägäis, hatte er das Pech gehabt, den Kurs einer römischen Liburne zu kreuzen. Dass dies ausgerechnet an seinem Geburtstag geschah, hatte dem Missgeschick, das ihm unterlief, die Krone aufgesetzt. Von da an, seit jenem verhängnisvollen Tag im Iulius, war sein Leben aus den Fugen geraten, und es schien, als ob es sich heute, am Tag des Saturn, dem Ende zuneigen würde.

Doch der Schein trog. Denn da war auch noch Maximinus, ein Halsabschneider, der seinesgleichen suchte. Zugegeben, er hatte es genossen, ihn auszupeitschen, ihn zu martern, ihn vor aller Augen zu demütigen. Dennoch – oder gerade deshalb – war er bisher nicht bis zum Äußersten gegangen, für Myron keineswegs überraschend. Der Lanista war zwar ein Hitzkopf, ein Dummkopf war er aber noch lang nicht. Das wusste der Hoplomachos genau. Und er wusste, dass Gladiatoren umso wertvoller wurden, je mehr Gegner sie bezwungen hatten. Bei ihm, flink, treffsicher und geschickt, waren es bereits neun, was bedeutete, dass der Lanista nicht so töricht sein würde, ihn zu töten.

»Viginti tres.« Eins musste man Maximinus lassen: Er wusste genau, was er tat. Und warum er es tat. Auf die

Idee, für jedes Lebensjahr einen Peitschenhieb zu verhängen, musste man erst einmal kommen.

Den Tod vor Augen, bäumte sich Myron auf. Knapp zwei Dutzend Peitschenhiebe, einer schmerzhafter als der andere. Zu wenige, um zu sterben, aber genug, um ihm einen Denkzettel zu verpassen. Um, wie Maximinus verkündet hatte, ein Exempel zu statuieren. Ein Exempel, das keiner so schnell vergessen würde.

Uri, vinciri, verberari. Ich werde es hinnehmen, gebrandmarkt, in Ketten gelegt und ausgepeitscht zu werden.

An eine Säule gekettet, auf die das pralle Sonnenlicht fiel, fragte sich Myron, was mit ihm geschehen würde. Was führte der Lanista im Schilde? Was in aller Welt hatte dieser Sklaventreiber vor?

Der Hoplomachos mobilisierte die letzten Kräfte, jeder Muskel, der noch funktionstüchtig war, bis zum Zerreißen gespannt. Kein Zweifel: Wer Maximinus kannte, wusste, dass er noch etwas in petto haben würde.

Die Frage war lediglich, was. Myron sollte recht behalten. Kaum war er zu der Erkenntnis gelangt, durchzuckte ihn ein Schmerz, wie er ihn selten zuvor verspürt hatte. Die Stirn an der Säule, drang ein Schrei aus seinem Mund. Kein Schrei im eigentlichen Sinn, sondern ein lang gezogenes, markerschütterndes und von den Wänden widerhallendes Heulen. Gefolgt von einem Geruch, wie ihn jeder, der eine Leichenfeier erlebt hatte, kannte.

Er hat es getan!, durchzuckte es den Hoplomachos, dieser Bastard hat es tatsächlich getan. Der Gestank von versengtem Fleisch hing in der Luft, stieg ihm in die Nase, raubte ihm den Atem. Myron würgte, kaum fähig, sich auf den Beinen zu halten. Wahrlich, ein Gladiator war nicht besser dran als ein Tier. Oder sogar schlechter. Ein Tier, und sei es auch ungefährlich, konnte sich irgendwie wehren. Er aber, der an Händen und Füßen Gefesselte, konnte das nicht. Er war der Bestie, die sich Lanista schimpfte, auf Gedeih und Verderb ausgeliefert.

Ausgeliefert? Vielleicht. Aber nicht auf ewig. Der Tag der Vergeltung würde kommen. Der Zeitpunkt, an dem er es Maximinus heimzahlen, an dem er sich für das Brandmal an der Schulter rächen würde.

Nicht heute, vielleicht auch nicht morgen, aber er würde kommen.

»Ich denke, das genügt. Lass dir das eine Lehre sein.«

Myron schwieg. Nein, den Gefallen würde er dem Lanista nicht tun. Er würde sich zu keiner Unbeherrschtheit hinreißen lassen. Er, Myron, konnte warten.

Der Tag der Abrechnung würde kommen.

Garantiert.

»Da hat es dir die Sprache verschlagen, was? Wie gesagt: Lass dir das eine Lehre sein.« Als könne er Gedanken lesen, ließ der Lanista das Brandeisen in den bereitstehenden Eimer sinken, lachte und wandte sich betont lässig um. »Oder, korrekt ausgedrückt, lasst es *euch allen* eine Lehre sein!«

Da standen sie nun im Halbkreis, einer neben dem anderen. Die einen teilnahmslos, andere furchtsam, die Mehrheit abwartend. »Wem irgendetwas nicht passt, der möge vortreten!« Die Daumen hinter dem Gürtel, richtete sich der Lanista zu voller Größe auf. Dann ließ er den Blick reihum wandern. »Schon mal den Namen Spartakus gehört? Nein? Dann wird es Zeit, eure Bildungslücke zu schließen.«

»Nicht nötig. Wir wissen auch so, wie der Hase läuft.«

»Was du nicht sagst, Ursus!«, spottete der Lanista, die

Andeutung eines Lächelns im Gesicht. »Ich muss sagen, ihr überrascht mich immer wieder.«

»Und du uns.«

»Tatsächlich? Das tut mir aber leid!« Das Gesicht hart wie Granit, hielt Maximinus den Blicken seiner Widersacher stand. »Wer mir dagegen nicht leidtut, ist Myron. Daher merkt euch eins: Wer glaubt, er kann mir auf der Nase rumtanzen, bekommt Ärger. Darauf könnt ihr Gift nehmen. Und noch was: Wer aufmuckt, kriegt es mit mir zu tun. So gut müsstet ihr mich inzwischen kennen.« Um zu verdeutlichen, was er meinte, legte der Lanista eine Kunstpause ein, grinste und ließ die Handkante über seinen Adamsapfel wandern. »Ich hoffe, ich habe mich klar ausgedrückt. Sollte mir auch nur ein Haar gekrümmt werden, wird man kurzen Prozess mit euch machen. Was das heißt, brauche ich niemandem zu erklären. Crassus ist mit Spartakus fertig geworden, dann werden sie auch mit euch fertig werden.«

»Wenn du dich da mal nicht irrst, Maximinus.«

Kalt wie ein Fisch schlenderte Maximinus auf Bato zu. »Mir scheint, du bist schwer von Begriff, Junior. Ich bin es, der hier das Sagen hat, klar? Wenn ich sage, das Thema Niger ist erledigt, dann ist es das auch. Dann habt ihr das Maul zu halten, alle miteinander. Geht das in deinen alamannischen Dickschädel rein?«

»Du bist dabei, einen großen Fehler zu begehen.«

»So, findest du?« Die Hand an der Peitsche, die in einem ledernen Halfter steckte, blieb der Lanista unmittelbar vor Bato stehen. »Weißt du was, Junior? *Du* bist es, der dabei ist, einen Fehler zu begehen. Angenommen, ihr probt den Aufstand – was, denkst du, wird dann passieren? Na? Richtig! Wenn ihr Glück habt, werdet ihr auf der Stelle niedergemacht. Möglich, aber nicht sehr wahrscheinlich. Viel wahrscheinlicher ist, dass sie euch den Löwen zum Fraß vorwerfen werden. Natürlich nicht, ohne euch vorher auf den Zahn zu fühlen. Ohne Folter macht das Ganze ja nur halb so viel Spaß.« Ohne den Blick abzuwenden, tastete Maximinus nach seiner Peitsche, zog sie aus dem Halfter und entwirrte die Lederstriemen, an deren Ende Widerhaken aus Blei baumelten. »Damit, Junior, haben sie bis jetzt noch jeden kleingekriegt. Dann werden sie das auch bei dir schaffen. Verzeihung – ich wollte natürlich ›euch‹ sagen. Beim Militär, Bato, verstehen sie nämlich keinen Spaß. Die bringen es glatt fertig und nageln euch ans Kreuz. So wie der gute alte Crassus. Hat nicht lang gefackelt, soweit ich weiß. 6000 Aufrührer, gekreuzigt an der Straße von Rom nach Capua. Ich finde, das sollte dir zu denken geben!«

»Wir sind über 20, Maximinus, schon vergessen?«

Die Antwort bestand aus einem abfälligen Grinsen. »Kann es sein, Kleiner, dass du mich auf den Arm nehmen willst? Oder bist du tatsächlich so naiv, wie du tust?« Der Lanista lachte verächtlich auf. »Ich denke, es ist an der Zeit, euch eine weitere Lektion zu erteilen. Eine war anscheinend nicht genug.«

Ohne die Umstehenden zu beachten, machte Maximinus kehrt und spazierte auf die Säule zu, an der Myron festgekettet worden war. Dort angelangt, drehte er sich um. »Mir scheint, ihr habt immer noch nicht begriffen, wie der Laden läuft!«, bellte er, das Wort abwechselnd an Bato und die übrigen Gladiatoren gerichtet. »Erstens: Weder du, Bato, noch du, Euphrates, und schon gar nicht du, Mucro, haben hier etwas zu melden. Zweitens: Wer das Wort Niger noch einmal in den Mund nimmt, kann sich auf was gefasst machen. Dem wird es genauso wie diesem griechischen Päderasten gehen. Glotzt nicht so dumm, ich meine es ernst! Drittens: Um euch zu zeigen, dass ihr mich beim Wort nehmen könnt, werde ich Myron eine weitere Tracht Prügel – sprich: zehn Hiebe – verpassen. Ich nehme an, er wird es überleben. Wenn nicht, hat er Pech gehabt. Noch Fragen?«

»Ja.«

Maximinus stutzte, fing sich jedoch wieder. »Ich will wissen«, schäumte er, die Peitsche in der klobigen Hand erhoben, »ich will sofort wissen, wer da eben dazwischengequatscht hat! Macht euer Maul auf, sonst werde ich Myron zu Tode prü …«

»Ich!«

Kaum war die Antwort, welche über die Köpfe der Anwesenden hinweghallte, an sein Ohr gedrungen, zückte der Gladiatorenunternehmer die Peitsche und stierte die Phalanx seiner Gegenspieler an. »Raus mit der Sprache, sonst knüpfe ich mir jeden von euch einzeln vor.«

»Nicht nötig.«

Bass erstaunt, verschlug es Maximinus die Sprache. Im selben Moment lichteten sich die Reihen, und während er dem Blick der Kämpfer folgte, fiel sein Auge auf einen Unbekannten in mittleren Jahren, anhand seiner Toga unschwer als Ratsmitglied zu erkennen. »Was hast du hier zu suchen?«, fuhr er ihn an, die Peitsche, an der noch Blut klebte, in der rechten Hand. »Verzieh dich, aber ein bisschen plötzlich!«

»Ich fürchte, das wird nicht gehen.«

»Sag mal, hörst du schlecht? Ich hab gesagt, du sollst verschwinden. Weißt du überhaupt, wer ich bin?«

Der Fremde ließ sich nicht aus der Ruhe bringen. »Nun, ich denke, du bist der Mann, nach dem ich suche!«, antwortete er mit Bedacht und schlenderte auf den Lanista zu, begleitet von zwei Männern, die ihm auf dem Fuße folgten. »Erlaubt, dass ich mich vorstelle.«

»Ich kann's kaum erwarten.«

»Mein Name ist Gaius Aurelius Varro, Dekurio und Advocatus. Und hier ist mein Freund Probus, von Beruf Medicus. Wie ich sehe, wird er allerhand zu tun haben.«

»Was soll das heißen? Glaubst du, ich lasse mir von dir Vorschriften …«

»Ich fürchte, dir wird nichts anderes übrig bleiben.« Ohne eine Miene zu verziehen, streifte Varro seinen Ring ab und hielt ihn dem Lanista unter die Nase. »Du siehst: Solltest du dich nicht fügen, steht dir jede Menge Ärger ins Haus.«

»Was willst du?«

»Das wirst du früh genug erfahren.« Kühl bis ins Mark, streifte Varro den Ring wieder über und sagte: »Einstweilen wird sich Probus um den Mann kümmern, der da drüben angekettet ist.«

»Das ist doch wohl nicht dein Ernst, oder?«

»Doch.« Der Anwalt runzelte die Stirn. »Und du tust gut daran, dich nicht einzumischen.«

Kalkweiß im Gesicht, spie der Lanista die Worte nur so aus. »Und was, wenn ich es doch tue?«

»Auf die Gefahr, mich zu wiederholen: Ich rate dir, meine Anordnungen zu befolgen. Darüber hinaus muss ich dich bitten, mir ein paar Fragen zu beantworten.«

»Ich wüsste nicht, was es zwischen uns beiden zu bereden …«

»Aber ich. Ach, übrigens: Darf ich dir meinen Leibsklaven vorstellen? Wenn ich nicht irre, seid ihr euch schon einmal begegnet. Stimmt doch, Syphax, oder?«

»Ja, Herr – vor der Taverne am Brückentor.«

Der Lanista verschränkte die Arme und schwieg.

»Die Welt ist klein, was, Maximinus?« Varro verzog keine Miene. »Wie gesagt: Ich würde dich jetzt gern unter vier Augen sprechen – im Beisein von Syphax, versteht sich. Er war selbst einmal Gladiator, kurios, nicht?« Der Anwalt schmunzelte maliziös. »Keine Angst, er weiß sich zu benehmen. Es sei denn, du versuchst, mich hinters Licht zu führen.«

»Soll das etwa eine Drohung sein?«

»Nein, aber eine Prognose«, versetzte Varro und ließ den Blick über die Gesichter der Anwesenden wandern. »Du musst wissen, Syphax kann verdammt ungemütlich werden. Besonders wenn ein Verhör nicht so verläuft, wie wir es uns vorgestellt haben!«

XIX

Villa Aurelia, kurz nach Beginn der zehnten Stunde
| 16:25 h

»Da bleibt einem glatt die Spucke weg!«, wetterte Fortunata, unumschränkte Herrscherin über die Villa Aurelia, und fuchtelte wie eine Furie mit ihrem Kochlöffel herum. »Als ob ich mit Gaius … äh … als ob ich nicht schon genug am Hals hätte! Ich kann mich ja nicht um alles kümmern, oder?«

»Das verlangt ja auch niemand.«

»Schweig still, sonst bekommst du es mit mir zu tun!« Es fehlte nicht viel, und Fortunata hätte ihre Wut an dem Bittsteller ausgelassen, der die Frechheit besaß, um eine Audienz bei ihrem Herrn nachzusuchen. Nicht morgen, nicht übermorgen oder in einer Woche, sondern gleich. Unverzüglich! Und das ausgerechnet heute, am Tag des Saturn, wo es ihm ohnehin nicht gutzugehen schien. So viel Impertinenz war ihr schon seit Langem nicht mehr begegnet.

Doch das, den Göttern sei's geklagt, war längst noch nicht alles gewesen. Nicht genug, dass Varro seit Stunden verschollen war, hatte Syphax, dieser Nichtsnutz von einem Tripolitanier, die Missachtung ihrer Person auf die Spitze getrieben. Herrin über ein Tollhaus zu sein war schon schlimm genug, aber was Gaius sich da geleistet hatte, setzte dem Ganzen die Krone auf. Hatte er doch tatsächlich die Frechheit besessen, die Tochter einer Schankwirtin in ihre Obhut zu geben, und das ohne jegliche Erklärung. Syphax war einfach aufgetaucht, hatte die 13-Jährige abgeliefert und Fortunata ausgerichtet, sie möge ein Auge auf das Mädchen haben. Mit freundlicher Empfehlung seines Herrn, der es weder für nötig hielt, eine Erklärung zu liefern, noch – Gipfel der Unverschämtheit! – sein Verhalten vor ihr zu rechtfertigen. Das grenzte nicht nur an Impertinenz, das war Meuterei.

Fortunata schnaubte vor Wut. Und dann auch noch dieser Tagedieb, der keine Anstalten machte, das Feld zu räumen. Schlimmer hätte es wahrlich nicht kommen können. »Kommt daher, starrt vor Dreck und verlangt zu allem Überfluss auch noch den Dominus zu sprechen. Ich will dir mal was sagen, du Vogelscheuche: Nimm ein Bad, bevor du mit mir sprichst! Dann sehen wir weiter.«

Bei Teiresias, dem bestinformierten Zuträger der Stadt, stieß die Alte jedoch auf taube Ohren. »So glaubt mir doch, Herrin!«, beteuerte der blinde Bettler, den nicht wenige für einen Scharlatan hielten. »Es ist dringend!«

»Dringend!«, äffte Varros Amme den Bittsteller nach, der sich weigerte, auch nur einen Fußbreit Boden preiszugeben und den Schuh, den er auf die Schwelle gesetzt hatte, wieder zurückzuziehen. »Papperlapapp! Nichts ist so dringend, dass es nicht warten kann. Rom ist auch nicht an einem Tag erbaut worden.«

»Auf die Gefahr, missverstanden zu werden: Es geht hier nicht um irgendeine Lappalie, sondern um Mord.« Bevor er fortfuhr, holte Teiresias Luft, strich die verfilzten Haare aus dem Gesicht und beschloss, seinen gesamten Charme aufzubieten. »Damit wir uns richtig verstehen: Dein Herr hat mir den Auftrag erteilt, Nachforschungen anzustellen. Diskret, wie ich wohl nicht eigens betonen muss. Ich denke, du weißt, was das heißt.«

»Natürlich weiß ich das.« Misstrauisch wie ein Luchs, kniff Fortunata die Augen zusammen. »Er ist wieder mal dabei, sich in anderer Leute Angelegenheiten einzumischen.«

»So würde ich das nicht nennen.«

»Aber ich! Und außerdem: Wer hat dich überhaupt nach deiner Meinung gefragt?« Fortunata krempelte die Ärmel hoch und lachte. »Du denkst doch nicht etwa, der Herr ist so dämlich, dass er sich einem Bettler anvertraut. Das glaubst du wohl selbst nicht, oder?«

»Na schön, dann eben nicht.« Gerissener als manch anderer, der sein Augenlicht besaß, schnitt Teiresias eine beleidigte Grimasse, machte kehrt und tat so, als sei die Angelegenheit für ihn damit erledigt. »Aber komm mir ja nicht und behaupte, ich hätte deinen Herrn nicht gewarnt.«

Der bühnenreife Auftritt wirkte. »Gewarnt?«, schnaubte die Haushälterin, immer dann hellhörig, wenn ihr Beschützerinstinkt geweckt wurde. »Was soll das heißen?«

»Bringst du mich zu ihm, ja oder nein?«

»Stur bist du ja, das muss dir der Neid lassen.«

Im Gehen begriffen, wandte sich Teiresias um. »Also?«

»Hab Dank für deine Mühe, aber der Herr weilt außer Haus.«

»Und wo?«

»Woher soll ich das wissen?«

»Genau. Woher sollst du das wissen.«

»Werd' bloß nicht frech, sonst …«

»Frech oder nicht«, fiel der Bettler der sichtlich überraschten Haushälterin ins Wort, umklammerte ihr Handgelenk und zog sie so nahe wie möglich zu sich heran, »richte ihm aus, dass Teiresias ihn dringend zu sprechen wünscht. Teiresias, hast du verstanden?«

Fortunata nickte stumm.

»Kann ich mich darauf verlassen?«

»Natürlich!«, flüsterte Varros Amme, gehorsam wie ein reumütiges Kind. »Und … und wo kann er dich finden?«

»Er weiß schon, wo«, raunte der Bettler der Alten zu, ließ von ihr ab und entfernte sich mit einer Geschwindigkeit, die Fortunata in Erstaunen versetzte. »Und sag ihm, er soll sich beeilen. Sonst ist sein Leben keinen Sesterz mehr wert!«

XX

Gladiatorenkaserne, Mitte der achten Stunde | 16:40 h

Vor Gericht, wo Varro seit geraumer Zeit tätig war, hatte er immer wieder Überraschungen erlebt. Zeugen, von denen das Wohl und Wehe des Angeklagten abhing, hatten ihre Aussage zurückgezogen, einen Meineid geschworen oder eine Falschaussage gemacht. Beschuldigte, deren Schicksal an einem seidenen Faden hing, hatten den Kopf im letzten Moment aus der Schlinge gezogen. Ehemänner hatten ihre Frauen angeschwärzt und umgekehrt, der Nachbar den Nachbarn, Kinder ihre Eltern, Untergebene den Vorgesetzten. Angefangen bei Diebstahl, dem mit Abstand häufigsten Delikt, über alle nur erdenklichen Fälle von Betrug, auch und vor allem Münzfälscherei, bis hin zu Mord, Totschlag und Verletzungen, die aus Tavernenschlägereien resultierten, hatte er so ziemlich alles untersucht, was man als gesetzeswidrig oder gar kriminell bezeichnen konnte. Und war davon ausgegangen, dass ihn nichts mehr überraschen konnte.

Er hatte sich getäuscht.

»Hör auf, mir ein X für ein U vorzumachen.« Schuld daran war nicht etwa Maximinus, Besitzer von knapp zwei Dutzend Gladiatoren, sondern ganz allein er selbst. Als Anwalt, der einen Ruf zu verlieren hatte, lernte man eben nie aus. Man musste mit allem rechnen, auch damit, dass es Dinge gab, die man nie und nimmer für möglich gehalten hätte. Der Mensch war nun einmal extrem erfinderisch, vor allem, wenn es darum ging, andere übers Ohr zu hauen. An dieser Tatsache – oder vielmehr Binsenweisheit – führte kein Weg vorbei. »So etwas zieht bei mir nicht!«

»Wie kommst du darauf, dass ich lügen könnte?«

»Erfahrung, Maximinus. Langjährige praktische Erfahrung.« Ohne den Lanista anzuschauen, ließ Varro den Blick im Raum hin und her wandern. Maximinus ging es offenbar gut, und was seine Privaträume betraf, fehlte es an nichts. Höchst ungewöhnlich, weil von erlesener Qualität, war der Mosaikfußboden, auf dem – wie nicht anders zu erwarten – zwei Gladiatoren abgebildet waren. Darüber hinaus wies sein Tablinum mehrere Nischen auf, jede von ihnen den Göttern geweiht, denen der Lanista huldigte. Kaum verwunderlich, dass Nemesis, gleich mehrfach vertreten, die Hauptrolle spielte, gefolgt von Statuetten der kapitolinischen Trias, denen der Ehrenplatz an der Stirnseite vorbehalten war. Jede einzelne Figur, besonders die vergoldete Nemesis, musste ein Vermögen gekostet haben, nicht zu vergessen der Fußboden, welcher einem Ratsmitglied wie Varro zur Ehre gereicht hätte.

Die Mitte des Raumes, im Gegensatz zu den Unterkünften der Gladiatoren mit einem Glasfenster versehen, bildete ein viereckiger Marmortisch. Auch er war, wie der Scherenstuhl aus Zedernholz, von erlesener Qualität, mit Beinen, die auf schmiedeeisernen Schlangenköpfen ruhten. Varro legte die Stirn in Falten. Königskobra, Viper, Natter und Otter – für ihn, der er Kriechtiere nicht mochte, war dies des Makabren entschieden zu viel. Als makaber, weil dem Anlass seines Besuches nicht angemessen, empfand er darüber hinaus eine Schiefertafel, die im rückwärtigen Teil des Raumes hing. Nicht etwa, weil darauf die Namen von Gladiatoren aufgelistet waren, sondern weil diejenigen, welche nicht mehr am Leben waren, mit dem Buchstaben Θ gekennzeichnet waren. Θ für ›Thanatos‹ – mehr als dieser Vermerk, so schien es, waren dem Lanista die Kämpfer nicht wert.

Mehr Platz nahm dagegen die Ausrüstung des Lanista ein, aus der Zeit, in der er selbst noch in der Arena gestanden war. Um zu erkennen, dass es sich um die Waffen eines Murmillo handelte, musste man kein Experte sein, und so genügte ein Blick, um Varro ins Bild zu setzen. Das obligatorische Holzschwert, Indiz für seine ehrenhafte Entlassung, durfte natürlich nicht fehlen, wobei sich der Advocatus fragte, auf welche Weise der Lanista den Sprung vom Gladiator zum Geschäftsmann geschafft haben mochte.

»Bevor du mich fragst, Dekurio«, erriet Maximinus seine Gedanken und machte eine ausladende Handbewegung, »das alles habe ich mir auf ehrliche Art und Weise verdient. Durch eigener Hände Arbeit.«

Varros Antwort ließ nicht auf sich warten. »Daran hege ich nicht den geringsten Zweifel.«

»Warum bist du dann hier?«

»Das habe ich dir doch gesagt, oder?«

»Zum x-ten Mal: Mit Nigers Tod habe ich nichts zu tun.«

»Das nehme ich dir nicht ab, Maximinus.«

»Und die Beweise, Varro? Wie steht's mit denen? Groß daherreden kann schließlich jeder.«

Varro zögerte einen Moment, rang sich dann aber durch, Syphax ein Zeichen zu geben. Dieser nickte und verließ den Raum.

Argwöhnisch geworden, entledigte sich der Lanista seines Umhangs, legte ihn über die Stuhllehne und beugte sich nach vorn. »Kannst du mir verraten, was das soll?«

Varro ließ sich nicht einschüchtern. »Ehrlich gesagt, Maximinus, bin ich es langsam leid, dir die Würmer aus der Nase zu ziehen. Zum letzten Mal: Was hast du mit Lupicinus zu tun?«

»Lupicinus? Nie gehört.«

»Und das, ohne mit der Wimper zu zucken«, murmelte Varro, den nichts mehr ärgerte als die Lügengespinste, welche ihm andauernd aufgetischt wurden. Dann verschärfte er seinen Ton und sagte: »Um es kurz zu machen, Lanista: Wir – das heißt mein Freund Probus und ich – wissen über alles Bescheid. Du kannst lügen, dass sich die Balken biegen. Nützen wird es dir nichts.«

»Und wenn du dich auf den Kopf stellst, Dekurio: Weder habe ich etwas mit Nigers Tod zu tun, noch mit diesem … Wie heißt der Kerl doch gleich? … Lupicinus, genau! Komischer Name, oder?«

»Wenn hier jemand zur Komik neigt, dann du, Maximinus!«, konterte Varro und betrachtete ein Plakat, auf dem ein Retiarius samt Netz und Dreizack abgebildet war. Die Farben waren bereits leicht verblasst, die Angaben über Ort, Zeitpunkt und Programm aber gut zu lesen. »Wer verdient sich denn hier eine goldene Nase, die Gladiatoren oder du?«

»Ich wüsste nicht, was dich das angeht, Varro.«

»Für dich ›Dekurio‹, Maximinus. Aber lassen wir das.« Varro trat ans Fenster. »Zur Sache: Anders als soeben behauptet, ist dir Lupicinus sehr wohl ein Begriff.«

»Worauf willst du …?«

»Du weißt genau, worauf ich hinauswill, Maximinus. Oder leugnest du, dass ihr euch gestern gestritten habt?«

»Kann ja wohl vorkommen, dass man sich beim Saufen in die Haare kriegt, oder? In einer Taverne geht's eben nicht immer gesittet zu.«

»Taverne?«, echote Varro und lächelte genüsslich vor sich hin. »Davon hab ich nichts gesagt!«

»Du kommst dir reichlich schlau vor, was?« Die Gesichtszüge des Lanista verfinsterten sich, und mit der

Ruhe, welche er vorgeschützt hatte, war es ein für alle Mal vorbei. »Na schön!«, knurrte er, nicht nur eine, sondern sogar beide Hände zu Fäusten geballt. »Wir hatten eine Meinungsverschiedenheit. Möchte wissen, was daran so schlimm sein soll.«

»An sich überhaupt nichts, wären da nicht die Drohungen gewesen, welche Lupicinus ausgestoßen hat.«

»Klingt so, als seist du dabei gewesen.«

»Ich nicht.«

»Na also, woher willst du es dann wissen!«

»Nicht ich, Maximinus, sondern jemand, der dir bekannt sein dürfte.«

»Da bin ich aber gespannt.«

Ohne etwas zu erwidern, wandte sich Varro vom Fenster ab, ging zur Tür und öffnete sie.

Beim Anblick der Frau, deren Gesicht verschleiert war, wurde Maximinus von Unbehagen erfasst. Der sonst so selbstsichere Lanista sprach kein Wort, und seine Miene verriet, dass er kalt erwischt worden war.

»Darf ich vorstellen«, warf Varro ein, unfähig, seine Häme zu verbergen, »meine Kronzeugin! Wie du siehst, hat Leugnen keinen Sinn.« Der Advocatus schloss die Tür, geleitete die Frau in die Raummitte und ging zwischen ihr und dem Lanista in Stellung. Syphax, der ihn keinen Moment aus den Augen ließ, verschränkte die Arme und blieb neben dem Türpfosten stehen. »Einstweilen irgendwelche Fragen?«

Maximinus schüttelte den Kopf.

Der Advocatus sah es mit Genugtuung. »Na, dann wollen wir mal!«, fuhr er fort und sah die Anwesenden der Reihe nach an. Beim Lanista angekommen, blieb sein Blick an ihm haften. »Zum letzten Mal, Maximinus: Was hast du mit dem Tod von Niger zu tun?«

Schweigen.

»Dann eben nicht.« Varros Blick wanderte zu der Frau, die bislang keinen Laut von sich gegeben hatte. Sie hatte pechschwarzes, bis auf die Schultern herabreichendes Haar, trug ein dunkles Gewand und einen ebenfalls dunklen Schleier. Die Szene hatte etwas Unwirkliches an sich, und es schien, als sei eine Skulptur mit einem Tuch drapiert worden. »Kennst du diesen Mann?«

»Ja.«

Die Frau antwortete sofort, ohne Scheu oder auch nur den Hauch von Unsicherheit in der Stimme.

»Wann genau hast du ihn zum ersten Mal gesehen?«

»Gestern Abend.«

Hochrot vor Zorn sprang der Lanista auf. »Was soll der Quatsch, Advokat? Sind wir hier im Theater?«

Varro verzog keine Miene. »Du hast recht, Lanista!«, gab er mit stoischer Gelassenheit zurück. »Es ist an der Zeit, die Maskerade zu beenden. Wenn du so gut sein würdest, Frau Wirtin – der Herr da möchte dein Gesicht sehen.«

»Du?« Der Ausruf, mit dem der Lanista auf die Entschleierung reagierte, hätte aufschlussreicher nicht sein können. Mehr als nur überrascht, war er wie zur Salzsäule erstarrt und glotzte Aspasia mit weit aufgerissenen Augen an. »Wie kommst du … welcher Dämon bringt dich denn hierher?«

»Ich.« Als sei nichts dabei, trat Varro an den Tisch und drückte den immer noch fassungslosen Lanista auf seinen Stuhl. »So, nachdem das geklärt ist, würde ich es vorziehen, meine Sicht der Dinge darzulegen. Du hast doch nichts dagegen, oder?«

»Tu, was du nicht lassen kannst.«

»Wie schön, dass du endlich Vernunft annimmst.« Varro räusperte sich. »Also: Gestern Abend, am Tag der Venus, bist du, Maximinus, mit dem Geldwechsler Lupicinus in Streit geraten. Dem Vernehmen nach, das heißt laut Aussage dieser Frau, soll es dabei um den Gladiator Niger gegangen sein, dessen Leichnam heute Morgen entdeckt wurde. Lupicinus, so die Wirtin der Taverne ›Zum Kantharos‹, hatte zuvor wilde Drohungen gegen ihn ausgestoßen. Tenor: Sollte ihm Niger über den Weg laufen, müsse er sich vor ihm, Lupicinus, in Acht nehmen. Dann würde er ihm alles heimzahlen.« Der Advocatus pausierte, inspizierte den Faltenwurf seiner Toga und ließ sich durch den unruhig hin und her rutschenden Lanista nicht aus der Ruhe bringen. »Hat es sich so zugetragen – ja oder nein?«

»Wenn du es sagst, wird es ja wohl stimmen.«

»Dann stimmt es sicher auch, dass du, Maximinus, nach dem Verschwinden deines Widersachers – oder, wahrheitsgetreu formuliert, deines *Geschäftspartners* – versucht hast, Aspasia massiv unter Druck zu setzen. Das heißt, du hast gedroht, ihrer Tochter etwas anzutun oder die Taverne niederzubrennen, sollte sie auch nur ein Wort über den Gegenstand deines Streits mit Lupicinus verlauten lassen. Dein Pech, dass sich Aspasia nicht nur nicht daran gehalten, sondern im Gegenteil mich, ihren Patronus, über den Vorfall in Kenntnis gesetzt hat. Das alles wäre dir verborgen geblieben, hättest du nicht so viel Angst vor dem Bekanntwerden deiner Machenschaften gehabt, dass du beschlossen hast, Aspasia beschatten zu lassen. Daraus, denke ich, kann man den Schluss ziehen, dass es bei deinem Zwist mit Lupicinus um mehr als eine Meinungsverschiedenheit gegangen ist. Sonst wäre Lupicinus, der dir kräftemäßig unterlegen ist, mit Sicherheit nicht auf dich losgegangen. Wären Aspasia und die beiden Zecher nicht gewesen, die dem Handgemenge ein Ende machten, hätte es vermutlich eine wüste Schlägerei gegeben.« Der Anwalt sah dem Lanista in die Augen. »Oder noch einen Toten.«

»Deine Fantasie in Ehren – aber das mit der Beschatterei geht wirklich zu weit.« Um seine Unsicherheit zu überspielen, hantierte der Lanista an seiner Augenklappe herum. Dann fletschte er die Zähne und knurrte: »Soll ich dir was sagen, Dekurio? Ich staune immer wieder, wozu Anwälte fähig sind. Mir scheint, einer wie du geht über Leichen.«

»Über Leichen – was du nicht sagst.« Ohne viel Federlesens griff Varro nach der Wachstafel, die vor dem Lanista auf dem Marmortisch lag, klappte sie auf und überflog seine Notizen. »Soundso viele Fässer Wein, soundso viele Säcke Weizen, Mehl, getrocknete Erbsen und so fort – ziemlich langweilig, so eine Inventur, oder?«

»Auf was willst du hinaus?«

»Darauf, du Dilettant!«, fuhr Varro den Lanista an, zog einen Pergamentstreifen hervor und verglich ihn mit den Notizen auf der Tafel. »Cave curiositatem!«, deklamierte er, ohne eine Miene zu verziehen. »Reichlich plump, wenn du mich fragst.«

»Na und? Das beweist noch gar nichts.«

»Mag sein. Aber es beweist, dass du alles darangesetzt hast, um deine Machenschaften zu vertuschen. Dachtest du wirklich, ich würde mich von einem Drohbrief abschrecken lassen? Kurzum: Die Sache stinkt zum Himmel, Lanista. Wenn du schlau bist, legst du ein Geständnis ab.«

»Darauf kannst du lang warten, Dummschwätzer!«

»Und dann auch noch vulgär werden – höchste Zeit, andere Saiten aufzuziehen.«

Auf ein Zeichen von Varro, der Aspasia aufmunternd

zugenickt hatte, setzte sich Syphax in Bewegung und ging hinter dem Stuhl des Lanista in Position.

»Was weißt du über den Tod von Niger? Rede, du Halsabschneider, sonst muss ich zu anderen Methoden greifen!« Kochend vor Wut warf Varro die Wachstafel auf den Tisch, steckte den Pergamentstreifen ein und baute sich vor dem Lanista auf. »Was verheimlichst du mir? Wozu dieser Drohbrief und der erneute Besuch bei Aspasia, die von Glück sagen konnte, dass Syphax rechtzeitig aufgetaucht ist? Wieso diese Hinhaltetaktik, mit der du dir nur schadest? Was verschweigst du mir, Maximinus, raus mit der Sprache!«

»Meine Sache, verdammt noch mal!«

»Deine Sache, sagst du?«, rief Varro aus und packte den Lanista am Kragen. »Hör ich recht? Du lügst, betrügst, bringst andere Leute um ihr Geld und besitzt die Stirn, deine Machenschaften als Privatangelegenheit zu bezeichnen? Du glaubst doch nicht etwa, dass du damit durchkommst, oder?«

»Durchkommen?«, keuchte Maximinus, während ihm der Schweiß aus sämtlichen Poren quoll. »Keine Ahnung, was du damit …«

»Jetzt tu doch nicht so!«, knirschte Varro, der seine Wut kaum noch zügeln konnte. »Oder denkst du, ich bin so dumm, dass ich eins und eins nicht zusammenzählen kann? Du und Lupicinus habt euch dumm und dämlich verdient, und wäre Niger nicht gewesen, hättet ihr das Geschäft eures Lebens machen können.«

»Wenn hier einer abkassiert hat, dann Lupicinus!«

»50 Prozent vom Gewinn, ein Viertel für dich, der Rest für deinen armenischen Freund. Nicht schlecht, oder? Egal, wie der Kampf ausgeht, ihr beide profitiert davon.«

»Profitieren?«, keuchte der Lanista und versuchte, sich dem Griff des Anwalts zu entwinden. »Bei einer Quote von 17 zu eins? Du weißt nicht, wovon du redest, Dekurio!«

»Und ob ich das weiß!«, konterte Varro, bei Weitem nicht so siegesgewiss, wie er sich anhörte. Das Folgende war nichts als Spekulation, wobei er hoffte, dass seine List von Erfolg gekrönt sein würde. »Oder denkst du, ich gebe mich der Illusion hin, dass es bei den Spielen mit rechten Dingen zugeht? Wer das glaubt, Maximinus, ist selbst schuld. Angenommen – aber wirklich nur angenommen! – ein Lanista käme auf die Idee, einen Kampf zu manipulieren.«

»Manipulation, so, so. Und wie, bitte schön, soll das gehen?«

»Indem du ihm drohst, wie denn sonst.« Sichtlich angewidert, ließ Varro von dem Lanista ab. »Indem du ihn bei seiner Ehre packst, ihn darauf hinweist, dass er einen Eid geschworen hat. Indem du ihn auf jede nur erdenkliche Weise unter Druck setzt.«

»Du weißt nicht, wovon du redest, Advocatus.«

»Oh doch. Und ich weiß, dass es sich so oder so ähnlich zugetragen haben muss.«

»Nichts weißt du.« Der Lanista drehte den Kopf auf die Seite und winkte ab. »Rein gar nichts!«

»Ich muss zugeben, dein Plan war nicht schlecht. Niger wird entsprechend instruiert, seinem Gegner wird eingebläut, ihn unter keinen Umständen zu töten – und fertig ist der Betrug! Die Hälfte des Gewinns für euch, der Rest an die Wenigen, die so blauäugig waren, auf den Secutor zu wetten. Eins muss man dir und deinem Komplizen lassen: Auf so eine Idee muss man erst einmal kommen. Schlau eingefädelt, Lanista, einfach brillant. Man knüpft

Beziehungen zu einem Wettbüro, schließt einen Kuhhandel ab, sucht eine Gewinn versprechende Partie heraus, bringt die Gladiatoren auf Kurs – und schon klingeln die Kassen. Dumm nur, dass etwas schief gelaufen ist. Aus Gründen, über die man nur spekulieren kann, hält sich Niger nicht an die Absprachen, überwältigt den Gegner und tötet ihn. Das Publikum ist begeistert, Lupicinus, der seine Felle davonschwimmen sieht, dagegen weniger. Aus der Traum, begraben die Hoffnung auf leicht verdientes Geld.« Varro legte eine Kunstpause ein. »Grund genug, mit Mord zu drohen, oder?«

»Für Lupicinus vielleicht, aber nicht für mich.«

»Und weshalb?«

Maximinus lachte auf, fläzte sich in seinen Stuhl und zupfte die zerknitterte Tunika zurecht. »Überlegt doch mal, ihr drei Schlauberger!«, wandte er sich an die ungebetenen Gäste, im Bewusstsein, den Schwachpunkt von Varros Beweisführung zu kennen. »Weshalb sollte ein Mann, der eine Menge Geld investiert hat, das Objekt seiner Bemühungen töten? Das ergibt doch keinen Sinn. Damit wir uns richtig verstehen, Advocatus: Natürlich geht es bei den Spielen um Geld, um sehr viel Geld sogar. Und natürlich wird auch eine Menge für Wetten ausgegeben. Das allein, Dekurio, ist jedoch kein Grund, mich als Betrüger abzustempeln. Gestattest du, dass ich dir einen Rat gebe? Anstatt einer Chimäre hinterherzujagen, solltest du dir lieber einen freien Tag gönnen. Du bist nämlich dabei, dich in etwas zu verrennen.«

»Und Lupicinus? Sieht dein Komplize das Ganze genauso wie du?«

»Zum Mitschreiben, Advocatus: Weder ist Lupicinus ein Komplize von mir, noch ist er einer meiner Geschäftspartner.« Der Lanista gab ein verächtliches Schnauben von sich. »Anders ausgedrückt: Mit diesem Zwerg, der den Rachen nicht vollkriegen kann, habe ich nichts zu tun. Ich hoffe, du hast das endlich kapiert. Und jetzt entschuldige mich – ich habe zu tun!«

»Du …« Ausgerechnet jetzt, im Beisein von Zeugen, lief Gaius Aurelius Varro Gefahr, die Kontrolle über sich zu verlieren. »Du elender Mistkerl sagst mir jetzt, was Sache ist, oder ich erteile dir eine Lektion, die du nie mehr vergessen wirst!«

Die Antwort ließ nicht lang auf sich warten. »Da bin ich aber gespannt, Dekurio. Ach, übrigens, du kannst ruhig deinen Stock benutzen. Mit Leuten wie dir werde ich auch so fertig. Mann gegen Mann, versteht sich, ohne den Beistand deines Sklaven!«

»Halte ein, Patronus, darauf wartet er doch nur.« Es war nicht etwa Syphax, der Varro Einhalt gebot. Sondern es war die Hand, welche urplötzlich auf Varros Schulter ruhte. Die Hand einer Frau, schmal, feingliedrig und so weich, dass ein Schauer über seinen Rücken lief. »Kein Grund, sich die Hände schmutzig zu machen«, flüsterte Aspasia, ergriff Varros Arm und zog ihn mit sich fort. »Er wird dir ein andermal ins Netz gehen, darauf gehe ich jede Wette ein!«

XXI

Stadtzentrum, an der Kreuzung von Decumanus und Cardo, Beginn der elften Stunde | 17:20 h

Der Festzug wollte kein Ende nehmen. Wagen reihte sich an Wagen, Ross an Ross, Kohorte an Kohorte. Das Pflaster hallte wider vom Marschtritt der Legionäre, vom Stampfen der Pferde, vom Geklimper der Kupfermünzen, die allenthalben unters Volk gestreut wurden. Im Mittelpunkt standen jedoch die Soldaten. Sie waren es, die dem Schauspiel den Stempel aufdrückten, allen voran die Palasttruppen, unter denen sich Einheiten aus aller Herren Länder befanden. Kein Landstrich, der hier nicht vertreten war, angefangen bei Söldnern aus Britannien, rothaarig, bärtig und mit heller Haut, welche die Schaulustigen um Haupteslänge überragten, über jene aus den Wäldern rechts des Rheins, muskulös, hünenhaft und mit Knoten im blonden Haar, bis hin zu den Bogenschützen, von denen ein Großteil aus dem Orient und hier wiederum aus Syrien stammte. So vielfältig ihre Herkunft, so zahlreich waren auch die Feldzeichen, welche die Standartenträger präsentierten. Schlange und Wolf, Adler, Löwe und Stier, Sonne, Mond, Sterne und Siegeskränze, auch hier kein Emblem, das nicht vertreten, keine Trophäe, die der zu Tausenden zählenden Menge nicht präsentiert wurde.

Spektakel dieser Art standen hoch im Kurs, und der Imperator gab, wonach das Volk verlangte. Do, ut des!, lautete das Motto, und obwohl das Gerücht umging, der Kaiser leide an einem Fieber, war er dennoch allgegenwärtig. Schautafeln auf Tragestangen, von jeweils vier Legionären getragen, kündeten von seinen Taten, rühmten seine

Mildtätigkeit, priesen seine Tugenden. Breiten Raum nahm dabei die Schlacht bei Saxa Rubra ein, eine wichtige, wenn nicht gar die wichtigste Tat, welche Konstantin in den vergangenen sieben Jahren vollbracht hatte. Zwischen ihm, dem Sohn einer Stallmagd, und der Alleinherrschaft stand jetzt nur noch sein Rivale Licinius, und jeder rechnete damit, dass die Tage, in denen jener über die Osthälfte des Imperiums herrschte, gezählt waren.

Doch war dies nicht die Stunde, um düstere Gedanken zu hegen. Dies war ein Festtag – und ein höchst denkwürdiger dazu. Wagen mit Beutewaffen durften da natürlich nicht fehlen, gefolgt von Feinden, die den Römern in die Hände gefallen waren. Die Schaulustigen sahen es mit Genugtuung, übergossen die Gefangenen, welche einer unsicheren Zukunft entgegengingen, mit ätzendem Hohn. Nicht genug damit, machten Spottlieder die Runde, Beleidigungen, Fußtritte und Hiebe inbegriffen. Hie und da flogen sogar Abfälle durch die Luft, von Gesten, die unter gesitteten Menschen verpönt waren, nicht zu reden.

Wenig Aufmerksamkeit und noch weniger Applaus wurden dagegen den Magistraten zuteil, im Volk, das die Prachtstraße säumte, nicht sonderlich beliebt. Aus Anlass des Regierungsjubiläums durfte eine Abordnung des römischen Senats nicht fehlen, gefolgt von Günstlingen, deren Rangordnung genau festgelegt war. Zuerst kamen die ›Clarissimi‹, zu denen unter anderem die Provinzstatthalter und Senatoren gehörten. Dann die ›Spectabiles‹ und nach ihnen wiederum die ›Illustres‹, also die Konsuln, Patrizier, hohe Militärs und obersten Hofbeamten. Erst danach und in gebührendem Abstand folgte eine Abordnung der Stadt Treveris, argwöhnisch beäugt von den Schaulustigen, welche nicht jedem der Ratsmitglieder mit Sympathie begegneten. Das Gleiche galt für die Priesterschaft, der die Opfertiere, unter ihnen ein weißer Stier, auf dem Fuße folgten.

Doch dann, geraume Zeit später, brandete erneut Jubel auf, untermalt vom Schmettern der Fanfaren, dem Wirbel der Trommeln und den Lobpreisungen der Claqueure, die sich auf Geheiß des Prätorianerpräfekten unters Volk gemischt hatten. Der Triumphwagen des Kaisers nahte, auch er beladen mit Beutegut, Bergen von Schmuck, kostbaren Vasen, schimmernden Rüstungen und fremdartigen Feldzeichen. Mittelpunkt des Gepränges war das Bildnis des Kaisers, überlebensgroß und mit einem Rahmen aus purem Gold. Im Vergleich dazu nahm sich dasjenige der Kaiserin fast schon kümmerlich aus, und es gab nicht wenige, die sich ihren Teil dachten.

Darüber zu reden, ziemte sich freilich nicht. Außerdem war es viel zu gefährlich, konnte man doch nie sicher sein, dass kein Spitzel in der Nähe war. Besser, nicht unangenehm aufzufallen, und noch besser, nicht laut über das Kaiserhaus nachzudenken. So lautete das Gebot der Stunde.

Kein Wunder also, dass nicht alle Treverer in Feierlaune waren. War es doch ungewöhnlich, ja geradezu alarmierend, dass der Kaiser dem Spektakel ferngeblieben war. Und das ausgerechnet an einem solchen Tag. Was, fragten sich nicht nur Skeptiker, war eigentlich passiert? Weshalb nahm der Imperator nicht an den Festlichkeiten teil? Wozu die vielen Aufpasser, die sich unters Volk gemischt hatten? Und wozu die waffenstarrende Phalanx, die vor dem Palastareal in Stellung gegangen war?

Fragen über Fragen, aber am besten, man hielt sich mit Spekulationen zurück. Das tat auch Gaius Aurelius Varro, wenngleich aus gänzlich anderem Grund. Der Kasus, an dem er sich die Zähne auszubeißen drohte, ließ ihm keine Ruhe und war der Grund, weshalb er kaum etwas mitbekam. Sehr spät erst, als sein Blick den Prunkwagen mit dem Kaiserbildnis streifte, schreckte er aus seinen Gedanken auf, die Augen bald auf dem Porträt, bald auf seinem eigenen Ring mit der auffälligen Gravur.

Varro runzelte die Stirn. Treue!, durchfuhr es ihn, welch nobles Wort. Treue zu einem Mann, der nicht zögern würde, seine Gegner mundtot zu machen. Loyalität zu einem Herrscher, dessen wahres Gesicht hinter einer Mauer aus Pomp, Prunk und Drohgebärden verschwunden war.

Treue dem Kaiser – und wozu?

»Und was jetzt?« Es war Probus, der ihn wieder in die Gegenwart holte, einer der wenigen, auf die er sich verlassen konnte. »Du willst doch nicht etwa den Fall hinschmeißen, oder?«

»Wo denkst du hin!«, rief Varro und ließ den Blick über die Köpfe der Menge schweifen. Von Aspasia, die sich auf den Weg in die Villa Aurelia gemacht hatte, war jedoch nichts mehr zu sehen. »Jetzt erst recht!«

Probus, dem wieder einmal nichts entging, quittierte es mit einem Schmunzeln. »Keine Angst, sie findet den Weg auch allein.«

»Deine anzüglichen Bemerkungen kannst du dir sparen!«, blaffte Varro, knallrot im Gesicht. »Sag mir lieber, was du herausbekommen hast.«

»Tja, wie heißt es doch gleich: Amor vincit omnia.«

»Was nuschelst du da in deinen Bart?«

»Ich? Nichts – überhaupt nichts.« Da er es nicht auf einen Streit ankommen lassen wollte, machte Probus eine entschuldigende Geste, zog Varro beiseite und eskortierte ihn zu einer Laube, an der er zwei Becher Wein bestellte. »Hier, nimm – ich geb einen aus.«

Varro zögerte. »Dein Gemüt wollte ich haben!«, seufzte er, nahm dann aber doch einen Schluck. »Einen Anlass zum Feiern gibt es ja wohl kaum.«

»Doch.«

»Und welchen?«

Der Medicus trank aus, schloss die Augen und schnalzte genüsslich mit der Zunge. »Kopf hoch, alter Junge!«, munterte er Varro auf, »noch ist nicht aller Tage Abend. Nachdem er verarztet war, hat mein Patient tabula rasa gemacht. Und alles brühwarm ausgeplaudert.«

»Da bin ich aber gespannt.«

»Kann ich mir denken!«, versetzte Probus, bestellte sich einen weiteren Becher und dämpfte den Ton. »Halt dich fest, alter Junge. Es gibt Neuigkeiten.«

»Und die wären?«

»Niger wurde erpresst.«

»Erpresst? Und von wem?«

»Na von wem wohl, denk doch mal nach! Von Maximinus. Gesetzt den Fall, der Retiarius ließe seinen Gegner nicht gewinnen, würde es seine Familie zu spüren bekommen. Das waren seine Worte.«

Der Advocatus horchte auf. »Familie?«, rief er aus. »Habe ich da eben richtig …«

»Hast du, Herr Anwalt, hast du.« Probus grinste breit. »Niger war in festen Händen. Und *Vater*.«

»Beim Bacchus, da bleibt einem glatt die Spucke weg!«

»Da staunst du, was?« Kaum gefüllt, war der Becher des Medicus auch schon leer. »Das Interessante daran: Nach dem Kampf hat sich der Liebling der Massen aus dem Staub gemacht. Guck nicht so, auch Gladiatoren haben ihre Bedürfnisse! Im Ernst – ohne Bestechung geht auch bei denen nichts. Bedeutet: Er hat die Wachen geschmiert und ist abgehauen. Rate mal, wohin – aber nur dreimal.«

»Moment mal, willst du damit andeuten, er war …«

»Tut mir leid, da muss ich dich enttäuschen. Verheiratet war er nicht. Das ändert aber nichts daran, dass er ein Kind in die Welt gesetzt hat.«

»Niger? Bist du dir da auch ganz sicher?«

»Hahaha, der Herr Anwalt hat einen Witz gemacht – sag du mal was über mich!« Der Medicus spendete spöttisch Applaus. »Wie gesagt: Verheiratet war er zwar nicht, aber das will ja nicht viel heißen.«

»Trevererin?«

Probus nickte. »Lebt in einer Insula, zusammen mit ihrem Sohn. Wovon, weiß keiner so genau. 24 Jahre alt, blond und Myron zufolge ansehnlich, um nicht zu sagen attraktiv – ich denke, wir sollten der Dame einen Besuch abstatten.«

»Ganz deiner Meinung!«, entgegnete Varro und trieb seinen Freund zur Eile an. »Auf geht's, oder willst du hier Wurzeln schlagen?«

»Gemach, Bücherwurm, gemach. Das war noch nicht alles.«

Im Gehen begriffen, hielt Varro inne. »Ich höre?«

»Myron sagt, Niger habe sich ihm gestern Abend anvertraut. Und jetzt halt dich fest: Man wollte ihn nötigen, den Secutor gewinnen zu lassen.«

»Jetzt haut es mich aber gleich um!«

»Was mich betrifft, war ich genauso überrascht wie du.« Der Medicus runzelte die Stirn. »Nötigen ist anscheinend noch untertrieben. Schenkt man Myron Glauben, muss ihn der Lanista regelrecht erpresst haben. Tenor: Entweder du verlierst oder du bist die längste Zeit Familienvater gewesen. Friss oder stirb, Niger – eine andere Möglichkeit gibt es nicht!«

Zu verdutzt, um einen Kommentar abzugeben, ließ sich Varro nachschenken. »Na warte, Freundchen!«, murmelte er, »jetzt geht's dir an den Kragen!«

»Falls du auf Maximinus anspielst – ich denke, der ist bei Syphax in guten Händen. Zumindest vorübergehend.« Probus klopfte seinem Freund auf die Schulter. »Gute Idee, das mit dem Hausarrest. Stell dir vor, man würde das bei allen Gaunern machen, dann wäre hier viel weniger los!«

»Wie gesagt: Dein Gemüt wollte ich haben.«

»Und ich deinen Stock, wenn ich zu viel intus habe.« Probus grinste vergnügt. »Jetzt guck nicht so, man wird doch wohl einen Scherz machen dürfen, oder?«

»Wenn's sein muss«, versetzte Varro, trank aus und bedeutete dem Medicus, ihm zu folgen. »Nur fürchte ich, dass uns das Lachen noch vergehen wird.«

XXII

Kaiserpalast, zur gleichen Zeit | 17:20 h

»Ans Messer geliefert, verhaftet und demnächst des Amtes enthoben: Sic transiit gloria mundi!« Der Mann, vor dem der gesamte Hofstaat zitterte, hielt mit seiner Häme nicht hinterm Berg. »Und weshalb? Weil du den Hals nicht voll kriegen konntest!«

»Wer … äh … wer gibt dir eigentlich das Recht, mich hier festzu …«

»Du enttäuschst mich, Chrysaphius. Ich hätte dich für klüger gehalten. Seien wir doch mal ehrlich: Hast du wirklich geglaubt, du kämst mit deinen Ränkespielen durch? Wenn ja, bist du naiver, als ich dachte. Du weißt doch: Mir entgeht nichts. Niemand im Umkreis von zehn Meilen rührt einen Finger, ohne dass ich davon erfahre. Der Kaiser weiß es, alle anderen hier wissen es, der Pöbel weiß es – nur du weißt es anscheinend nicht. Darum lass dir gesagt sein: Wenn du mich über den Tisch ziehen willst, musst du früher aufstehen. Vor allem, wenn du vorhast, eine Verschwörung anzuzetteln.«

»Eine Verschwörung?« Chrysaphius, Eunuch und Kammerherr der Kaiserin, nahm all seinen Mut zusammen, richtete sich auf und versuchte, dem Blick seines Todfeindes standzuhalten. »Davon weiß ich nichts.«

»Typisch Grieche. Lügen, dass sich die Balken biegen. Theater machen. Den Leuten Sand in die Augen streuen.« Sein Gegenüber, ein Mittdreißiger mit dalmatischem Akzent, verzog keine Miene. Er wusste, wie man mit Leuten vom Schlage des Kammerherrn umgehen musste, und er wusste auch, was von ihm erwartet wurde. Die Aufdeckung einer Verschwörung war eine Sache, die Entlarvung der Mitwisser etwas ganz anderes. »Aber nicht mit mir, hörst du, nicht mit mir!«

»Und wenn du dich auf den Kopf stellst, Tiro – aus mir bekommst du nichts heraus.«

»Du bist dabei, einen großen Fehler zu begehen.« Tiro, Magister Officiorum und rechte Hand des Kaisers, warf einen Blick auf die Papyrusrolle, die vor ihm auf dem Stehpult lag, streifte sie mit dem Zeigefinger und murmelte: »Aber macht nichts, dann muss ich dir eben auf die Sprünge helfen.«

»Du hast nichts gegen mich in der Hand!«, quäkte der Kammerherr und betupfte die schweißnasse Stirn. »Rein gar nichts!«

»Na schön, offenbar willst du es nicht anders.« Ein Lächeln im Gesicht, begann Tiro in der schmucklosen Amtsstube auf und ab zu gehen. Aus der Ferne war der Lärm des Festzuges zu hören, und das Tageslicht, welches durch das vergitterte Fenster fiel, begann allmählich zu verblassen. »Hörst du den Jubel, Chrysaphius?«, fuhr der Oberhofmarschall, vor nicht allzu langer Zeit noch Leibgardist, mit süffisantem Lächeln fort: »Hörst du, wie das Volk den Kaiser hochleben lässt?«

Der Kammerherr ließ den Kopf hängen und schwieg.

Nicht so Tiro, der zusehends in Fahrt geriet. »Sag mal, bist du so dumm oder tust du nur so? Dir muss doch klar gewesen sein, dass du auf verlorenem Posten stehst. Die Welt liegt dem Kaiser zu Füßen, und dann kommst du daher und schmiedest ein Komplott gegen ihn! Das ist nicht nur ruchlos, sondern ein Frevel. Ein Frevel ohnegleichen. Weißt du, was du bist, Chrysaphius? Du bist ein gewissenloser Halunke, ohne einen Funken Ehrgefühl im Leib, einzig und allein auf deinen Vorteil bedacht. Nur gut, dass ich dir rechtzeitig das Handwerk gelegt habe.« Die Miene des Oberhofmeisters verfinsterte sich, und die Zornesader an seiner Stirn schwoll an. »Versuchter Staatsstreich, Bruch des Treueides, Gefährdung der inneren Sicherheit, Verrat am Kaiser, Verrat am eigenen Volk – tiefer kann man eigentlich nicht sinken.«

»Mir wurde befohlen, und ich habe gehorcht.« Chrysaphius zuckte die Achseln. »Wenn das Hochverrat ist, Tiro – nun, dann richte über mich!«

»Alle Achtung, du bist ja ein ganz Schlauer.« Lucius Valerius Tiro, knapp 37, bar jeglicher Skrupel und so gewissenlos, dass er nicht zögern würde, sich dem Meistbietenden anzudienen, lachte in sich hinein. »So viel Scharfsinn habe ich dir gar nicht zugetraut. Aber ich muss dich enttäuschen. Mit einem wie dir lasse ich mich auf keine Diskussionen ein.« Rein äußerlich die Ruhe selbst, nahm Tiro die silberne Karaffe, die griffbereit auf seinem Stehpult stand, goss sich ein und trank einen Schluck Falerner. »Auch ein Glas?«

»Nein danke.«

»Wer weiß – es könnte dein letztes sein.«

Chrysaphius erbleichte, das Gesicht so weiß wie die Tunika, die er trug. »Du hast nichts gegen mich in der Hand!«, wiederholte er, längst nicht mehr so gefasst wie zuvor.

»Doch.« Der Oberhofmeister trank aus, seufzte und ließ die Fingerkuppe über die Kante seines Bechers gleiten. Er tat dies ohne Hast, seiner Sache mehr als sicher. »Doch, Chrysaphius – das habe ich.«

»Dann ... dann lass das Geplänkel und spann mich nicht länger auf die ...«

»Immer mit der Ruhe, Kastrat, das mit der Folter kommt erst später.« Der Oberhofmeister stellte den Becher ab, nahm die Papyrusrolle zur Hand und umrundete den

Tisch, welcher in der Raummitte stand. »Was mich betrifft, muss es aber nicht so weit kommen.«

»Nimm dich in Acht, Tiro. Der Arm der Kaiserin reicht weit.«

»Siehst du, jetzt kommen wir der Sache näher.« Der Dalmate lächelte. »Zeit, ein Geständnis abzulegen, oder?«

»Warum sollte ich!«

»Weil du ein kluger Mann bist, deshalb. Und weil ich dich in der Hand habe.« Tiro atmete geräuschvoll aus. »Genaugenommen gibt es für dich zwei Möglichkeiten: Entweder du machst reinen Tisch und ersparst dir die Folter, einen Schauprozess und einen qualvollen Tod, oder du hältst der Kaiserin die Treue. Wozu, wenn du mich fragst, keinerlei Anlass besteht. Du hast die Wahl, Abschaum – entscheide dich! Leugnest du, lasse ich dich den Löwen zum Fraß vorwerfen.« Der Oberhofmeister konnte seine Häme nicht verbergen. »Endlich mal was anderes als Tierhetzen. Oder diese ewigen Gladiatorenkämpfe. Ich weiß nicht, wie es dir geht, Chrysaphius, ich persönlich habe die Nase voll davon. Abwechslung ist das halbe Leben, findest du nicht auch?«

»Und was, wenn ich …?«

»Wenn du auspackst, werde ich mich erkenntlich zeigen.«

»Wie?«

»Darüber, Kammerherr, habe ich mir noch keine Gedanken gemacht.«

Bleich wie der Tod fingerte der Eunuch an seinem Pektoral herum. »Zuerst … als Erstes will ich wissen, was da steht!«, stammelte er, ein nervöses Zucken im Gesicht. »Wer sagt mir, dass ich dir trauen kann?«

»Niemand. Aber lies selbst.«

Die Papyrusrolle in der Hand, tat Chrysaphius, wie befohlen.

Und erstarrte.

Der Oberhofmeister sah es mit Genugtuung. »Wie du siehst, hat die Kammerfrau der Kaiserin ein Geständnis abgelegt. Daraus geht hervor, dass ihre Herrin dem Kaiser nach dem Leben getrachtet hat. Weshalb, kann man sich denken. Sie wollte die Macht an sich reißen, dich und andere Schmarotzer die Dreckarbeit erledigen lassen. Schade nur, dass nichts daraus geworden ist. Kopf hoch, Chrysaphius! Dass ich dir zuvorkommen würde, konntest du nicht ahnen.«

»Was willst du, Tiro?«, quiekte der Eunuch, in der Hoffnung, seine Haut doch noch retten zu können. »Was verlangst du von mir?«

»Eine Gefälligkeit, nichts weiter. Darf ich?« Der Oberhofmeister nahm die Papyrusrolle wieder an sich und deponierte sie in dem mit der Aufschrift ›secretus‹ versehenen Regal. »Was ich verlange, fragst du? Als Erstes wirst du mir sämtliche Hintermänner nennen. Namen, Berufe, Herkunft und so weiter.«

»Und die Kaiserin?«

»Gut, dass du mich daran erinnerst, Chrysaphius! Du wirst nicht umhin kommen, mir die Namen all derer anzuvertrauen, mit denen deine Herrin in Kontakt gestanden ist. Besucher, Bittsteller, Vertraute – du weißt schon, wen ich meine.«

»Was hast du mit ihr vor, Tiro?«

»Darüber zu entscheiden, steht allein dem Imperator zu.«

»Und mit mir?«

»Mit dir?« Der Blick des Oberhofmeisters sagte mehr als viele Worte. Gerade eben noch ausdruckslos, sprühten seine Augen vor Hass. »Dir, mein Lieber, wird es vergönnt sein, den Schierlingsbecher zu leeren. Nicht gerade angenehm, ich weiß, aber besser, als in der Arena zerfleischt zu werden!«

CLEMENTIA*

* dt.: Gnade

›Gewöhnlich verachten Angehörige der römischen Oberschicht einen Sklaven oder Kriegsgefangenen – nur nicht in der Arena. Dort bewundern sie ihn. Über das Geschick der erfolgreichen Gladiatoren diskutieren die Römer in den Straßen, Dichter besingen sie, spielende Kinder stellen ihre größten Heldentaten nach. Und manche Dame der römischen Gesellschaft ist »dem blanken Stahl« verfallen, wie Juvenal beobachtet, und zieht das Rendezvous mit einem Gladiator »dem Vaterland, der Schwester und dem Gatten« vor.‹

(Aus: GEO EPOCHE Nr. 54, S. 53)

LIBER QUARTUS

XXIII

Töpferviertel, eine Viertelstunde später | 17:40 h

Der Junge fiel Varro sofort auf. Er war höchstens sieben, trug eine verschlissene Tunika und saß einsam und verlassen an der Straßenkreuzung, auf die Probus und er zusteuerten. Im Moment, zwei Stunden vor Sonnenuntergang, herrschte dort dichtes Gedränge, und es schien, als nehme kein Mensch Notiz von ihm.

Der Anwalt verlangsamte seinen Schritt. Herumtreiber, Bettler und Kinder, um die sich niemand kümmerte, waren keine Seltenheit. Hier, eine halbe Meile vom Forum entfernt, traten sie jedoch in Massen auf. Schmutz und Elend waren allgegenwärtig, und wer nicht aufpasste, war seine Geldbörse los. Statt Villen, die es nördlich des Decumanus dutzendweise gab, traf man auf heruntergekommene Mietskasernen, statt Prachtbauten auf Lehmziegel, enge Gassen und den Geruch, der aus den Tuchwalkereien ins Freie drang. Leute wie Varro, die über die Geschicke der Stadt bestimmten, traf man hier selten, dafür aber Fuhrleute, Eseltreiber, Lastenträger, Lumpensammler, Sackträger und all jene, die von der Hand in den Mund lebten. Die Werkstätten der Färber grenzten an Wollwäschereien, Gerbereien an Imbissstuben, Hinterhöfe, auf denen Matten geflochten wurden, an Mietställe, aus denen einem der Geruch von Pferdemist entgegenwehte.

Besonders streng, um nicht zu sagen infernalisch, roch es jedoch vor den Tuchwalkereien. Kein Römer, der etwas auf sich hielt, würde in einen der steinernen Bottiche steigen, gefüllt mit Wasser, Walkerde, Soda und Urin. Das sah nicht nur nach Schwerstarbeit aus, das war es auch, eine

Plackerei, bei der hauptsächlich Sklaven eingesetzt wurden. Das roch nicht nur, das stank zum Himmel.

Überhaupt – der Gestank. Und dazu dieser Lärm, der zwischen den Häuserwänden hin und her wogte. Das Rumpeln der Wagenräder, das Geschrei der Fischverkäufer, das Gebell der Hunde, das Gezänk zweier Matronen, die einander mit Schimpfwörtern überhäuften und nicht zuletzt auch die Lockrufe zweier Liebesdienerinnen, die vor einem Lupanar auf Kundschaft warteten. Varro seufzte gequält. Anstatt einen Fall zu lösen, der sich als äußerst kompliziert erwies, hätte er jetzt in seinem Studierzimmer sitzen, die Annalen des Tacitus studieren und an seiner Kriminalgeschichte arbeiten können. Warum, in der Götter Namen, tat er sich das an? Warum hetzte er kreuz und quer durch Treveris und legte sich mit Leuten an, denen man besser aus dem Weg ging? Weshalb arbeitete er an einem Fall, bei dem man keine Lorbeeren ernten, dafür aber jede Menge Scherereien einheimsen konnte? Und warum kümmerte er sich um Dinge, die ihn nichts angingen, um Kinder, die mutterseelenallein am Straßenrand hockten?

Er wusste es nicht.

»Hier soll sich mal einer auskennen«, grummelte Probus und sah sich Hilfe suchend um. »Nach Myrons Beschreibung müssten wir längst da sein.«

»Halb so wild«, antwortete Varro, machte eine beschwichtigende Geste und steuerte auf den Jungen zu. »Wir können ja jemanden fragen.«

Auf sich selbst konzentriert, würdigte ihn dieser zunächst keines Blickes. Stattdessen hantierte der Knabe an einer selbstgebastelten Schleuder herum, zielte auf einen Spatzen und zog den Lederriemen, in dem sich ein Kieselstein befand, bis zum Anschlag durch. Dann aber, offenbar aus Überdruss, ließ er die Waffe sinken.

Ohne ihn anzusprechen, blieb Varro stehen und ließ den Blick auf der schmächtigen Gestalt ruhen. Seine Haut war dunkel, dunkler, als es bei den Treverern üblich war. Das Gleiche galt für das Haar, gelockt, pechschwarz und allem Anschein nach kaum zu bändigen. Die Augen hingegen waren blau, die Stirn hoch, und der Blick, mit dem er Varro musterte, so abgeklärt, dass sich der Eindruck aufdrängte, er habe es mit einem Erwachsenen zu tun. »Kennst du dich hier aus?«, brach der Anwalt schließlich das Schweigen, bemüht, einen freundlichen Ton anzuschlagen. »Ich glaube, mein Freund und ich haben uns verlaufen.«

Keine Antwort. Anstatt etwas zu erwidern, ließ der Junge den Blick auf Probus und danach auf dem sichtlich verdutzten Anwalt ruhen, gerade so, als habe er zum ersten Mal einen Mann mit einer weißen Toga gesehen.

»Hier, das ist für dich.« In seiner Not kramte Varro ein paar Kupfermünzen hervor und machte Anstalten, sie dem Jungen in die Hand zu drücken. Wie zuvor zeigte der jedoch keinerlei Reaktion. Mehr noch, er zog die Hand, welche auf seinem Knie ruhte, blitzschnell zurück. »Warum so abweisend? Vor mir brauchst du keine Angst zu haben.«

Weiterhin Schweigen.

»Antworte, oder bist du taub?«

»Muss das sein, Probus?« Um Schlimmeres zu verhüten, schob Varro den Medicus beiseite, ging in die Hocke und sah dem Jungen in die Augen. Es waren schöne Augen, blau wie ein Gebirgssee im Morgenlicht. »Wie gesagt«, flüsterte er, nachdem er Probus einen missbilligenden

Blick zugeworfen hatte, »vor mir und diesem Hitzkopf von einem Medicus brauchst du keine Angst zu haben. Wir meinen es gut mit dir.«

»Wirklich?« Die Antwort kam ebenso schnell wie überraschend. »Ihr Erwachsenen seid doch alle gleich!«

»Findest du?« Varro erhob sich, steckte die Münzen wieder ein und trat beiseite, um ein mit Tuchballen beladenes Fuhrwerk passieren zu lassen. Dann wandte er sich erneut dem Jungen zu. »Ich fürchte, da muss ich dir widersprechen.«

Aufs Neue blieb dieser die Antwort schuldig, hob einen Stein auf und wog ihn in der Hand.

»Wie du willst.« Es war eine bewährte Finte, derer sich Varro bediente, erprobt vor allem im Umgang mit seinem Neffen, wenn dieser wieder einmal querzuschießen drohte. »Dann frage ich jemand anderen.«

»Schon gut – war nicht so gemeint.«

Varro unterdrückte ein Schmunzeln. »Kannst du mir sagen, wo … wie heißt diese Frau doch gleich?«

»Merabaudis«, grummelte der Medicus, nicht gerade erbaut über den Rüffel, den er hatte einstecken müssen. »Beruf unbekannt.«

»Danke, Probus«, erwiderte Varro, machte eine spöttische Verbeugung und wandte sich wieder dem Jungen zu. »Kannst du mir sagen, wo eine Frau namens Merabaudis wohnt?«

»Merabaudis? So heißen hier viele.«

»Ich weiß. Aber nicht alle sind 24 Jahre alt, überaus hübsch und stammen aus Treveris.«

Der Junge erblasste, und die Gleichgültigkeit, welche er an den Tag gelegt hatte, war wie weggeblasen. »Was wollt ihr von ihr?«, fuhr er Varro an und schoss wie ein

Pfeil in die Höhe. »Lasst sie in Ruhe, oder ich sage es meinem Vater!«

Die Insula, in der die Frau wohnte, gehörte zum sogenannten Töpferviertel, nur einen Steinwurf von der Straßenkreuzung entfernt. Auch hier, unweit der Brückenthermen, bot sich Varro das gleiche Bild: Lehmhütten, vor denen zerlumpte Kinder spielten, Fachwerkhäuser, die kurz vor dem Einsturz waren, Straßen, auf denen sich der Abfall häufte, Hinterhöfe, in die kein Sonnenstrahl fiel. Wohnhäuser reihten sich an Werkstätten, Lagerhäuser an billige Tavernen, Geräteschuppen an Mietskasernen, in denen die Ärmsten der Armen hausten. Varro runzelte die Stirn. Das hier war kein Ruhmesblatt. Aber auch das war Treveris, der Ort, von dem aus das Imperium regiert wurde.

Endlich am Ziel, musterte Varro ein Gebäude, bei dessen Anblick klar wurde, wer hier wohnte. Es umfasste vier Stockwerke, bestand aus Ziegelsteinen und war, unschwer zu erkennen, seit dem Bau weder instandgesetzt noch frisch verputzt worden. An den Steinsäulen, auf denen die Balkons aus rohgezimmerten Eichenbalken ruhten, bröckelte der Verputz, und wer die Mietskaserne betrat, musste sich erst an die Dunkelheit gewöhnen.

Es sei denn, er war sechs Jahre alt, hier geboren und mit jedem Fußbreit Boden vertraut. »Hier also bist du zu Hause«, sagte Varro, nachdem er Probus den Vortritt gelassen und dabei zugesehen hatte, wie der Junge eine Öllampe entzündete. »Ganz schön finster hier, was, Probus?«

»Man gewöhnt sich an alles.«

Varro fehlten die Worte. Auf die Antwort, welche der Junge gab, war er wieder einmal nicht gefasst gewesen. »Für einen Knaben in deinem Alter hörst du dich ziemlich niedergeschlagen an. So darfst du nicht denken, sonst ...«

»Ihr kommt wegen meinem Vater, stimmt's?«

Die Frage wirkte wie ein Hammerschlag, und während der Advokat nach Worten rang, folgte bereits der nächste Hieb: »Die Mühe hättet ihr euch sparen können.«

Varro verschlug es die Sprache. Mit einer derartigen Antwort, noch dazu aus dem Mund eines Kindes, hatte er nicht gerechnet. Wieder einmal hatte der Zufall seine Schritte gelenkt, und er fragte sich, welche Überraschungen ihm noch bevorstanden. »Findest du?«

»Ja, finde ich.«

»Aus welchem Grund?«

»Weil er tot ist – darum!«

Varro lief es eiskalt über den Rücken. »Woher weißt du das?«, fragte er, überrascht wie schon lang nicht mehr. »Von deiner Mutter?«

»Ist doch egal, oder?«

»Nein, ist es nicht.«

»Du weißt doch, Herr«, wich der Junge mit vielsagendem Lächeln aus, »so etwas spricht sich hier schnell rum.«

»Darf man fragen, wie du heißt?«

»Die Leute nennen mich Nigerinus.« Der Junge verzog das Gesicht. Kleiner Neger – wie passend!«

»Und wie heißt du wirklich?«

»Hariulf. Nach meinem Großvater. Bescheuerter geht es nicht, oder?«

Peinlich berührt wechselte Varro das Thema. »Ich kann verstehen, wie dir zumute ist, mein Junge. Glaub mir: Probus und ich wollen dir helfen. Dir und deiner Mutter.«

»Helfen? Uns? Und weshalb?«

Varro schluckte. »Um der Gerechtigkeit willen, damit der … Damit das, was deinem Vater widerfahren ist, nicht ungesühnt bleibt.«

»Sprich es ruhig aus, Herr: Er ist ermordet worden.«

Der Anwalt schlug die Augen nieder. »Ja, das ist er!«, bekräftigte er, während sich ihm das Herz zusammenkrampfte. »Eines aber kann ich dir versprechen: Die Schuldigen werden ihre Strafe bekommen.«

»Warum tust du das, Herr? Er war doch nur ein Gladiator.«

»Ich tue es, mein Junge, um der Gerechtigkeit zum Sieg zu verhelfen.« Der Körper des Anwalts straffte sich, und der Griff, mit dem er seinen Stock umklammerte, verstärkte sich. »Ich tue es, weil ich der Meinung bin, dass Verbrecher nicht frei herumlaufen dürfen. Und ich tue es, weil ich es nicht ausstehen kann, wenn Menschen ihrer Hautfarbe oder ihrer Profession wegen missachtet werden.« Varro atmete tief durch. »Ich weiß, das hört sich ziemlich hochtrabend an. Und ich weiß auch, dass es deinem Vater nichts mehr nützen wird, wenn Probus und ich die Schuldigen überführen. Eines aber weiß ich genau: Dass dieser Kasus gelöst werden muss, koste es, was es wolle.«

»Leichter gesagt als getan.«

»Mag sein. Aber besser jetzt als nie.«

»Angenommen, du meinst das wirklich ernst: Warum hast du nicht gleich gesagt, wer du bist?«

»Weil ich nicht gewusst habe, wer *du* bist.«

»Das meinst du doch nicht wirklich, oder?« Die Öllampe in der Hand, stieß der Junge, dessen Welt in Scherben lag, ein an Bitterkeit nicht zu übertreffendes Lachen aus. »Sieht doch jeder, dass mein Vater Afrikaner war.«

Der Advocatus blieb die Antwort schuldig. Ja, räumte er ein, wenn er das Honorar, welches er einzustreichen pflegte, wert wäre, hätte er darauf kommen müssen. Selbst hier, im Schein einer Öllampe, war die Ähnlichkeit mit dem Retiarius offensichtlich, ja geradezu frappierend. Einzig die Augen, ein Erbteil seiner Mutter, fielen ein wenig aus dem Rahmen. Ansonsten bestand über die Herkunft des Jungen kein Zweifel.

»Weißt du, manchmal ist mein Freund ein bisschen schwer von Begriff. Kommt vom vielen Lesen, was, Gaius?«

»Danke, Probus, wie immer bist du mir eine große Hilfe!«, giftete Varro und warf dem Medicus einen Blick zu, den zartbesaitete Naturen als Kriegserklärung aufgefasst hätten. »Was wäre ich ohne dich!«

»Das frage ich mich auch!«, blaffte der Medicus zurück. »Aber lass dich nicht stören, du warst noch nicht am Ende.«

»Verbindlichen Dank.« In der Hoffnung, seinen Kredit nicht verspielt zu haben, wandte sich Varro wieder dem Jungen zu. »Ich bin Gaius Aurelius Varro, Anwalt der Rechte. Und das hier ist mein Freund Probus, Medicus von Beruf.«

Varro reichte dem Jungen die Hand. Dieser zögerte, griff dann aber doch zu.

»Freut mich, dich kennenzulernen!«, sagte der Anwalt und wechselte einen Blick mit Probus, dem die Sache offenbar nicht ganz geheuer war. »Wenn du nichts dagegen hast, würde ich jetzt gern mit deiner Mutter sprechen.«

Die Öllampe in der Hand, blieb der Junge am Fuß der Treppe stehen. »So viel Besuch wie in letzter Zeit haben wir schon lang nicht mehr gehabt«, spottete er, ein rätselhaftes Lächeln im Gesicht. »Zuerst dieser Maximinus, dann du, Herr – wer weiß, vielleicht schneit demnächst sogar der Kaiser …«

»Der Lanista?«, brach es aus Varro hervor. »Der Lanista war … er war hier?«

»Klar.« Der Junge verzog keine Miene. »Gestern Abend.«

»Und wann?«

»Weiß ich nicht mehr genau.« Nigers Sohn zuckte die Achseln. »Circa eine Stunde nach Sonnenuntergang, schätze ich.«

»Du kennst ihn?«

»Bei allem Respekt, Herr: Wer kennt ihn nicht! Ein Halunke, wie er im Buche steht.«

Varro stutzte. »Hört sich an, als hättest du das irgendwo aufgeschnappt.«

»Nicht irgendwo, Herr.«

»Sondern?«

»Sondern bei meinem Vater.« Als sei alles gesagt, wandte sich der Junge ab, leuchtete voran und erklomm die Stufen, welche hinauf ins Obergeschoss führten. »Frag meine Mutter, wenn du mir nicht glaubst. Sie weiß, wer Vater auf dem Gewissen hat.«

XXIV

Ebenda | 17:50 h

»Hier entlang – Vorsicht Stufe!« Der Weg in den vierten Stock war beschwerlich, vorbei an Abfalleimern, Unrat und Tonkrügen, randvoll mit Exkrementen. Sie zu entleeren war Aufgabe einer Sklavin, was, wenn überhaupt, höchstens zweimal pro Tag geschah. Der Geruch nach Rauch, Abfall und Fisch war infernalisch, nichts für empfindsame Mägen oder die Nase eines Mannes, der in einer Stadtvilla lebte. Die Wohnungen, so der Begriff zutraf, waren überfüllt, feucht und heruntergekommen, vom Treppenhaus oft nur durch einen Vorhang getrennt. Wer Ruhe suchte, war hier fehl am Platz, und den Besuchern, die sich ins Obergeschoss verirrten, schlug von überall Lärm entgegen. Hunde bellten, ein Kleinkind schrie sich die Seele aus dem Leib, ein Mann und eine Frau trugen einen lautstarken Disput aus. Restlos bedient, holte Varro Luft. So also sah der Alltag in einer Insula aus, in einer Stadt, deren Prachtbauten im ganzen Reich gerühmt wurden.

Das Haus selbst war, höflich ausgedrückt, eine Bruchbude. Je höher der Anwalt stieg, desto mehr geriet er außer Atem, je mehr er sich abmühte, desto stärker die Schmerzen in seinem Bein. Die Frage, wie man es hier längere Zeit aushalten könne, war akademischer Natur, und Varro beschloss, nicht darüber nachzudenken. Wohin er auch blickte, nichts als Unrat und bröckeliger Verputz, wo er auch stehenblieb, nur Schmutzflecken und der Geruch von Fäkalien. Fenster aus Glas suchte man hier vergebens, davon konnten die Bewohner, zumeist Tagelöhner, Hilfsarbeiter und Lastenträger, nur träumen. Durchscheinendes Leder, Leinentücher oder Fensterläden, mehr konnten sich die Bewohner nicht leisten. Und mehr begehrten sie offenbar auch nicht. Glas war etwas für die Reichen, zu denen, wie er beschämt eingestehen musste, auch ein gewisser Gaius Aurelius Varro gehörte.

Froh, die Treppe erklommen zu haben, hielt dieser zunächst inne. Und traute, als sich die Tür öffnete, seinen Augen nicht.

Mit allem hatte er gerechnet, nur nicht mit diesem Anblick.

Die Wohnung, welche er betrat, war hell, relativ geräumig und in einem Zustand, wie man ihn hier, im Obergeschoss einer Insula, nicht erwartet hätte. Außer zwei Stühlen, einem Regal, der Kleidertruhe und einem Tisch, der schon bessere Tage erlebt hatte, war zwar keinerlei Mobiliar vorhanden, aber dafür war sie wenigstens sauber. Und es roch auch nicht so streng wie in den unteren Etagen. Varro stieß einen Seufzer der Erleichterung aus. Zwischendurch hatte er sogar umkehren wollen, müde der Anstrengungen, die er unternahm, um den Fall zu lösen.

»Willkommen, Herr, tretet ein.« Da war etwas an dieser Frau, das ihn stutzig machte, das ihn aufhorchen, die Sinne schärfen und hellhörig werden ließ. »Der Friede des Herrn sei mit euch, Brüder. Und natürlich auch mit dir, mein Herz.«

Varro erwiderte den Gruß, wenngleich nicht ganz so wohlwollend wie die Frau. Wie von Myron geschildert, war diese überaus hübsch, beinahe so groß wie er und darauf bedacht, kein Missfallen zu erregen. Nötig hatte sie dies nicht, sprach ihr Aussehen, vor allem ihr Lächeln, doch für sich.

Hariulfs Mutter trug ein schlichtes Gewand, Holzpantinen und einen Ledergürtel. Aber das war auch schon alles, was an Frauen ihrer Herkunft erinnerte. Außergewöhnlich, wenn nicht gar einzigartig, war dagegen etwas anderes. Zunächst war da ihr von einem Band zusammengehaltenes Haar, blond, glänzend und so lang, dass es bis in den Rücken reichte. Hinzu kam die Bronzefibel, welche ihren Überwurf zierte, die nicht etwa aufgrund ihrer Qualität, sondern wegen der Lettern, die darauf eingraviert waren, bemerkenswert war. Varro zog überrascht die Braue hoch. Bei den Buchstaben, welche die Fibel zierten, handelte es sich um Teile eines Monogramms, das man immer häufiger zu Gesicht bekam, wenngleich ihm entfallen war, was es zu bedeuten hatte.

Woher die 24-Jährige stammte, war dagegen sofort klar. Auffällig, weil überdurchschnittlich, war natürlich ihr Aussehen, vom Idiom, das sie pflegte, ganz zu schweigen. Nigers Frau war eindeutig Trevererin. Und sie zog, das lag auf der Hand, automatisch die Blicke auf sich. Ob beim Einkauf, Wasserholen oder im Bad, zudringlicher Männer konnte sie sich bestimmt kaum erwehren. »Mit wem habe ich das Vergnügen?«

»Gaius Aurelius Varro, Advocatus und Ratsmitglied. Und das hier ist mein Freund Probus, Medicus von Beruf.«

»Nehmt Platz. Was führt euch zu mir?«

»Ich fürchte, wir müssen dir eine traurige Mitteilung machen.«

»Du brauchst nicht weiterzureden, Herr. Ich weiß Bescheid.«

Varro stockte. Auf eine Frau wie diese traf man in der Tat selten. Ihre Stimme war sanft, ihr Wuchs schlank, und die Augen, ihr hervorstechendstes Merkmal, blau wie die ihres Sohnes. Ansonsten schien sie jedoch wenig mit ihm gemeinsam zu haben, angefangen bei der hellen Haut bis hin zu den Sommersprossen, mit der die Wangenknochen besprenkelt waren. »Über alles?«

»Ja, über alles«, entgegnete die Frau voller Bitterkeit. Kaum war es heraus, mäßigte sie jedoch ihren Ton. »Es heißt, er sei in eine Falle gelockt, ermordet und in eine Abfallgrube geworfen worden.«

»So, heißt es das!«, echote Probus, nach Varros Maßstäben um einiges zu grob. »Anscheinend weißt du da mehr als wir.«

Die Frau wechselte rasch das Thema. »Darf ich fragen, was euch zu mir führt? Ach, übrigens: Mein Name ist Merabaudis. Und das hier ist mein kleiner Trotzkopf.«

»Ich denke, er heißt Hariulf!«

»Ich sehe, du bist im Bilde, Medicus.« Die Frau, bei der Probus offenbar auf Granit biss, strich sich eine Strähne aus dem Gesicht. Dann ließ sie die Hand auf der Schulter ihres Sohnes ruhen. »Der Junge hat es momentan nicht leicht. Nigers Tod hat ihn schwer getroffen.«

»Dich auch?«

»Ich verstehe nicht ganz, was du meinst, Medicus.«

»Und ob du mich …«, begann Probus, bevor ihm Varro in die Parade fuhr.

»Kein Grund, aus der Haut zu fahren, oder?« Der Advokat hob beschwichtigend die Hand. Dann wandte er sich an die Frau und sagte: »Wenn es etwas gibt, was wir für dich tun können, lass es uns wissen.«

Die Antwort der Frau ließ auf sich warten. »Ich habe es kommen sehen«, flüsterte sie, als Varro schon nicht mehr damit rechnete. »All die Jahre über habe ich es kommen sehen.«

»Was hast du kommen sehen?«

Anstatt etwas zu erwidern, drehte sich die Frau um, gab dem Jungen einen Wink und deutete auf einen leeren Eimer, nur einer von einer Vielzahl an Behältnissen, die in dem roh gezimmerten Regal standen. Auch hier herrschte peinliche Ordnung, auf den Töpfen, Krügen, Terrakottaschüsseln, Bechern und dem Schmuckstück, einem Bronzekessel, war nicht die Spur von Schmutz zu erkennen. »Bist du so gut und gehst runter an den Brunnen?«, forderte sie Hariulf freundlich aber bestimmt auf. »Sonst haben wir nichts zu trinken.«

Der Junge fügte sich, wenngleich nach kurzem Zögern.

Die Frau wartete, bis die Tür ins Schloss gefallen war. Dann wandte sie sich wieder den beiden Freunden zu. »Eines kannst du mir glauben, Herr: Wenn man weiß, wie es in dem Geschäft zugeht, kann einen nichts mehr erschüttern.« Reglos wie eine Statue rang Merabaudis nach Worten. »Ich habe es kommen sehen«, wiederholte sie, die Arme vor der Brust verschränkt. »Aber er wollte nicht auf mich hören.«

»Im Klartext: Du hast ihn gewarnt.« Der Advocatus holte tief Luft. »Und wovor?«

»Davor, dass sie ihn töten würden.«

»Und wer, mit Verlaub, sind ›sie‹?«, brach es aus dem Medicus hervor. »Je früher du reinen Tisch machst, desto besser.«

»Kann sein, aber das macht meinen Mann nicht mehr lebendig.«

»Mann – habe ich da richtig gehört?«

»Natürlich nicht offiziell.«

»Verstehe.«

»Nimm's mir nicht übel, Herr: Du verstehst überhaupt

nichts.« Merabaudis stieß einen gequälten Seufzer aus. »Kommen wir zur Sache: Was führt euch zu mir?«

»Die Pflicht.« Kein Mann großer Worte, machte es Varro kurz. »Ich bin dabei, Nachforschungen anzustellen.«

»Und worüber?«

»Über deinen Mann.«

»Da gibt es nichts nachzuforschen, Herr. Sagt mir lieber, wo ich seinen Leichnam finden kann.«

»In der Kurie.«

Merabaudis horchte auf. »Und warum gerade dort?«

»Um zu gewährleisten, dass sie ihn nicht verschwinden lassen.«

»Und wer, mit Verlaub, sind ›sie‹?«, echote Merabaudis, ein doppeldeutiges Lächeln im Gesicht. »Schon irgendjemanden im Verdacht?«

»Das frage ich dich.«

Merabaudis antwortete mit einem Achselzucken.

Varro schien es nicht zu bemerken. »Weißt du, ob dein Mann Feinde gehabt hat?«, bohrte er, darauf aus, ihre Hinhaltetaktik zu durchkreuzen. »Kampfgefährten, Nachbarn, Zuschauer – mit einem Wort: Gegner, die ihm nach dem Leben getrachtet haben?«

»Nicht, dass ich wüsste. Außer natürlich die in der Arena.«

»Du weißt genau, was ich meine. Das Amphitheater ist eine Sache, die Welt außerhalb der Arena eine andere.«

»Bist du dir da so sicher?«

»So sicher, wie man überhaupt nur sein kann. Das Gute im Menschen überwiegt, ungeachtet seiner niederen Instinkte.«

»Sieh da, ein Philosoph.«

»Nein, aber ein Menschenkenner.« Der Advocatus

zwang sich zu einem Lächeln. »Erlaube mir deshalb, dir einen Rat zu geben.«

»Nur zu. Ich kann es kaum erwarten.«

»Es nützt nichts, wenn du mir etwas verschweigst. Früher oder später …«

»… kommt die Wahrheit ans Licht, ich weiß.« Merabaudis zögerte. »Und wer sagt mir, dass ich dir trauen kann?«

»Gegenfrage: Sehe ich so aus, als ob man mir *nicht* trauen kann?«

»Nicht unbedingt.«

»Wenn dem so ist, zögere nicht, mir dein Herz auszuschütten.«

Merabaudis atmete geräuschvoll aus. »Na schön. Frag, was du wissen willst.«

»Alles, was mit dem gestrigen Abend zusammenhängt. Wann dein Mann hier eingetroffen ist, was er erzählt hat, ob er niedergeschlagen, siegestrunken, oder …«

»Er war niedergeschlagen. Niedergeschlagen und zutiefst deprimiert.« Merabaudis trat ans Fenster. Draußen zog bereits die Dämmerung herauf, und die Passanten auf dem Bürgersteig warfen lange Schatten. »Ist ja auch kein Wunder.«

»Niedergeschlagen? Nach einem Sieg?«

Merabaudis nickte. »Nur allzu verständlich, oder? Schließlich hat er jemanden getötet.«

Eher zufällig denn aus Absicht blieb Varros Blick an der Bronzefibel haften, die im Schein der Abendsonne hell aufzuleuchten begann. Ein X und ein P – wo, bei Minerva, hatte er das Monogramm schon einmal gesehen? »So merkwürdig dies klingen mag, das war sein Beruf.«

»Töten ist kein Beruf. Es ist eine Sünde.«

Im Begriff, etwas zu erwidern, kam Varro die Erleuchtung. Chi und Rho, natürlich! Allmählich wurde er wirklich alt. »Steht doch geschrieben: Du sollst nicht töten.«

Sichtlich verblüfft, drehte sich Merabaudis um. »Na, wenn das keine Überraschung ist!«, versetzte sie, ein schelmisches Lächeln im Gesicht. »Dass du ein Bruder von mir bist, war mir bis jetzt nicht bekannt.«

»Mir auch nicht!«, meldete sich Probus zu Wort, der Tonfall bissiger denn je. »Aber bei Gaius weiß man das nie so genau. Heute Jupiter, morgen Jesus – so sind sie eben, unsere Politiker! Nehmen wir doch nur den Kaiser. Bei dem weiß man auch nicht, auf wessen Seite er steht!«

»Bist du jetzt fertig, Probus?«, schnauzte Varro, kurz davor, aus der Rolle zu fallen. »Wenn du gestattest, würde ich gern fortfahren!«

»Wie gesagt«, mischte sich Merabaudis ein, bemüht, die Wogen zu glätten, »so kummervoll wie gestern hatte ich Niger noch nie erlebt. Eigentlich habe ich nicht mit ihm gerechnet, aber plötzlich stand er vor der Tür. Es war schon spät, wie spät, weiß ich nicht mehr genau. Als Erstes hat er nach dem Jungen gefragt, das macht er immer, wenn er nach Hause kommt. Aber der lag schon im Bett.« Merabaudis wandte sich erneut ab. »Und dann … Tja, dann hat er sich alles von der Seele geredet.«

»Lass mich raten: Es ging um den Lanista.«

»Um den auch. Vor allem aber ging es um die Kaiserin.«

»Wie bitte?«, rief Varro aus, genauso überrascht wie Probus, mit dem er einen raschen Blick tauschte. Und ergänzte, nur um mitten im Satz zu verstummen: »Was in aller Welt hat ein Retiarius mit der Kaiserin …«

»Ich sehe, wir verstehen uns.« Das Gesicht hart wie Stein, verschränkte Merabaudis die Arme. »Vor zwei

Tagen, genauer gesagt in der Nacht vor dem Kampf, hat sie ihn zu sich in den Palast rufen lassen. Weshalb, muss ich wohl nicht sagen.«

»Nein, musst du nicht.« Varro war wie vor den Kopf gestoßen. »Ich glaube, jetzt muss ich mich erst mal setzen«, flüsterte er, lehnte seinen Stock ans Tischbein und ließ sich auf den Stuhl am Kopfende des Tisches sinken. »Beim Belenus – jetzt wird mir einiges klar.«

»Um es vorwegzunehmen: Er hat ihr Ansinnen zurückgewiesen.«

»Eine Abfuhr mit Folgen, hab ich recht?«

Merabaudis nickte. »Es war nicht das erste Mal, dass er … dass es eine Frau darauf angelegt hat, das Lager mit ihm zu teilen. Ob reich, ob arm, jung oder alt – manche meiner Geschlechtsgenossinnen sind eben so. Nicht alle, aber einige – allen voran die reichen. Die können es sich leisten, würden jeden Preis zahlen. Für die ist ein Gladiator wie ein Trophäe. Man wetteifert darum, erfreut sich an ihr – und entledigt sich ihrer, wenn man den Reiz des Neuen genossen hat.«

»Ergo: Jeder ist käuflich – sogar Gladiatoren.«

Merabaudis schüttelte das blonde Haupt. »Wenn hier jemand käuflich ist, dann der Lanista. Mit Geld kann man bei Maximinus alles erreichen.«

»Anders ausgedrückt, in der Arena geht es nicht mit rechten Dingen zu.«

»Du hast es erfasst, Dekurio. Geld regiert nun einmal die Welt.«

»O tempora, o mores!«

»Ich fürchte, auch da kann ich dir nicht widersprechen.« Merabaudis hielt inne, und ein abfälliges Lächeln verzerrte ihr Gesicht. »Was sind das für Zeiten, wo Menschen um des Vergnügens willen abgeschlachtet werden! Wo die Reichen immer reicher, die Armen ärmer, die Regierenden immer dreister, die Regierten andererseits immer mutloser werden. Ist das etwa gerecht, Herr? Ist es gerecht, wenn Menschen versklavt, in die Arena geschickt und wie wilde Tiere aufeinander losgelassen werden? Wenn ihnen kein Ausweg bleibt, als Gefährten, Freunde oder Stammesgenossen zu töten? Und das alles nur, damit sich die Plebs nicht zu Tode langweilt?«

»Erstens: Ich mache mir nichts aus den Spielen. Zweitens: Ich bediene mich nicht nur, ich diene auch. Drittens: Ja, auch ich habe Sklaven, ganze vier an der Zahl. Aber ich behandle sie gut, sie gehören zur Familie. Sollte mir etwas zustoßen, habe ich verfügt, sie freizulassen. *Testamentarisch*.«

»Und weshalb nicht gleich?«

»Damit wir uns recht verstehen: Ich weiß sehr wohl, woran es in diesem Staat hapert.« Varro erhob sich und begann im Raum auf und ab zu gehen. »Aber ich bin gekommen, um einen Mord aufzuklären, nicht, um mit einer Christin über Politik zu diskutieren. Die sollte man den Regierenden überlassen. So, und jetzt wäre ich dir verbunden, wenn wir zu unserem eigentlichen Thema zurückkehren könnten.«

»Wie du befiehlst, Dekurio. Wo waren wir stehen geblieben?« Merabaudis verzog keine Miene. »Ach ja, bei der Kaiserin!«

Entschlossen, sich kein weiteres Mal aus der Reserve locken zu lassen, hörte Varro über die ironische Replik hinweg. »Du sagst, dein Mann habe sie zurückgewiesen. Wie hat die Kaiserin darauf reagiert?«

»Wütend, aufgebracht und erbost.« Die Hände auf dem

Sims, schloss Merabaudis die Augen. »Das werde Niger noch mal leidtun, hat sie gesagt.«

»Und dann?«

»Anschließend hat sie ihn vor die Tür gesetzt.«

»Das war alles?«

Merabaudis nickte. »Aber keine Sorge, die Abrechnung kam prompt.«

»Willst du damit andeuten, sie habe den Befehl gegeben, Niger zu ...«

»Nicht, was du denkst, Dekurio, dafür stand zu viel auf dem Spiel.«

»Du sprichst in Rätseln.«

»Was ich sagen will, ist: Sie hat es darauf angelegt, ihn zu demütigen. Vor den Zuschauern, vor dem Hofstaat, vor aller Augen.«

»Du meinst also ... Tut mir leid, aber das kann ich mir nicht vorstellen!«

»Und doch war es so.« Merabaudis schloss die Fensterläden, entzündete eine Öllampe und sagte: »Um es kurz zu machen: Gestern Nachmittag, kurz vor dem Kampf mit Pugnax, hat Niger unverhofften Besuch bekommen. Rate mal, von wem!«

»Von Maximinus?«

»Genau.« Merabaudis stellte die Öllampe auf den Tisch. Dann, nach kurzem Zögern, setzte sie ihren Bericht fort. »Aber er war nicht allein. Keine Ahnung, um wen es sich bei dem Mann gehandelt hat. Niger sagt, er sei ihm irgendwie bekannt vorgekommen. Kurz darauf, beim Einmarsch, hat er ihn dann noch mal gesehen – auf den Ehrenplätzen, zwei Reihen hinter der Kaiserin.«

Varro versank in tiefes Brüten. »Und ich Einfaltspinsel war der Meinung, es geht um Geld«, murmelte er und betrachtete seinen Ring, dessen Gravur im Halbdunkel kaum zu erkennen war. »Einfältiger geht es wirklich nicht.«

»Kopf hoch, Dekurio. Jeder macht einmal einen Fehler.«

»Wie zum Beispiel Maximinus.« Tief in Gedanken, hob der Advocatus den Kopf. »Du sagst, er habe euch gestern Abend einen Besuch abgestattet. Wie ich ihn kenne, nicht aus Höflichkeit, oder?«

»Ganz bestimmt nicht. Es ist sogar ziemlich laut geworden.«

»Das kann ich mir vorstellen.«

»Niger und Maximinus sind nach nebenan gegangen. War trotzdem nicht zu überhören, worum es ging.«

»Nämlich?«

»Maximinus hat gebrüllt, dass die Wände wackelten. Aber Niger hat sich nicht einschüchtern lassen. Hat ihm Kontra gegeben, die Meinung gesagt.«

»Und dann?«

»Es war so laut, dass ich Angst hatte, die beiden würden sich an die Gurgel gehen. Aber dem war nicht so. Nach einer Weile wurde es still. Eine Viertelstunde später sind die beiden dann aus dem Zimmer gekommen. Niger hat gesagt, er müsse noch mal weg. ›Mach dir keine Sorgen!‹, hat er mir zugerufen. ›Es dauert nicht lang.‹« Kurz davor, in Tränen auszubrechen, fuhr Merabaudis mit dem Handrücken über die Augen. »Und dann haben sich die beiden auf den Weg gemacht.«

»Weißt du, wohin?«

»Ja.«

»Wie das?«

»Ich bin ihnen gefolgt. Zum Forum. Und von dort aus weiter Richtung Baustelle.«

»Und dann?«

»Weit bin ich allerdings nicht gekommen.« Merabaudis stockte, Tränen im Gesicht. »Hätte ich mir nicht den Schneid abkaufen lassen, wäre Niger noch am Leben.«

»Wie meinst du das?«

»Er kam wie aus dem Nichts, kurz vor der Kreuzung, an der das Baustellenareal beginnt. Und er stand einfach nur da, einen Umhang über der Schulter, die Arme gekreuzt. Hat mich angeschaut. Und kein Wort gesagt.« Am Ende ihrer Kraft, brach Nigers Frau in Tränen aus. »Gib mir die Schuld, Herr, mir allein – aber das hat genügt, um mich in die Flucht zu schlagen.«

»Konntest du etwas erkennen, Merabaudis? Hast du sein Gesicht gesehen?«

»Ja.«

»Jemand, den du kennst?«

Die Frau nickte. »Nicht direkt«, räumte sie ein, den Ärmel zwischen Daumen und Zeigefinger, um die Tränen zu trocknen. »Der Beschreibung nach, die Niger von ihm gegeben hat, kann es sich jedoch nur um jemand ganz Bestimmten handeln. Um einen Schuft, den ich jederzeit wiederkennen würde.«

»Will heißen?«

»Es war der Mann auf der Ehrentribüne.«

»Der Mann, der dabei war, als Maximinus …«

»Du sagst es, Herr. Der Mann, vor dem der Lanista gekuscht hat. Der ihn gezwungen hat, Niger unter Druck zu setzen. Der für das, was ihm widerfuhr, die Verantwortung trägt.«

»Besondere Kennzeichen?«

»Eine Narbe auf der linken Wange.«

»Alter?«

»Um die 30, möglicherweise auch älter.«

»Aussehen?«

»Dunkelhaarig, mittelgroß und von kräftiger Statur. Ein Mann zum Fürchten.«

»Nicht viel, aber besser als nichts.« Der Advocatus atmete tief durch. Und fügte, an Probus gewandt, hinzu: »An die Arbeit, Medicus, die Pflicht ruft! Mich dünkt, dass wir das Phantom bald aufspüren werden!«

XXV

Gladiatorenkaserne, eine halbe Stunde vor Sonnenuntergang | 19:50 h

»Es reicht, Maximinus – Schluss mit der Komödie!« Varro war dabei, seine gute Erziehung zu vergessen, und wenn er ehrlich war, hielt sich sein Bedauern darüber in Grenzen. »Du hast gelogen, dass sich die Balken biegen. Du hast versucht, uns hinters Licht zu führen. Du hast in Kauf genommen, dass Niger zu Schaden kommt. Und warum? Aus Habgier, weil du den Hals nicht vollkriegen konntest!« Aus Varros Augen schoss ein Blitz nach dem anderen. »Damit, du Schuft, ist es jetzt vorbei! Ein für alle Mal. Glaubst du, wir lassen uns von dir hinters Licht führen? Entweder du machst den Mund auf, oder ich sorge dafür, dass man dich dazu zwingt. Guck nicht so, ich meine es ernst. Eins kann ich dir garantieren: Nicht alle haben so viel Geduld wie ich. Vor allem nicht der Statthalter. Der fackelt nicht lang, darauf kannst du wetten!«

»Reg dich ab, Varro – aus mir bekommst du nichts heraus.«

»Ich gebe dir einen Rat: Zwing mich nicht, dir das Gegenteil zu beweisen. Das wäre fatal. Weißt du, was du bist? Du bist der größte Schurke, der mir je unter die Augen gekommen ist. Du hast dich zum Handlanger degradieren lassen, hast nicht gezögert, halb Treveris übers Ohr zu hauen. Betrug, Nötigung und Beihilfe zum Mord, wenn das nicht reicht, dich hinter Gitter zu bringen, will ich Nero Claudius Cäsar heißen!«

»Beihilfe zum Mord? Das musst du mir erst beweisen.«

»Ich wüsste nicht, was es hier zu beweisen gibt. Oder

bestreitest du, dass du nicht gezögert hast, dich vor den Karren der Kaiserin spannen zu lassen? Raus mit der Sprache: Hast du Niger erpresst, ja oder nein?«

»Keine Ahnung, wovon du sprichst.«

»Und ob du sie hast! Als Niger sich weigert, Pugnax gewinnen zu lassen, drohst du damit, seiner Familie könne etwas zustoßen. Das wirkt. Der Retiarius willigt ein, dem Rivalen das Feld zu überlassen. Wider Erwarten geht jedoch etwas schief. Heißt: Niger lässt sich von dem Secutor provozieren. Was folgt, ist bekannt. Aus dem Kampf, den er verlieren soll, geht der Retiarius als Sieger hervor. Zur Freude des Publikums, aber zum Ärger der Kaiserin, die, wie wir mittlerweile wissen, auf Niger nicht gut zu sprechen war.«

»Davon weiß ich nichts.«

»Weißt du was, Maximinus? Das glaube ich dir sogar. Leider ist das gegenwärtig nicht der Punkt.«

»Sondern?«

Der Advocatus verzog das Gesicht. »Der Punkt ist, Lanista, dass du nicht fertig gebracht hast, den Mund zu halten. Will heißen: Du hast versucht, aus der Situation Kapital zu schlagen.«

»Unterstellungen, Varro – nichts als Unterstellungen.«

»Ich wusste, dass du das sagen würdest. Deshalb haben wir vorhin noch einen Abstecher zu Lupicinus gemacht. Und siehe da – dein Geschäftspartner war in Plauderlaune, mehr als bei unserem ersten Besuch.«

»Na und? Ich wüsste nicht, was er gegen mich in der Hand hat.«

»Mehr, als du denkst, Maximinus!«, fuhr Varro unbeirrt fort. »Mehr, als du denkst. Oder leugnest du, dass du versucht hast, auch ihn zu erpressen?«

»Zum Henker mit dir – und mit deinen beiden Handlangern!«

»100 Solidi im Austausch für den Hinweis, welche der acht Paarungen manipuliert worden ist. Verbunden mit der Drohung, es gebe auch noch andere Wettbüros. Kommt dir bekannt vor, oder?«

Der Lanista winkte gelangweilt ab.

»Keine Antwort ist auch eine Antwort. Doch zurück zu deinem Freund Lupicinus. 100 Solidi sind eine stattliche Summe, weit mehr, als ein Durchschnittsbürger besitzt. Das wiederum bringt den Armenier auf die Idee, guten Bekannten, unter ihnen der Besitzer eines Steinbruchs, einen Tipp zu geben. Geld erhält ja schließlich die Freundschaft. Hochbeglückt setzen diese auf Pugnax – wie viel, wollte er nicht verraten – und verlieren. Kein Wunder, dass Lupicinus von nun an ein paar Feinde mehr hat. Die, wie man sich denken kann, alles daransetzen, wieder zu ihrem Geld zu kommen. Du verstehst, auf was ich hinauswill, Maximinus? Im Wissen, dass es ihm an den Kragen geht, macht sich Lupicinus auf die Suche nach dir. Findet dich im ›Kantharos‹. Stellt dich zur Rede und gerät in Streit mit dir. Wünscht dich in die Tiefen des Orkus und geht auf dich los. Dir, Maximinus, ist das Ganze natürlich peinlich. Schließlich ist die Wirtin nicht auf den Kopf gefallen und kann sich zusammenreimen, worum es geht. Die Folge: Du drohst ihr, wie zuvor Niger und Lupicinus. Dumm nur, dass du dir die Falsche ausgesucht hast. Zu deinem Leidwesen lässt sich Aspasia nämlich nicht erpressen und erstattet mir Bericht. Durch einen Spitzel, der sie überwacht, erfährst du davon, stattest ihr einen Besuch ab und drohst, ihr und ihrer Tochter etwas anzutun. Fazit: Wäre Syphax, mein getreuer Helfer, nicht zur Stelle gewesen, hätte Aspasia um ihr Leben fürchten müssen. Und um das ihrer Tochter, die du ebenfalls im Visier hast.«

»›Hätte‹, ›wäre‹, ›könnte‹ – mit dem Mord an Niger habe ich nichts zu tun.«

»Sei bedankt für das Stichwort, Lanista – Gesprächspartner wie du sind wirklich rar.« Der Advocatus räusperte sich. »Hast du gehört, Probus?«, fuhr er amüsiert fort. »Unser Freund lernt einfach nicht dazu.«

»Macht nichts. Dann werden wir ihn dazu zwingen.«

»Wie gesagt, Maximinus: Nicht alle bringen so viel Geduld für dich auf wie wir beide. Wie ich ihn kenne, wäre es Syphax eine Freude, dir Manieren beizubringen. Als ehemaliger Gladiator weiß er ja, wie das geht.«

»Drei gegen einen – keine Kunst!«

»Du kannst dir die Prozedur ersparen. Und weißt du auch, wie?«

»Indem ich auspacke?«

»Genau. Ein paar Informationen, und wir lassen dich in Ruhe.«

»Bedaure, Varro. Ich wüsste nicht, wie ich dir zu Diensten sein könnte.«

»Doch, weißt du. Und du weißt, dass die Duumviri keinen Spaß verstehen.«

»Beihilfe zum Mord – dass ich nicht lache.«

»Wenn ich du wäre, Maximinus, würde ich den Kopf nicht so hoch tragen. Nicht genug, dass du Niger erpresst hast, liefertest du ihn auch noch ans Messer.«

»Ich beneide dich um deine Phantasie, Varro.«

»Frage: Wovor hast du eigentlich Angst, Lanista?«

»Vor nichts. Nicht einmal vor dir.«

»Und wie steht es mit dem Mann, der dir aufgetragen hat, Niger in die Falle zu locken?«

»Ich weiß nicht, wovon …«

»Treib es nicht auf die Spitze, du Lump!«, grollte Varro, mit der Geduld am Ende. »Du weißt genau, wovon ich rede. Gestern Abend, kurz nach Sonnenuntergang, steht jemand ganz Bestimmtes an der Pforte. Und wir beide wissen genau, wer.«

Der Lanista schwieg, die Handflächen vor dem Gesicht.

»Woher ich das weiß? Ich habe mir erlaubt, die Torwache zu befragen. Ich weiß, was du jetzt denkst. ›Der hat sie bestochen!‹ Ich fürchte, da muss ich dich enttäuschen. Im Gegensatz zu dir wissen deine Männer, was die Stunde geschlagen hat.« Um die Wirkung zu erhöhen, durchmaß Varro den Raum, blieb zuerst am Fenster und dann vor dem Regal stehen, wo die Akten des Lanista gestapelt waren. Dann erst, nach einem längeren Schweigen, wandte er sich wieder seinem Gesprächspartner zu. »Auf den Punkt gebracht: Der Anonymus, dessen Namen du nicht preisgeben willst, ist im Auftrag der Kaiserin unterwegs. Wieso, liegt auf der Hand. Da Niger den Kampf gewonnen hat, ist die Gemahlin des Imperators außer sich, was als Denkzettel gedacht war, artet in ein Mordkomplott aus. Ein Komplott, bei dem du, Maximinus, eine entscheidende Rolle spielst.«

»Und der Beweis?«

»Meine Beweisführung ist lückenlos, keine Bange. Wie gesagt: Um nicht in Ungnade zu fallen, tust du, was von dir verlangt wird. Dumm nur, dass Niger verschwunden ist. So bleibt dir nichts übrig, als dich auf die Suche zu machen. Wo, brauche ich nicht zu sagen.« Varro verschärfte seinen Ton. »Nach deinem Eintreffen in Nigers Wohnung kommt es zu einem Wortwechsel. Niger lässt sich nicht einschüchtern, gibt dir Kontra. Du stellst ihn zur

Rede, erinnerst ihn an die Abmachung vor dem Kampf. Ein Gladiator, so das Argument, hat zu gehorchen. ›Uri, vinciri, verberari ferroque necari.‹ Schließlich hat er einen Eid geschworen.«

»Unter die Hellseher gegangen, was?«

»Nein. Aber ich habe nahezu 100 Fälle hinter mir. Da bekommt man Erfahrung.« Der Anwalt unterdrückte seinen Groll und sagte: »Doch plötzlich, von jetzt auf gleich, beruhigen sich die Gemüter wieder. Wie du es schaffst, Niger in die Falle zu locken, spielt keine Rolle. Fakt ist, dass du und der Retiarius die Wohnung kurz darauf verlassen. Doch anders als geplant seid ihr nicht allein. Da sie Verdacht geschöpft hat, heftet sich Merabaudis an eure Fersen. Weit gehen muss sie nicht. Dicht gefolgt von Nigers Frau, seid ihr in Richtung Baustelle unterwegs. Dort angekommen, tappt der Retiarius in die Falle. Es kommt zu einem Handgemenge, in dessen Verlauf Niger von hinten attackiert und meuchlings ermordet wird. Merabaudis kann von Glück sagen, dass sie es nicht mit ansehen musste. Taucht doch ein Mann auf, den sie noch nie im Leben gesehen hat, ein Mann, bei dessen Anblick sie die Flucht ergreift. Dunkelhaarig, mittelgroß und von kräftiger Statur. Besonderes Kennzeichen: eine Narbe im Gesicht. Du verstehst, worauf ich hinauswill, Maximinus? Es handelt sich um deinen Komplizen, um den Mann, der dir den Auftrag erteilt hat, Niger unter Druck zu setzen, der mitten in der Nacht aufgetaucht ist, um dir den Willen der Kaiserin zu offenbaren. Tja, Lanista, was soll ich sagen. Frauen, vor allem die verschmähten, können ziemlich nachtragend sein. Sie sind, wie wir beide wissen, zu allem fähig. Auch dazu, einen Meuchelmörder anzuheuern, um die erlittene Schmach zu rächen.«

»Alle Achtung, Dekurio – von dir hätte selbst Cicero noch etwas lernen können.«

»Heißt das, du wirst ein Ge …«

»Geständnis oder nicht – stört es dich, wenn ich etwas trinke?«

»Nein, keineswegs.« Dies war, wie Varro bald klar wurde, die falsche Antwort gewesen. Maximinus war im Begriff, ihn zu übertölpeln, und er, in Gedanken bereits am Ziel, hatte sich wie ein Anfänger aufgeführt. »Vorausgesetzt, du machst keine Dummheiten.«

»Ich doch nicht – wo denkst du hin.«

»Dann bin ich ja beruhigt.« Vielleicht lag es an der Müdigkeit, die ihn jetzt, im denkbar ungünstigsten Moment, übermannte. Oder es lag an seinem schmerzenden Bein. Oder an der Hitze. Vielleicht lag es aber auch an seiner Naivität. Egal warum, wieso oder weshalb, Varro schöpfte keinerlei Verdacht. Auch dann nicht, als sich der Lanista erhob, um sich einen Becher Wein einzugießen. Denn schließlich war ja da noch Syphax, an Körperkraft allen überlegen. Und Probus, der, argwöhnisch wie immer, jede seiner Bewegungen verfolgte. »Vielleicht löst er dir ja die Zunge.«

»Was das betrifft, kann ich dich beruhigen!«, antwortete Maximinus, nippte an seinem Becher und nahm umständlich Platz. »Prosit, Dekurio, auf dein Wohl! Und natürlich auch auf dich, Medicus. Mit mir kriegt ihr keine Scherereien mehr.«

Spätestens jetzt, im Angesicht des ihm zuprostenden Lanista, hätte Varro stutzig werden müssen. Im Gegensatz zu sonst regte sich jedoch kein Verdacht in ihm. »Wenn dem so ist, Maximinus, solltest du ein Geständnis ablegen.«

»Ein Geständnis? Einen Scheißdreck werde ich tun.«

»Oh doch, das wirst du.« Varro umrundete den Tisch, trat neben den Lanista und zischte: »Und du wirst einen hohen Preis zahlen. Du weißt doch, Maximinus: Leute, auf die kein Verlass ist, stellen eine Gefahrenquelle dar. ›Wer weiß‹, wird dein Spiritus Rector sagen, ›vielleicht ist es doch besser, meinen Komplizen mundtot zu machen! Nur ein toter Mitwisser ist ein guter Mitwisser.‹«

»Und wenn ich …«

»Wenn du auspackst, Maximinus, werden wir weitersehen.«

»Bedaure, aber das ist mir zu vage.« Der Lanista nahm den Becher in die Hand und lächelte. »Wenn das so ist, halte ich lieber den Mund.«

»Besser, als einen Dolch zwischen den Rippen, oder?«

»Kommt drauf an, wie man die Dinge betrachtet.« Ohne eine Miene zu verziehen, nahm Maximinus einen weiteren Schluck. »Nehmen wir an, ich lasse mich auf einen Kuhhandel mit dir ein – was dann?«

»Wie gesagt: Dann werde ich sehen, was sich machen lässt.« Äußerlich gelassen, wandte sich Varro ab und begann, die Schriftrollen im Regal zu durchforsten. »Egal, was noch passiert: Du bekommst einen fairen Prozess.« Varro hielt einen Moment inne. »Zumindest das kann ich dir garantieren.«

»Und was, wenn ich auspacke, wenn ich *Namen* nenne?« Maximinus blickte spöttisch in die Runde. »Denkst du, dann komme ich mit dem … mit dem Leben davon?«

»Wie heißt der Kerl – raus mit der Sprache!« Mit einem Satz, den ihm weder Probus noch Syphax zugetraut hätten, war Varro bei dem Lanista, packte ihn am Kragen und schrie: »Wie heißt er, verdammt noch mal!«

Doch es war zu spät. Die Pupillen von Maximinus weiteten sich, und ein Zittern ließ seinen Rumpf erbeben. Stumm vor Entsetzen ließ Varro von ihm ab, wurde Zeuge, wie sich der Lanista aufrichtete, einen Halbkreis beschrieb, den Stuhl umwarf und unkontrolliert hin und her zu torkeln begann. Hilflos wie ein Betrunkener stürzte Maximinus auf das Fenster zu, ein Gemisch aus Schaum und Speichel auf dem vorspringenden Kinn. Dann bäumte er sich ein letztes Mal auf, rang nach Luft, hechelte, gurgelte und röchelte – und stürzte kopfüber aus dem Fenster.

Es war zu Ende, unwiderruflich zu Ende.

»Gefleckter Schierling – auf die Idee muss man erst mal kommen.« Umrahmt von Scherben, etliche davon im Gesicht des Lanista, kniete Probus neben dem Leichnam, schloss ihm die Augen und sog den Mäusegeruch, den der Tote verströmte, mit unbewegter Miene ein. Dann rappelte er sich auf, blähte die Backen und ließ die Atemluft entweichen. »Und wir zwei Trottel sind auf ihn reingefallen.«

»Wenn hier einer die Schuld trägt, dann ich«, entgegnete Varro, umklammerte seinen Stock und humpelte von dannen. »Dümmer kann man sich ja wohl nicht anstellen!«

AMOR PATRIAE

›Während der Kaiserzeit wurde die Ausrichtung der Spiele ein Vorrecht der Kaiser, auch wenn der Fokus der gleiche blieb, nämlich das Wohlwollen der Bevölkerung sicherzustellen.‹

(Nancy H. Ramage / Andrew Ramage, *Das Alte Rom. Leben und Alltag*, Darmstadt 2012)

LIBER QUINTUS

XXVI

Villa Aurelia, kurz vor Einbruch der Dunkelheit | 20:20 h

MAXIMINUS TOT, DER ANONYMUS AUF FREIEM FUSS: Die Aufklärung des Falles, fast schon zum Greifen nah, war wieder in weite Ferne gerückt. Es war Zeit, nach Hause zu gehen, bei Fortunata eine Portion Bohnen mit Speck zu erbitten und sich anschließend in sein Arbeitszimmer zurückzuziehen. Ob Varro in der Lage sein würde, an seinem Buch zu arbeiten, stand zwar in den Sternen. Auf einen Versuch würde er es aber trotzdem ankommen lassen, und sei es nur, um auf andere Gedanken zu kommen.

Im Verlauf seiner Studien, vor allem bei Tacitus, Sueton und Plutarch, hatte er sein Hauptaugenmerk auf das Leben der Cäsaren gerichtet und dabei festgestellt, dass Mord und Totschlag bei allen an der Tagesordnung gewesen waren. Unter den wenigen, die friedlich entschlummerten, befand sich der göttliche Augustus, ein Schicksal, das weder seinem Nachfolger und Adoptivsohn, noch seinem Urenkel und dessen Neffen, auch Nero genannt, beschieden war. Auch Claudius, Eroberer Britanniens, war durch einen Giftmord aus dem Weg geräumt worden, was die Zahl der Morde auf vier erhöhte. Varro schüttelte nachdenklich den Kopf. Fünf Kaiser, vier Morde, verübt innerhalb eines Menschenalters – das sagte doch schon alles. Die Toga, welche die Geschichte trug, war mit Blut durchtränkt, und er bezweifelte, ob es gelingen würde, sie reinzuwaschen.

In Gedanken bei seinen Studien, zog der Advocatus seines Weges. An den Verhältnissen, so sein Fazit, schien sich bis heute wenig geändert zu haben. Kaiserinnen, die dem

Laster frönten, hatte es zwar immer schon gegeben, darunter Poppaea, Neros Frau, oder eine Dirne namens Messalina. Im Licht seiner Ermittlungen drängte sich jedoch die Frage auf, ob das, was er in Erfahrung gebracht hatte, nur ein Einzelfall war. Der Fisch stank bekanntlich vom Kopf, und er fragte sich, wie lang es dauern würde, bis der Geruch unerträglich wurde. Vieles, stellte Varro resigniert fest, lag derzeit im Argen, wobei die Zustände, die am Hof herrschten, nur ein Übel unter vielen waren. Angefangen bei den Barbaren, deren Raubzüge immer mehr überhandnahmen, waren es vor allem die Steuern, die auf der Bevölkerung des Imperiums lasteten. Niemand blickte mehr zu den Kaisern auf, niemand verspürte mehr Lust, in der Armee zu dienen, und kein Mensch drängte sich danach, ein öffentliches Amt zu bekleiden, was früher, zu Beginn der Kaiserzeit, zugleich Ehre und Ansporn gewesen war. Varro schüttelte resigniert den Kopf. ›Ehre‹ – noch so ein Wort, das immer mehr aus der Mode kam. Früher, zu Zeiten eines Trajan, war es noch eine Ehre gewesen, für das Vaterland zu kämpfen, heute, im elften Saeculum nach der Gründung Roms, tat man alles, um sich davor zu drücken. Die Folge war, dass immer mehr Barbaren in römische Dienste traten, gute Kämpfer zwar, aber eben keine Römer. Der Mangel an Römern – genau das war Varros Ansicht nach das Problem. Es gab Gallier, Illyrer, Daker, Thraker und Dalmaten, des Weiteren Araber, Asiaten und Afrikaner – aber es gab keine echten Römer mehr. Das hörte sich gewiss merkwürdig an, traf aber den Nagel auf den Kopf. Rom selbst, dereinst Mittelpunkt des Imperiums, war immer mehr in den Hintergrund getreten. Andere Städte, unter ihnen Treveris, gaben jetzt den Ton an, Städte, welche dabei waren, der Kapitale den Rang abzulaufen.

Dies war eine Zeit der Veränderungen, und bald, allzu bald vielleicht, würde nichts mehr so sein, wie es war. Varros Miene verdüsterte sich. Manchmal kam er sich wie ein Fossil vor, insbesondere, weil er die alten Werte hochhielt. Treue, Tapferkeit und Pflichtgefühl waren es, die das Vaterland dereinst groß gemacht hatten. Und das war es, worauf man sich wieder besinnen musste. Sonst würde Rom, Gebieterin des Erdkreises, von der Landkarte verschwinden.

Um auf andere Gedanken zu kommen, versuchte sich Varro wieder auf seinen Fall zu konzentrieren. Eine Kaiserin mit einer Vorliebe für Gladiatoren, ein Lanista, der sich zu ihrem Werkzeug macht und darauf hofft, das Geschäft seines Lebens zu machen, ein Unbekannter, der Letzteren als Lockvogel benutzt und, allen voran, die Gier nach Profit – wenn das nicht dekadent war, würde er den Namen wechseln. Der Advocatus musste wider Willen lächeln. Nein, das würde er natürlich nicht, bevor das geschah, würde die Welt untergehen.

»Mach's gut, alter Junge – bis morgen.«

»Du auch, Probus«, rief Varro seinem Freund hinterher, der die Hand hob, sich nach links wandte und mit weit ausholenden Schritten gen Westen strebte. »Bis morgen! Und trink nicht mehr so viel!«

Gelächter, als ob er einen Witz gerissen hätte, Schritte, die auf dem Gehsteig des menschenleeren Decumanus widerhallten, Flötenklänge aus der nahen Taverne – und schon hatte die Nacht, welche über Treveris niedersank, den Freund verschluckt.

Im Moment ratlos, sah sich Varro um. Und atmete erleichtert auf. Es war gut, Syphax bei sich zu wissen, vor allem jetzt, da sich der Tag dem Ende zuneigte. Lichtscheues Gesindel gab es zuhauf, und was Varro betraf, war sein Bedarf an Schwierigkeiten gedeckt.

Und so zögerte er keinen Moment, sondern wies Syphax an, ihm voranzuleuchten, und setzte den Weg zu seinem Domizil fort. Auch der Cardo, der zum Nordtor führte, war wie leergefegt, und so kam es, dass er sich seinen Gedanken überließ. In weniger als einer Viertelstunde würde er seine Villa betreten, und er fragte sich, was ihn dort erwartete. Halt, falsch: Er fragte sich, *wer* ihn dort erwartete. Allein der Gedanke, Aspasia könne sich auf den Heimweg gemacht haben, ließ seine Laune auf den Tiefpunkt sinken, der Grund, weshalb er Syphax zur Eile antrieb.

Eile war denn auch dringend geboten. Aber davon wusste Varro, nur einen Steinwurf von seinem Ziel entfernt, noch nichts. Hauptsache daheim!, flog es ihm stattdessen durch den Sinn, die Villa, welche aus dem Dunkel auftauchte, fest im Blick. Morgen früh, nach dem Aufstehen, würde er sich als Erstes um seine Korrespondenz kümmern, dann um die restlichen Klienten, danach um Myron, Nigers Freund, und danach wiederum um Merabaudis und den Jungen, dessen Name nicht recht zu ihm passte. Vielleicht, hoffte er, würde ihn das auf die Spur des Anonymus bringen, wenngleich der Wunsch höchstwahrscheinlich der Vater des Gedankens war. Vorerst aber würde er den Kasus ruhen lassen, zu Abend speisen und sich den Dingen widmen, die ihn interessierten.

Oder den Personen, je nachdem.

»Bei meiner Keuschheit, wo steckt der Junge bloß!«, wetterte Fortunata, im Begriff, das Triclinium für das Abendessen herzurichten. Um Varro, auf den sie seit Stunden wartete, eine Freude zu machen, hatte sie sich mächtig ins Zeug gelegt. Sie hatte Hühner gerupft, Fischsalat zubereitet, Würstchen gebraten, die dazugehörige Mehlsoße gerührt, Brot gebacken, grünen Kohl, Obst und Gemüse eingekauft und vor allen Dingen Varros Leibgericht gekocht. Bohnen mit Speck, und der Abend war gerettet, mochte das, was den Tag über geschehen war, noch so beschwerlich gewesen sein. »Glaubst du, ihm ist etwas zugestoßen?«

Aspasia, die ihr behilflich war, redete beruhigend auf Fortunata ein. »Das kann ich mir nicht vorstellen!«, entgegnete sie, auch jetzt, bei aller Ungewissheit, die Zuversicht in Person. »Sein Freund wird schon auf ihn aufpassen.«

»Und du willst mir wirklich nicht sagen, worum es geht?«, bohrte die Alte und rückte eines von insgesamt vier Speisesofas zurecht. »Sonst mache ich mir unnötig Sorgen.«

»Genau das möchte der Patronus vermeiden«, versetzte Aspasia, eine Schale mit Obst in der Hand, darunter Nüsse, Birnen und getrocknete Trauben aus dem Moseltal. »Nur Geduld, du wirst es bald erfahren.«

»Fragt sich nur, wann!«, murrte Fortunata, spornte Livia, ihre rechte Hand, zur Eile an und wies Antigonos den Platz zu, an dem er mit seiner Leier Aufstellung nehmen und die Abendgesellschaft durch sein Spiel und Rezitationen aus der Ilias unterhalten sollte. Nichts blieb dem Zufall überlassen, Fortunata dachte an alles. Öllampen, auf dem Gesims des Peristyls platziert, durften ebenso wenig fehlen wie Blumengirlanden, Blütenblätter und diverse Räucherpfannen, welche den Duft wohlriechender Essenzen verbreiteten. Für alles war gesorgt, angefangen bei Ruhekissen, auf denen man sich abstützen, über Zahnstocher, mit denen man sich auch die Ohren reinigen, bis hin zu parfümiertem Wasser, mit dem man sich die Hände waschen konnte. Es lagen auch Leinentücher bereit, aß man doch mit den Fingern und benutzte Messer nur, wenn es unumgänglich war. Und natürlich gab es auch Nachtisch, weniger, weil Varro großen Wert darauf legte, sondern weil Fortunata der Meinung war, dass es sich so gehörte. Überhaupt bot sie alles auf, was Vorratskammer und Garten hergaben, unter anderem Feigen, Nüsse, Birnen, Granatäpfel und geröstete Kastanien, aber auch Schinken, Eier mit Rautenlaub, Käse und Oliven aus Sardinien.

Fehlten nur noch die Tafelnden, allen voran Varro, auf den Fortunata sehnsüchtig wartete. Längst verschmerzt hatte sie dagegen das Fernbleiben seiner Schwester, nach deren eigenem Bekunden ein Opfer von Kopfschmerzen, die wie der Blitz über sie gekommen waren. Dass der Anfall mit Aspasia zusammenhing, bei deren Eintreffen sie sich ins obere Stockwerk zurückgezogen hatte, war Fortunata nicht verborgen geblieben. Aurelia war nicht der Typ, der andere Götter neben sich duldete, vor allem, wenn es sich um Konkurrentinnen um die Gunst ihres Bruders handelte. Wenn diese Konkurrentinnen dann noch verwitwet, hübsch und zu allem Unglück Mutter einer mindestens ebenso hübschen Tochter waren, war es um die Ruhe, die in der Villa herrschte, geschehen.

»Hilf mir lieber, anstatt in der Gegend rumzustehen! Ja, du bist gemeint, Publius – und du auch, Penelope!« Fortunata runzelte die Stirn. Eines musste man der Kleinen lassen: Obschon erst 11, war sie überaus anziehend, ihrer Mutter, welche die Alte spontan ins Herz geschlossen hatte, wie aus dem Gesicht geschnitten. Selbst Publius, der mit Mädchen nichts zu tun haben wollte, war auf einmal wie ausgewechselt und die Zuvorkommenheit in Person gewesen. Einen Teller mit Süßgebäck in der einen, einen Weinkrug in der anderen Hand, ließ Fortunata den Blick von der Tochter zu ihrer nicht minder ansehnlichen Mutter wandern. Die eine Frau Witwe in den besten Jahren, die andere im Erblühen – wenn das kein Grund zur Wachsamkeit war, wollte sie nicht Fortunata heißen.

»Guten Abend zusammen – na, alles in Ordnung, Herrin?«

»Wenn du mich noch einmal Herrin nennst, kannst du was erleben!« Eher erleichtert als verärgert drehte sich Fortunata zu Varro um. »Sag mal, schämst du dich eigentlich nicht? Wie kommst du überhaupt dazu, nichts von dir hören zu lassen! Ich mache mir Sorgen, und du? Du denkst nicht im Traum daran, Bescheid zu sagen!«

»Wie du siehst, geht es mir gut«, wiegelte Varro ab, ließ sich auf einem der Triclinien nieder und bedeutete Aspasia, seinem Neffen und Penelope, es ihm gleichzutun. »So, und jetzt möchte ich nichts mehr über den Kasus hören.«

»Kasus?«

»Und was für einer«, murmelte Varro und nippte an einem Becher Mulsum, den Livia ihm offerierte. »Aber reden wir über etwas anderes. Was ist eigentlich mit Dromas?«

»Der wandelt auf Freiersfüßen«, versetzte Fortunata spitz. »Wie sein …«

»Ich schlage vor, wir lassen es uns jetzt schmecken!«, fuhr Varro dazwischen und warf seiner Haushälterin einen Blick zu, der sie bewog, es nicht auf die Spitze zu treiben. »Hm, sieht das aber lecker aus!«

»Freut mich, wenn es dir schmeckt.«

»Das tut es doch immer«, antwortete Varro in versöhnlichem Ton. Und fügte, an Aspasia und Penelope gewandt, hinzu: »Willkommen in meinem Domizil. Fühlt euch wie zu Hause.«

»Ach ja, bevor ich's vergesse: Ein gewisser Teiresias lässt dir ausrichten, du sollst …«

»Teiresias?« Im Nu auf den Beinen, stellte Varro seinen Becher ab, schlüpfte wieder in seine Sandalen und zürnte: »Und warum hast du mir das nicht gleich gesagt?«

»Weil du mich nicht danach gefragt hast – darum!«, quengelte Fortunata, schlug die Augen nieder und berichtete, was sich vor vier Stunden zugetragen hatte.

Die Stirn in Falten, hörte der Advocatus zu. Das Festmahl war vergessen, die Resignation, welche ihn ergriffen hatte, wie weggeblasen.

»Zufrieden?«

»Darauf kannst du wetten!«, bekräftigte Varro, rief nach seinem Leibsklaven und verschwand so plötzlich, wie er gekommen war. »Komm, Syphax – keine Müdigkeit vorschützen. Die Jagd auf den Anonymus ist eröffnet!«

XVII

Kaiserpalast, eine halbe Stunde später | 21:00 h

»Wie heisst er, Chrysaphius?« Tiro, Oberhofmarschall des Kaisers, stützte die Ellbogen auf die Tischkante, verschränkte die Hände und beugte sich so weit nach vorn, dass er den Körpergeruch seines Widersachers einatmete. Es war kein angenehmer Geruch, der ihm in die Nase stieg, eine Mischung aus Harz, Sandelholz, Rosenblüten und dem Angstschweiß, der dem Kammerherrn aus allen Poren quoll. »Wen hast du gedungen, den Kaiser meuchlings zu ermorden?«

»Und was, wenn ich es dir nicht sage?«

»Obacht, Chrysaphius: Du wandelst auf einem schmalen Grat. Ein falsches Wort, und du stürzt in die Tiefe.«

»Du hast nichts gegen mich in der Hand.«

Nicht der Typ, der sich einschüchtern lässt, hielt der Kammerherr dem Blick seines Widersachers stand.

»Doch.«

»Nämlich?«

»Das Geständnis von Berenike.«

»Aussage gegen Aussage. Na dann, viel Erfolg!«

Der Blick des Oberhofmeisters verhärtete sich. »Auf was willst du fettes Schwein hinaus?«, zischte er, kurz davor, den Eunuchen am Kragen zu packen. »Entweder du …«

»… sicherst mir Amnestie zu oder du kannst sehen, wo du bleibst!«

»Amnestie? Ich glaube, du bist nicht mehr ganz richtig im Kopf!«

Die Züge des Kammerherrn entspannten sich, und ein Lächeln huschte über sein Gesicht. »Im Klartext: Entweder du gibst mir dein Wort, nicht gegen mich vorzugehen, oder …«

»Oder?«

»Oder du wirst die Namen, hinter denen du her bist, nie erfahren.« Chrysaphius lehnte sich entspannt zurück. »Du bist auf mich angewiesen, Tiro, das weißt du genau.«

»Na schön – du hast gewonnen.« Der Oberhofmeister erhob sich und trat ans Fenster. Mittlerweile war die Schwüle unerträglich geworden, und in der Ferne war dumpfes Donnergrollen zu hören. »Gratuliere.«

»Freut mich, dass wir uns so schnell einig geworden sind.« Chrysaphius setzte sein Krötenlächeln auf. »Das spart unnötigen Verdruss.«

»Die Namen, Chrysaphius – wie heißen sie? Und vor allem: Wer wurde damit beauftragt, den Kaiser zu ermorden?«

»Ein gewisser Scorpio.«

»Hat der Mordbube auch einen richtigen Namen?«

»Natürlich. Er heißt Messala.« Seiner Sache sicher, zog der Kammerherr ein Schweißtuch hervor und betupfte das feuchte Doppelkinn. »Flavius Messala. Von Beruf Präfekt – Präfekt der Palastwache.«

»Sieh an.« Im Schatten der Öllampe, die das karge Gemach erhellte, sah die Silhouette des Dalmaten wie die eines sprungbereiten Raubtieres aus. »Und wieso gerade er?«

»Sagen wir einmal so: Was Auftragsmorde betrifft, zeichnet er sich durch große Zuverlässigkeit aus.«

Der Oberhofmeister grinste breit. »Stimmt. Wer es schafft, einen Gladiator ins Jenseits zu befördern, dem traue ich alles zu.«

Chrysaphius erbleichte, das Tuch in der zusammengepressten Faust. »Woher …«

»Woher ich das weiß?« Der Oberhofmeister fuhr herum. »Du erwartest doch nicht, dass ich meine Quellen preisgebe? Na schön, weil du es bist: Einer der Vorarbeiter, die am Bau der neuen Thermen beschäftigt sind, arbeitet für mich – falls du verstehst, was ich meine. Ein zuverlässiger Mann, sonst hätte er mir von dem Leichenfund, der dort gemacht wurde, nicht umgehend Bericht erstattet.« Ohne den Blick abzuwenden, schlenderte der Dalmate auf sein Schreibpult zu, öffnete die darauf befindliche Schatulle und betrachtete die Pretiosen, welche sich darin befanden. »Da staunst du, was?«, amüsierte sich Tiro, nicht nur am Hof, sondern über die Palastmauern hinaus gefürchtet. Gar mancher, der ihn unterschätzt hatte, war eines Besseren belehrt worden, so auch Chrysaphius, dem es endgültig die Sprache verschlug. »Tja, Grieche, so ist das nun mal: Es kommt immer anders, als man glaubt.« Einen Dolch in der Hand, den er der Schatulle entnommen hatte, umrundete der Oberhofmarschall den Tisch, stellte sich neben den Eunuchen und fuhr mit dem Zeigefinger über die Klinge. Es handelte sich um ein ganz besonders schönes Stück, der Knauf, ein Meisterwerk der Handwerkskunst, aus Glasfluss, Perlen und Elfenbein. Dass er eine Kobra darstellte, bemerkte Chrysaphius nur am Rande, wie er überhaupt alles, was ihm hätte auffallen müssen, nicht wahrhaben wollte. »Oder, um es im Jargon der Plebs auszudrücken: Wer zuletzt lacht, lacht am besten. Schon gut, schon gut – ich weiß, was du jetzt sagen willst. Du willst mir weismachen, du hättest nur Befehle ausgeführt. Wer weiß, vielleicht stimmt das sogar. Vielleicht wolltest du deiner Herrin lediglich einen Dienst erweisen. Dazu bist du schließlich da. Irgendwann, Chrysaphius, hört der Spaß jedoch auf. Dann geht es nicht mehr darum, die Eskapaden der Kaiserin zu vertuschen. Dann, mein Bester, geht es um das Wohl und Wehe des Staates, dann gilt es, Farbe zu bekennen. Wer nicht für den Kaiser ist, du Schuft, ist gegen ihn. Das hätte dir im Grunde klar sein müssen.«

»Danke für die Belehrung, Tiro. Falls nötig, werde ich sie beherzigen.«

Der Angesprochene brach in Gelächter aus. »Ein nächstes Mal, du Ignorant, wird es nicht geben. Oder hast du gedacht, ich lasse mich erpressen? Komm schon, Chrysaphius, das kannst du doch nicht ernsthaft angenommen haben!«

Bleich vor Entsetzen, sprang der Kammerherr auf. »Du hast mir versprochen, du würdest ...«

»Mit anderen Worten: Unsere Vereinbarung ist null und nichtig.« Auf Augenhöhe mit dem Eunuchen, dessen blutunterlaufene Augen weit aufgerissen waren, hielt Tiro mit versteinerter Miene inne. Dann sagte er: »Nimm es nicht persönlich, Chrysaphius, aber wenn es um das Wohl des Staates geht, bin ich unerbittlich.«

»Ich auch.«

Der Oberhofmeister brach erneut in Gelächter aus. »Weißt du, was ich an dir schätze?«, höhnte er und ließ den Dolch in die linke Hand und von dort aus wieder in seine Rechte wandern. »Deinen Sinn für Humor. Mit dem Rücken zur Wand und Witze reißen – ich muss zugeben, du wirst mir immer sympathischer. Schade nur, dass wir beide uns so schnell nicht ...«

»... wiedersehen werden, ich weiß!«, vollendete der Kammerherr, entfernte die Gewandnadel, auf der seine Hand ruhte, und stieß sie Tiro mit einer blitzschnellen Bewegung ins Herz. »Ich hoffe, du kommst über den Trennungsschmerz hinweg!«

XVIII

Taverne ›Zum Priapus‹, eine Viertelstunde später | 21:20

EIGENTLICH KONNTE NICHTS SCHIEFGEHEN. In zwei Stunden, um Mitternacht, würden er und seine Mitverschworenen die kaiserlichen Gemächer stürmen, nicht lang fackeln und den Auftrag, mit dem sie betraut worden waren, ausführen. Alles, beinahe jeder Handgriff, war bis ins Detail geplant worden. Wenn er, Präfekt der Leibgarde, die Runde machte, würde niemand Verdacht schöpfen. Er kannte alle, die vor den kaiserlichen Gemächern Wache schoben, die meisten mit Namen, etliche der Männer von gemeinsamen Trinkgelagen. Er kannte die Gepflogenheiten, die im Allerheiligsten herrschten, wusste um die Marotten der Bediensteten, um ihre Gewohnheiten, um ihre Geheimnisse und kleinen Laster. Er wusste, wann die Wachen abgelöst wurden, ob sie zuverlässig, auf seiner Seite oder nur mit Vorsicht zu genießen waren. Dass er nur Leute eingeteilt hatte, die ihm ergeben waren, verstand sich von selbst. Um sicherzugehen, würde er sie trotzdem erst kurz vor dem Beginn des Unternehmens informieren. Vor Spitzeln – oder Verrätern – konnte man nie sicher sein, wollte man Erfolg haben, über den Weg trauen durfte man niemandem, nicht einmal dem besten Freund.

Aus diesem Grund wussten nur vier Personen Bescheid, Chrysaphius, der ihm den Auftrag erteilt hatte, mit eingeschlossen. Von wem der Befehl letztendlich kam, konnte er sich denken, aber da er gelernt hatte, Fragen nur dann zu stellen, wenn es unumgänglich war, hatte er sich auf die Zunge gebissen, eingewilligt und den Lohn, der ihm in Aussicht gestellt worden war, akzeptiert. Zehn Pfund

Gold, also 720 Solidi, waren ein kleines Vermögen, und wenn ihm der Zufall keinen Strich durch die Rechnung machte, hatte er ausgesorgt.

Um den Kaiser, bei dem er in Lohn und Brot stand, tat es ihm natürlich leid. Aber so war nun einmal das Leben. Bot sich die Chance, endlich auf einen grünen Zweig zu kommen, musste man sie beim Schopf packen. Selbst dann, wenn man sich die Hände schmutzig machte.

Flavius Messala, genannt Scorpio, rief das Schankmädchen, bestellte noch einen Becher Wein und ließ den Ellbogen auf der Stuhllehne ruhen. Wenn es darum ging, jemanden aus dem Weg zu räumen, hatte er noch nie große Skrupel gehabt. Das hatte er bereits unter Beweis gestellt, zuletzt vor gut 24 Stunden, als er diesem Neger einen Dolch zwischen die Rippen gestoßen hatte. Dadurch, so Chrysaphius, habe er sich für höhere Aufgaben empfohlen, und wie so oft, wenn es ums Geldverdienen ging, hatte er nicht groß überlegt. Dumm nur, dass bei dem Mord an dem Retiarius etwas dazwischengekommen war, nämlich dass die Frau sein Gesicht gesehen hatte. Das war zwar ärgerlich, aufgrund der Umstände, die dazu geführt hatten, jedoch nicht zu ändern.

Auch hier, wie während seiner gesamten Militärzeit, hatte er genau gewusst, was er tat. Chrysaphius hatte ihm den Auftrag erteilt, und er, nicht faul, hatte ihn ausgeführt. Wäre Maximinus nicht gewesen, der versucht hatte, aus der Sache Kapital zu schlagen, wäre die Angelegenheit ohne großes Aufsehen über die Bühne gegangen. Aber wenigstens hatte es keine Tatzeugen gegeben, und das, zusammen mit dem Lohn, war nun einmal das Wichtigste. 100 Solidi verdiente man schließlich nicht alle Tage, und wenn es ums Geld ging, hörte die Freundschaft auf. Jetzt, knapp zwei Stunden vor Mitternacht, hieß es nur noch, die Zeit totzuschlagen, nichts zu überstürzen und mit der Kaltblütigkeit, die ihm eigen war, zu Werke zu gehen. Alles andere würde sich von selbst regeln.

»Na, schöner Mann – warum so nachdenklich?« In Gedanken bei dem geplanten Staatsstreich, schreckte Flavius Messala auf. An Dirnen hatte im ›Priapus‹ seit jeher kein Mangel geherrscht, aber was er gerade vor sich sah, ließ sein Herz höher schlagen. Die Dunkelhaarige am Nachbartisch war zwar nicht ganz so jung wie die Nymphe, die der Wirt im Hinterzimmer feilbot. Dafür aber war sie umso hübscher, mit den Dirnen, die sich hier die Klinke in die Hand gaben, nicht zu vergleichen. Für diese Schönheit, vom Aussehen her Orientalin, würde er einiges berappen müssen, aber das, so der Handel zustande käme, wäre ihm die Sache wert. »Was ist: Hat es dir die Sprache verschlagen?«

Scorpio, Präfekt der kaiserlichen Leibwache, schüttelte den Kopf, prostete der unbekannten Schönen zu und lud sie ein, sich zu ihm zu setzen. »Wie kommt es, dass ich dich noch nie gesehen habe?«, wollte er wissen, worauf die Hetäre, um die es sich zweifellos handelte, mit einem verführerischen Augenaufschlag reagierte. »Jemanden wie dich trifft man hier selten.«

»Das kommt daher, weil ich noch nicht lang in Treveris weile«, antwortete die Venus, bei der alles, woran Männer Gefallen fanden, in einer Person vereint zu sein schien. Dunkles, welliges, bis auf die Schultern reichendes Haar und geschwungene und dezent geschminkte Wimpern. Dazu eine dunkle, orientalisch anmutende Tönung der Haut, von der Art, wie man sie in Syrien oder Ägypten antraf. Das Beste an der Unbekannten, im Gegensatz zu den anderen Dirnen mit einem Chiton bekleidet, war jedoch ihre Stimme. Sie als sanft zu bezeichnen war beinahe schon eine Beleidigung. Verführerisch wie Aphrodite, klug wie Athene und anziehend wie die schöne Helena: Etwas Vergleichbares hatte er in Treveris noch nie gesehen. Und schon gar nicht in dieser heruntergekommenen Taverne, wo sich Diebe, Schmuggler und zwielichtige Gestalten aus ganz Gallien tummelten. »Nicht einfach, sich zurechtzufinden!«

»Was dagegen, wenn ich dir behilflich bin?«, raunte Scorpio der Fremden zu, ein Lächeln im Gesicht, das an einen lüsternen Satyr erinnerte. »Ich denke, du und ich würden uns gut ergänzen.«

»Woran genau hast du dabei gedacht?«

»An alles, was Spaß macht«, antwortete der Präfekt, wobei er das Wort ›Spaß‹ über die Maßen betonte. »Das fängt beim Trinken, bei anregenden Gesprächen und Tafelfreuden an.«

»Und womit hört es auf?«, hauchte die Frau, die tat, als könne sie nicht bis drei zählen. Dass dies eine Masche war, hatte Messala natürlich erkannt, aber das hinderte ihn nicht, ihr weiter den Hof zu machen.

»Ich hoffe, du hast genug Zeit.«

Die hatte er, keine Frage. Ein Blick auf das Stundenglas, welches in der Nische hinter ihr auf dem Tresen stand, und Messala strahlte mit der Fremden um die Wette. Noch eine dreiviertel Stunde. Genug Zeit also, Gott Bacchus zu huldigen, sich ein lauschiges Plätzchen zu suchen und den Freuden der Liebe zu frönen. Alles andere, auch sein Auftrag, würde sich von alleine regeln.

»Womit es aufhört, willst du wissen?«, raunte Scorpio der Unbekannten zu und ließ den Becher bis zum Rand füllen. »Denk nach – oder muss ich deutlicher werden?«

»Nein, musste du nicht!«, erwiderte die Unbekannte und griff nach dem Becher, den Scorpio in Händen hielt. »Komm, schöner Mann – verlieren wir keine Zeit!«

An der Tür angekommen, hielt Scorpio abrupt inne. Der Wein, ein edler Tropfen aus dem Ruwertal, hatte seine Sinne vernebelt, und das mehr, als ihm lieb sein konnte. Dies zuzugeben kam ihm freilich nicht in den Sinn, und er redete sich ein, Herr seiner selbst zu sein. Wäre er es gewesen, hätte er die Gestalt bemerkt, die ihm und der Unbekannten folgte, aber da es Venus war, die seine Schritte lenkte, ließ er jegliche Vorsicht vermissen.

Die Schwüle, ohnehin drückend genug, tat ein Übriges, und wie er so durch die Dunkelheit hastete, kam sich Scorpio wie in einem Glutofen vor. Je weiter der Weg, desto geringer die Wachsamkeit, und so nahm der Präfekt nicht einmal das Donnergrollen wahr, das mit jedem Schritt, den er zurücklegte, bedrohlicher wurde.

»Nur Geduld, Liebster, wir sind gleich da!« Kaum fähig, mit der Hetäre Schritt zu halten, stieß Scorpio einen leisen Fluch hervor. Um einander näherzukommen, hätte es auch das Obergeschoss getan, das Auspicius, Wirt ›Zum Priapus‹, für ein paar Sesterzen vermietete. Die Fremde indes hatte darauf bestanden, das Liebesnest woanders zu errichten – wo, wollte sie nicht verraten.

Und so stolperte Scorpio hinter der mysteriösen Schönen her, vorbei an verbarrikadierten Läden, Hauseingängen und Werkstätten, an denen in Treveris kein Mangel herrschte. In Höhe des Forums, welches ebenfalls im Dunkel lag, begann es zu tröpfeln, doch auch das nahm Scorpio kaum wahr. Vergessen war sein Vorhaben, abhandengekommen auch der Argwohn, der ihm zur zweiten Haut geworden war. Für ihn, dem nach Sinnesgenuss Lechzenden, gab es nur noch eins: das Verlangen, welches ihn erfüllte, zu stillen.

»Wo bleibst du denn, du bist doch nicht etwa müde, oder?« Nach etwa einer Viertelstunde Fußmarsch wähnte sich der Präfekt am Ziel. Die Unbekannte lehnte an einer Mauer und hielt die Hand schützend über die Öllampe. Scorpios Verlangen stieg ins Unermessliche. Wäre sie eines der Schankmädchen gewesen, mit denen er sich sonst vergnügte, hätte es für den Präfekten jetzt kein Halten mehr gegeben. So aber, im Angesicht dieser Venus, die er nicht einmal nach dem Namen gefragt hatte, blieb er einfach stehen, stumm, willenlos – und vor allem arglos.

Nicht etwa, dass Scorpio die Orientierung verloren hatte. Er wusste genau, wo er sich befand, was sich an diesem Ort zugetragen und wessen Leichnam er hier, eine Viertelmeile vom Markt entfernt, versteckt hatte. Allein, auch dies störte ihn nicht. Jetzt, so kurz vor dem ersehnten Ziel, zählte nur noch eines, und es war Zeitverschwendung, auch nur ein weiteres Wort mit der Unbekannten zu wechseln.

Denn diese, so schien es, wusste auch so, wonach ihm der Sinn stand. Den Absatz an der Ziegelmauer, welche hinter ihr aufragte, warf sie ihm eindeutige Blicke zu. Winkte ihn zu sich, schob ihr Gewand in die Höhe und blies die Öllampe aus, die sie, Musterbeispiel an Verruchtheit, zwischen Daumen und Zeigefinger hielt.

Sich am Ziel wähnend, pirschte sich Scorpio an die Hetäre heran. Der Regen fiel in dicken Tropfen, und von irgendwo, nur einen Steinwurf entfernt, drang das

Geräusch gedämpfter Stimmen an sein Ohr. Aber auch das, wie der einsetzende Regen, zählte jetzt nicht mehr. Der Präfekt wollte jetzt nur noch eins, und es schien, als stünde ihm die Unbekannte in nichts nach.

Doch der Schein trog.

Drauf und dran, die Frau an sich zu reißen, griff Scorpio ins Leere.

Und prallte verblüfft zurück.

Die Fremde, nach der er sich verzehrt hatte, war verschwunden.

Dies war der Moment, in dem der Präfekt zur Besinnung kam. Kaum wieder bei Verstand, wurde Scorpio von blinder Wut gepackt, im Begriff, blindlings in die Falle zu tappen. Da! Schon wieder ein Geräusch. Zum Greifen nah, auf der anderen Seite der Mauer. Dort, wo das Baugelände der neuen Thermen lag. Wild entschlossen, der Fremden einen Denkzettel zu verpassen, wirbelte Scorpio herum. Verdammt! Irgendwo in der Nähe musste der Eingang sein.

Nicht lange, und der verhinderte Liebhaber wurde fündig. Nur wenige Schritte von dem Punkt, an dem sich seine Träume in Luft aufgelöst hatten, befand sich ein Tor. Ein Tor mit einer schmiedeeisernen Pforte.

Eine Pforte, die sperrangelweit offenstand.

Blind vor Wut zückte Scorpio seinen Dolch, durchquerte den Eingang und schlug das Tor hinter sich zu. Irgendwo auf dem Areal, an dessen Ostseite sich die Umrisse der im Bau befindlichen Thermenanlage abhoben, musste das Luder stecken.

Beim Hades, so hatten sie nicht gewettet.

Ohne Rücksicht auf die Windstöße, welche über die Palästra fegten, Haufen mit Bauschutt durcheinanderwirbelten und sogar Dachziegel von den bereitliegenden Stapeln rissen, stürmte der Präfekt über das ausgedehnte Areal, den Dolch in der Faust. Aus dem Schauer, den er kaum wahrgenommen hatte, war ein Sturzregen geworden, so heftig, dass sich die Böen wie Geißelhiebe anfühlten. Aber auch das focht den Mann, der Niger auf dem Gewissen hatte, nicht an. Wie immer, wenn sein Jähzorn geweckt wurde, gab es kein Zurück mehr für ihn. Es gab weder Blitz, noch Donnergrollen, noch die eisigen Hagelkörner, noch die wie entfesselt tobenden Elemente, welche die Palästra binnen Kurzem in eine Schlammwüste verwandelten. Es gab kein Halten mehr, auch wenn demnächst die Welt untergehen würde.

Er würde sich holen, was ihm zustand. Jetzt gleich. Und dann, wenn er mit der Schlampe fertig war, würde er ihr eine Lektion erteilen.

Und zwar so, dass sie für immer entstellt sein würde.

Außer sich vor Zorn, warf Scorpio einen Blick in die Runde. Unter den Kolonnaden, welche die Palästra flankierten, regte sich nichts. Blieb also nur noch das Hauptgebäude, ein Ort, an dem er sich bestens auskannte.

Vorbei am Gerüst, hinter dem sich die unverputzte Außenfassade erhob, drang der Präfekt auf die Baustelle vor. Vor ihm lag der Kaltbadesaal, wie der Rest des Gebäudekomplexes bereits überdacht, dahinter das zukünftige Tepidarium. Am Ostende, nur schemenhaft zu erkennen, befand sich der Heißbadesaal, eine überwölbte Halle, deren Ausmaße alles Vorherige in den Schatten stellen würde.

Scorpio, der sich behutsam vorwärtsbewegte, hatte jedoch kein Auge dafür. Irgendwo im Umkreis von einer Achtelmeile musste sich das Luder verkrochen haben.

Alles, worauf es ankam, war, ruhig Blut zu bewahren, jeden Winkel zu durchkämmen und das Weibsstück, das ihn zum Narren halten wollte, in die Enge zu treiben. Zoll für Zoll, Schritt für Schritt, Zug um Zug. Die Trophäe war eine Sache, die Jagd danach eine andere. Egal, wie langwierig, die Freude daran durfte man sich nicht nehmen lassen. Nicht einmal hier und nicht einmal unter diesen Umständen. Je größer die Vorfreude, desto nachhaltiger der Triumph.

Und die Befriedigung, am Ende die Oberhand behalten zu haben.

Entschlossen, dem Vorsatz Taten folgen zu lassen, schlich der Präfekt weiter, hielt jedoch am Durchgang, wo das Tepidarium an das Caldarium grenzte, inne. Ein Blitzbündel nach dem andern fuhr hernieder, manche weit weg, andere wiederum so nah, dass es auf einen Schlag taghell wurde. Scorpio hielt den Atem an. Er war bestimmt kein Feigling, aber was sich hier abspielte, flößte selbst ihm Angst und Schrecken ein.

Und dann, als das Schlimmste bereits vorüber schien, geschah es. Unweit der Apsis, maximal 200 Schritte entfernt, schlug der Blitz in eine Bauhütte ein. Scorpio blieb wie festgewurzelt stehen. Schuld daran waren jedoch weder das grelle Licht, noch das Donnergrollen, noch die Tatsache, dass die Bauhütte Feuer fing. Schuld daran war etwas anderes.

Etwas, womit er im Leben nicht gerechnet hatte.

Direkt vor ihm, inmitten von Taurollen, Kacheln, ungelöschtem Kalk und Ziegelsteinen, lag ein Körper. Ein Körper, über den ein Leichentuch ausgebreitet worden war.

Die Nerven behalten oder umkehren – das war die Frage.

Scorpio entschied sich für Ersteres. Die Frau, derentwegen er hier war, spielte keine Rolle mehr. Es gab Wichtigeres zu tun, weit Wichtigeres sogar.

Einen Kloß im Hals, setzte sich der Präfekt in Bewegung, tastete sich behutsam voran. Die Zeit stand still, und ihm war, als habe das Unwetter plötzlich aufgehört. Ob Blitz, Donner, Hagel oder Windböen – sämtliche Geräusche, sogar diejenigen seiner Schritte, waren verstummt. Scorpio schlug das Herz bis zum Hals. Es schien, als gebe es nur ihn, Scorpio, und den Körper, der regungslos auf den Steinfliesen lag. Nur sie beide und sonst niemanden auf der Welt.

Doch er irrte.

Kaum war der Köper erreicht, das Knie gebeugt und der Zipfel des Leichentuchs ergriffen, geschah das Unfassbare. So plötzlich, dass er fürchtete, den Verstand zu verlieren.

Vor ihm, im Widerschein eines Blitzes, stand ein Mann. Dieser Mann war groß, hager, trug eine Toga und schien nicht im Mindesten überrascht, ihn hier zu treffen.

Ganz anders der Präfekt, der wie erstarrt neben dem verhüllten Körper verharrte. »Wenn ich du wäre, würde ich das bleiben lassen!«, sprach die Gestalt, als Scorpio den Griff um seinen Dolch verstärkte. »Du hast ohnehin keine Chance.«

»Wer sagt das?«

»Ich.«

»Und mit wem habe ich die Ehre?«

»Ich bin es, der hier die Fragen stellt, verstanden?« Ohne die Antwort abzuwarten, beugte sich der Mann in der weißen Toga nach vorn, ergriff das Leichentuch und zog es mit einem Ruck beiseite. »Ich nehme an, du kennst diesen

Mann, oder?«, fragte er und wartete die Erwiderung des Präfekten erst gar nicht ab. »Machen wir es daher kurz: Ich beschuldige dich, den Gladiator namens Niger am gestrigen Tag – oder vielmehr Abend – vom Leben zum Tode befördert zu haben. Mithilfe deines Komplizen, uns beiden unter dem Namen Maximinus bekannt, hast du ihn unter einem Vorwand hierher gelockt, um ihn meuchlings zu ermorden und im Anschluss daran in einer unweit des Tatortes gelegenen Abfallgrube zu versenken. Soweit korrekt?«

»Das musst du mir erst beweisen.«

Die Ruhe in Person, fuhr Varro unbeirrt fort. »Dein Pech, dass es eine Zeugin gibt. Wie wir beide wissen, ist sie dir und Maximinus gefolgt, aus Sorge, ihrem Mann könne etwas zustoßen. Berechtigterweise, wie ich der Vollständigkeit halber hinzufügen muss. Ich weiß, es klingt merkwürdig, wenn ich das sage: Hättest du sie umgebracht, wäre ich dir vermutlich nie auf die Spur gekommen. Um den Auftrag, mit dem du betraut wurdest, nicht zu gefährden, schreckst du jedoch davor zurück und begnügst dich damit, Nigers Frau Angst einzujagen – mit Erfolg.«

»Das beweist noch gar nichts.«

»Findest du?« Nicht gewillt, sich aus dem Konzept bringen zu lassen, schnippte Varro mit dem Finger, worauf sich die Gestalt einer Frau aus der Dunkelheit löste und ohne zu zögern in den Lichtkreis trat, welche die Fackel des Advocatus auf die Fliesen warf. »Darf ich vorstellen – Merabaudis, Nigers Frau. Ihr beide kennt euch, hab ich recht?«

»Ja, Herr!«, erwiderte die Angesprochene mit fester Stimme. »Das ist er, ich kann's beschwören!«

»Kompliment«, flüsterte Scorpio, dessen Verblüffung nur von kurzer Dauer war. »Das hast du schlau eingefädelt. Aber nicht mit mir, kapiert? Nicht mit mir!«

Kaum hatte er geendet, machte Scorpio seine Ankündigung wahr, fuhr in die Höhe und ergriff die Flucht. Dank Syphax, dem er buchstäblich in die Arme lief, kam er jedoch nicht weit.

»Das ist Syphax, mein Leibsklave. Er war es, der dich auf deinem Weg hierher beschattet hat.« Nicht der Typ, der mit Spott geizte, wartete Varro ab, bis Syphax den Präfekten gebändigt und an den Ort des Geschehens zurückbugsiert hatte. »Ach ja, wenn wir gerade dabei sind: Für einen Mann, der für andere die Drecksarbeit macht, hast du dich ziemlich ungeschickt angestellt. Oder was meinst du, Aspasia?«

»Das Gleiche wie du, Herr.«

Kurz davor, seinem Zorn freien Lauf zu lassen, stierte der Präfekt nach rechts, wo sich die Angesprochene aus dem Halbdunkel hervorbewegte und es sich nicht nehmen ließ, ihm zuzublinzeln. »Wer immer du bist«, giftete er den Anwalt an, »das wirst du bereuen, verlass dich drauf!«

»Wenn du dich da mal nicht irrst, *Scorpio*.«

»Woher weißt du, wie ich …«

»Eins nach dem anderen, nur Geduld!«, fuhr Varro dazwischen. »Wo waren wir eigentlich stehen … genau, beim Tathergang. Wie gesagt: Mithilfe von Maximinus gelingt es dir, Niger hierher zu locken. Schlau eingefädelt, um mit deinen eigenen Worten zu reden. Der Lanista lotst den ahnungslosen Retiarius hierher, verwickelt ihn in ein Gespräch und lenkt ihn ab. Du, Scorpio, wartest auf den geeigneten Moment, pirschst dich unbemerkt heran und jagst ihm den Dolch zwischen die Rippen.«

»Hört sich an, als seist du dabei gewesen!«

»Ich nicht«, gab Varro seelenruhig zurück, »aber der junge Mann da!«

»Nie gesehen«, versicherte der Präfekt, als sich der Neuankömmling, schätzungsweise Ende 20, barfuß und mit zerzaustem Haar, zu Varro und den anderen gesellte. Er trug eine zerschlissene Tunika, ging gebeugt und zählte offenbar zu all jenen, die von der Hand in den Mund lebten. »Und überhaupt: Wer sagt dir, dass ich …«

»Du bist hier gewesen, Scorpio. Silvanus, eng befreundet mit einem meiner Informanten, kann es bezeugen.«

In Begleitung von Teiresias, der vor Stolz beinahe zu platzen schien, gab der Angesprochene ein zustimmendes Nicken von sich.

»Komisch, dass ich ihn nicht bemerkt habe.«

»Hätte es das Gezänk zwischen dem Lanista und Niger nicht gegeben, wäre Silvanus, der gezwungen war, im Kellergewölbe zu übernachten, gar nicht auf euch aufmerksam geworden. So aber wurde seine Neugier geweckt, weshalb er sich entschloss, nach dem Rechten zu sehen, über die Treppe ins Caldarium gelangte und Zeuge der erwähnten Auseinandersetzung wurde. Unnötig zu erwähnen, dass dies auch für die Ermordung von Niger gilt.« Ohne Scorpio eines Blickes zu würdigen, legte Varro eine Kunstpause ein. Dann fragte er: »Soweit alles korrekt, Silvanus?«

Der Bettler pflichtete dem Anwalt bei. »Ich hab gedacht, ich seh' nicht richtig!«, ereiferte er sich, von dem, was sich am Vortag zugetragen hatte, zutiefst irritiert. »Erst kriegen sich die beiden in die Haare, und dann taucht auf einmal der Kerl da auf.«

»Du behauptest, Niger und der Lanista seien miteinander in Streit geraten. Weshalb?«

»In Streit geraten ist gut! Die haben sich angebrüllt, dass einem ganz anders geworden ist. An den Wortlaut kann ich mich zwar nicht mehr erinnern. Aber es war klar, dass der Lanista stinksauer auf den Retiarius war. Was er sage, meine er auch so, hat er geschrien. Egal, ob es Niger in den Kram passe oder nicht. Schließlich habe er einen Haufen Geld für ihn ausgegeben, da könne er sich so etwas nicht bieten lassen.«

»Was denn?«

Der Bettler scharrte verlegen mit dem Fuß. »Die beiden hatten es von den Spielen. Irgendein Kampf – was weiß ich. Anscheinend hat der Retiarius nicht gespurt.«

»Das musst du mir erklären.«

»Ich wüsste nicht, was es da zu erklären gibt. Jeder, der vom Wetten auch nur ein bisschen Ahnung hat, weiß, dass es bei den Spielen nicht immer mit rechten Dingen zugeht.«

Varro wusste nicht, ob er schmunzeln oder ernst bleiben sollte. »Machen wir's kurz!«, drängte er, »damit sich unser Freund nicht langweilt. Also: Worum ist es bei dem Streit zwischen den beiden gegangen?«

»Der Lanista wollte, dass er …«

»Dass Niger was?«

»Wenn mich nicht alles täuscht, Herr, bekam er die Order, den Kampf zu verlieren.«

»Fragt sich nur, wieso«, merkte Varro süffisant an, den Blick abwechselnd auf Scorpio und den Tatzeugen gelenkt. »Aber lassen wir das. Du warst noch nicht fertig, Silvanus – hab ich recht?«

»Er hat ihn abgestochen, Herr – regelrecht abgestochen.«

»Wer denn?«

»Der da!«, brach es aus dem Bettler hervor. »Der hinterlistige Schuft da kam von hinten, und der Retiarius hatte keine Chance. Ich weiß nicht, ob das von Bedeutung ist, Herr – aber als er ihm den Arm um den Hals gelegt und zugestochen hat, da ... da konnte ich das Gesicht von diesem Dreckschwein sehen.«

»Und?«

»Er hat gegrinst, Herr. Gegrinst, zugestoßen und ihm anschließend das Genick gebrochen.«

»Eines kann ich dir versprechen, Silvanus – und auch dir, Merabaudis – das Grinsen wird unserem Freund Scorpio bald vergehen.« Bevor er fortfuhr, klopfte Varro dem Bettler auf die Schulter. »Ich bin dir zu großem Dank verpflichtet – euch beiden, dir und Teiresias. Trotzdem wüsste ich gern, was danach geschah.«

»Was dann passiert ist, meinst du?« Silvanus deutete mit dem Kinn auf den Präfekten. »Als Erstes hat er den Lanista zum Schweigen verdonnert. Dann haben sie überlegt, was sie mit dem Toten machen sollen. Glaub mir, Herr: Das war nichts für schwache Nerven. Mir wird schlecht, wenn ich nur dran denke. Nicht auszudenken, was passiert wäre, wenn die mich entdeckt hätten.« Der Bettler ließ die Handkante über seine Kehle gleiten. »Wahrscheinlich das da – Pech gehabt, Silvanus!«

»Und warum hast du alles für dich behalten? Schließlich handelte es sich um Mord.«

»Soll das ein Witz sein, Herr? Hand aufs Herz: Wer außer dir hätte sich die Mühe gemacht, mir zuzuhören? Etwa Impudicus? Angenommen, ich hätte mich überwunden – wem, denkst du, hätte man mehr geglaubt: den beiden Halunken oder mir? Und selbst wenn – ich hätte keine drei Tage mehr zu leben gehabt.«

»Aber ...«

»Kein ›Aber‹, Herr – mit einem Präfekten der Palastwache legt man sich nicht an. Sonst ist dein Leben keinen Sesterz mehr wert. Du weißt doch, ich habe drei Jahre unter ihm gedient. Auf die Art lernt man sich kennen.« Zutiefst verbittert stierte Silvanus den Präfekten an. »Jetzt geht dir ein Licht auf, was? Der Winter vor drei Jahren – da warst du noch kein so hohes Tier wie heute. Da haben du und deine Saufkumpane mich halb tot geprügelt. Und warum? Weil ich es gewagt habe, um ein Stück Brot zu betteln, um ein lumpiges, angebissenes Stück Brot!« Der Bettler drehte sich um, zerrte die Tunika hoch und wies mit dem Daumen auf seinen verkrümmten Rücken. »Einer gegen vier – ich hoffe, es hat wenigstens Spaß gemacht!«

»Wie gesagt, Silvanus: Sei versichert, dass ich alles tun werde, damit dir Gerechtigkeit widerfährt.«

»Gerechtigkeit!«, höhnte Scorpio, »da bin ich aber gespannt, wie du … findest du nicht, es ist an der Zeit, sich vorzustellen?«

»Tut mir leid, ich vergaß!«, zahlte Varro im gleichen Tonfall heim, trat auf Scorpio zu und zischte: »Gaius Aurelius Varro, Dekurio und Advocatus – und das hier ist mein Freund Probus, Medicus von Beruf.«

»Und Kriminalist!«, flötete Varros Freund, der im Verlauf der Unterhaltung nähergetreten war, Scorpios Dolch an sich genommen und ihn lang und eingehend betrachtet hatte. »Was meinst du, Silvanus – ist das der Dolch, mit dem der Retiarius getötet worden ist?«

Silvanus nickte stumm.

»Gut zu wissen, damit wäre auch das geklärt.« Probus gesellte sich zu Varro, durchbohrte den Präfekten mit seinem Blick und sagte: »Mit Rücksicht auf Merabaudis würde ich es vorziehen, nicht näher auf den Zustand des Leichnams einzugehen. Es sei denn, du streitest alles ab.

Sollte das der Fall sein, wäre ich gezwungen, Klartext zu reden. Anhand der Wunden, die zum Tod von Niger geführt haben, wäre ich jederzeit in der Lage, einen Vorsatz nachzuweisen. Damit wir uns richtig verstehen: Du brauchst erst gar nicht versuchen, dich herauszureden. Das war Mord, Scorpio – eiskalter Mord. Und noch was: Als Militärarzt bin ich einiges gewöhnt. Aber eine derart ausgeprägte Lust am Töten habe ich noch nie erlebt. Das war schändlich, nicht einmal die Barbaren würden so etwas tun!«

»Noch Fragen?«

»Ja, Advocatus«, antwortete der Präfekt, ohne eine Miene zu verziehen. »Können wir unter vier Augen reden?«

»Falls das ein Bestechungsversuch werden soll, kannst du dir die Mühe sparen.«

»Ich will mal so sagen: Ich kann mir kaum vorstellen, dass du mein Angebot ausschlagen wirst.«

»Sag, was du zu berichten hast – dann sehen wir weiter.« Varro gab Syphax einen Wink, den Präfekten nicht aus den Augen zu lassen. Dann nahm er ihn beiseite.

Und traute seinen Ohren nicht.

»Du verlangst doch nicht, dass ich das glaube!« Zuerst dachte Varro, alles sei nur ein Scherz. Ein Scherz oder der Versuch, Zeit zu gewinnen. Doch dem war nicht so. Je intensiver er nachhakte, desto mehr dämmerte ihm, dass der Präfekt die Wahrheit sagte.

Bleich wie der Tod stierte der Advocatus in die Finsternis. Er war fassungslos, hatte weder Augen noch Ohren für die Anwesenden, noch für das Unwetter, welches ringsum tobte. »Na, habe ich dir zu viel versprochen?«, stichelte Scorpio, zufrieden, dass sein Plan aufzugehen schien. »Wenn du willst, kriegst du es auch schriftlich – meine Aussage, die Namen der Mitverschworenen, einfach alles! Vorausgesetzt, ihr lasst mich laufen. Nur ein Wort, Advocatus – und du siehst mich garantiert nie wieder!«

Wie vom Donner gerührt stand Varro einfach nur da, wortlos, gebeugt und fassungslos.

»Na, dann kann ich ja wohl gehen, oder?« Scorpio, der sich auf der Siegerstraße wähnte, setzte ein zynisches Lächeln auf. Dann blinzelte er Aspasia zu, hob die Hand zum Gruß, wandte sich um – und erstarrte.

Vor ihm, erhellt durch einen fulminanten Blitz, stand ein Junge. Ein Junge von sechs Jahren, schmächtig, blauäugig und mit pechschwarzen Locken. »Nein, kannst du nicht!«, sagte er mit tonloser Stimme, trat näher und zielte mit der Schleuder, welche er in Händen hielt, auf Scorpios Stirn: »Nimm das, Schurke – für meinen Vater!«

XXIX

Palastaula, eineinhalb Stunden vor Mitternacht | 22:00 h

»EINE AUDIENZ BEIM KAISER – unter vier Augen?«, entrüstete sich der Zenturio, der Varro den Zutritt zur Audienzhalle verwehrte, »da könnte ja jeder kommen!«

»Zu deiner Information«, giftete der Advocatus zurück, durchnässt, außer Atem und nicht in der Stimmung für langatmige Erklärungen, »ich war schon Zenturio, als du noch Windeln getragen hast! In Eboracum, falls dir der Name etwas sagt. Und später Tribun – aber das nur nebenbei.«

Der Zenturio, ein blasierter Schönling in Paradeuniform, sah Varro von oben bis unten an, rümpfte die Nase und sah sich Beifall heischend um. Dann, nur mäßig beeindruckt, reckte er das Kinn nach vorn. »Und wenn du drei Legionen gleichzeitig kommandiert hättest – hier kommst du nicht rein. Ich habe meine Befehle. Und an die muss ich mich halten.«

»Was du nicht sagst!«

»Wenn du denkst, du kannst mich schikanieren, bist du schief gewickelt. *Ich* habe hier das Sagen, nicht du. Und überhaupt: Wer garantiert mir, dass du nichts im Schilde führst?«

»Ich«, erwiderte Varro unbeirrt. »Wenn ich du wäre, würde ich mir überlegen, was ich tue.«

»Unterwegs in geheimer Mission, was?«, spottete der Schönling und stimmte in das Gelächter seiner Kameraden ein. »Mit wem, wenn du erlaubst, habe ich überhaupt das Vergnügen?«

»Gaius Aurelius Varro. Dekurio, Advocatus und Sohn eines Mitglieds des Senates zu Rom.«

»Gestatten: Aelius. Zenturio, Frauentröster und Sohn eines Trunkenboldes aus Lugdunum.«

»Ich fürchte, dir wird das Witzereißen bald vergehen.«

»Und *ich* fürchte, mir bleibt keine andere Wahl, als dir dein großes Maul zu stopfen!«, bellte der Zenturio und bedeutete seinen Kameraden, Varro zu ergreifen. »Los, schnappt ihn euch! Und dann zeigt ihm, was passiert, wenn man sich mit mir anlegen will.«

»Zurück – oder ihr werdet es bereuen!«

»Beschwer dich doch, wenn du willst«, knurrte der Schönling und schlenderte auf den Advocatus zu. »Die Frage ist nur, ob es jemanden interessiert.«

»Was das betrifft, bin ich mir absolut sicher«, hielt Varro dagegen, umringt von einem Pulk Soldaten, für die der Vorfall eine willkommene Abwechslung zu sein schien. »Ich warne euch: Wenn ihr mich nicht passieren lasst, wird das mit Sicherheit Konsequenzen haben.«

»Das reicht, Hinkebein.« Die Hand am Schwertknauf, baute sich der Zenturio vor Varro auf. »Was glaubst du eigentlich, wer du bist?«

»Wer ich bin?«, gab Varro seelenruhig zurück. »Moment – das haben wir gleich.«

Der Schönling öffnete den Mund, um etwas zu erwidern. Dann aber, mit Blick auf den Ring, den Varro ihm in die Hand gedrückt hatte, überlegte er es sich anders. »Und warum … warum hast du das nicht gleich gesagt?«, stammelte er und wusste vor Verlegenheit nicht, was er tun sollte.

»Du erlaubst doch, Zenturio, oder?« Varro indes zögerte keinen Moment, ließ sich den Ring wieder aushändigen und steuerte auf die Vorhalle zu, von der aus man in das Innere der Palastaula gelangte.

Die Zeit drängte, er musste sich sputen.

Eusebius, kaiserlicher Zeremonienmeister, war in der Tat nicht zu beneiden. Nicht jeder, der hier weilte, wusste sich der Umgebung entsprechend zu benehmen, und es schien, als träfe dies in besonderem Maße auf seinen derzeitigen Gesprächspartner zu. »Und nicht vergessen«, insistierte der Höfling mit der gestelzten Ausdrucksweise, »als Allererstes musst du das Knie beugen. Laut Protokoll musst du anschließend den Saum der kaiserlichen Gewandung küssen. Natürlich nicht in realiter, du bist gehalten, nur so zu tun. Das heißt, du senkst den Kopf und führst den Saum an die Lippen. Und denk dran: erst dann erheben, wenn der Imperator dir ein Zeichen gibt. Alles andere wäre Majestätsbeleidigung. Richtet der Imperator das Wort an dich, antwortest du. Hingegen ist dir nicht gestattet, Fragen zu stellen, weder im Beisein von anderen noch unter vier Augen. Hältst du dich nicht daran, läufst du Gefahr, den Zorn des Allerhöchsten zu erregen – was das zur Folge hat, kannst du dir gewiss vorstellen.«

»War das alles?«

»Willst du dem Allerhöchsten von Angesicht zu Angesicht begegnen – oder willst du es nicht? Na also. Wichtigste Regel: Du darfst dem Imperator nie den Rücken zudrehen. Unter keinen Umständen, haben wir uns verstanden? Tätest du es, würde dies unabsehbare Konsequenzen nach sich ziehen. Glaub mir, Dekurio – diesbezüglich versteht der Kaiser keinen Spaß. Und ich auch nicht, falls du weißt, was ich meine.«

Varro nickte mechanisch mit dem Kopf. Von dem, was der Höfling kundtat, hatte er nur die Hälfte mitbekommen, und es fiel ihm schwer, einen kühlen Kopf zu bewahren. Gerade das war jedoch unabdingbar, nicht zuletzt, weil er niemandem, der seinen Weg kreuzte, auffallen durfte.

Kein Mann für derlei Anlässe, blickte sich der Advocatus um. Die Ausmaße der Aula versetzten ihn in Erstaunen, und es dauerte einen Moment, bis er es überwunden hatte. Vom Portal bis zur Apsis maß sie schätzungsweise 40 Schritte, in der Breite dagegen knapp halb so viel. Die Wände waren mit Marmor verkleidet, durchbrochen von zahlreichen Rundbogenfenstern, durch die bei Tag Licht ins Rauminnere flutete. Momentan, bei Nacht, war der Effekt auf den Betrachter allerdings noch größer. Selbst jetzt, da das Unwetter am Abklingen war, leuchteten immer wieder Blitze auf, wie Feuersäulen, welche zum nachtschwarzen Himmel aufstiegen. Von all dem, so auch vom Donnergrollen, welches über die Stadt hinwegbrandete, nahmen die Günstlinge, Hofbeamten und Gesandtschaften im Festtagsornat jedoch kaum Notiz. Sie alle, Varro mit eingeschlossen, verfolgten das gleiche Ziel: eine Audienz bei Flavius Valerius Constantinus, Imperator und Augustus.

Das wiederum war nicht so einfach wie erhofft. Je höher im Rang, desto höher in der Gunst, je höher in der Gunst, desto größer das Ansehen, welches der Betreffende genoss. Varro runzelte die Stirn. Dies hier, die Eifersüchteleien zwischen Konsuln, Senatoren, Provinzstatthaltern und Hofschranzen, die Jagd nach Gunstbeweisen und kaiserlicher Huld, die Gier nach Titeln und Posten – dies hier war nicht seine Welt. Sie hatte mit dem, was sich vor den Toren des Palastbezirkes ereignete, nicht das Geringste zu tun. Draußen, dort, wo er gerade herkam, befand sich die Wirklichkeit. Hier, umrahmt von Kandelabern, Räucherbecken und Purpurbannern, entfaltete sich die Welt des Scheins, der Eitelkeiten und Ränke, eine Welt, für die Gaius Aurelius Varro nicht geschaffen war.

Ein Faktum, welches dem Zeremonienmeister nicht entging. »Wenn ich dir einen Rat geben darf, Dekurio«, raunte er dem Anwalt zu, während er sich den Weg durch die Reihen der Würdenträger bahnte, »ein bisschen mehr Demut stünde dir gut zu Gesicht. Du weißt doch: Eine Gelegenheit wie diese kommt so schnell nicht wieder.«

Da hast du recht!, pflichtete Varro seinem Begleiter, einem Orientalen in den Vierzigern, insgeheim bei, vermied es jedoch, seinen Unwillen laut zu äußern. Was zählte, war allein seine Mission, und die galt es, allen Hindernissen zum Trotz, zu erfüllen.

Auf Biegen und Brechen, ohne Rücksicht auf sich oder andere.

»Und nicht vergessen: Kniefall, Kuss und andächtiges Schweigen«, leierte der Zeremonienmeister, nur einer von zwei Dutzend Hofschranzen, die mit todernster Miene hin und her eilten. »Alles andere käme …«

»Einem Sakrileg gleich, ich weiß!«, vollendete Varro, einmal mehr in Gefahr, sich den Mund zu verbrennen. Er hasste es, wenn sich gestandene Männer wie Sklaven aufführten, Bücklinge machten und wie geprügelte Hunde über den schwarz-weiß gemusterten Marmorboden schlichen. Er hasste ihre gestelzte Ausdrucksweise, wenn sie sich mit »Eure Exzellenz«, »Eure Lauterkeit« oder »Eure Gravität« anredeten, wenn sie sich an Vornehmheit zu übertrumpfen, an Prunk, Geschmeide und ausgefallener Gewandung zu überbieten suchten. Wo, in der Götter Namen, war nur das Rom der Ahnen geblieben, eine Zeit, in der Schlichtheit noch etwas zählte! Einen Scipio, Cato oder Cicero suchte man hier vergebens, ganz zu schweigen von einem Trajan oder Marc Aurel.

Wo war die gute alte Zeit geblieben, wo nur, wo?

»Und was nun?«

»Was nun?«, fuhr ihn der Zeremonienmeister über die Schulter hinweg an, unterwegs zum Vorhang, der die Apsis vom Rest der Audienzhalle trennte. »Nun heißt es warten.«

»Wie lang denn noch, verdammt!«

Der Zeremonienmeister erbleichte. »Jetzt hör mir mal gut zu«, zischte er, beinahe zwei Köpfe kleiner als sein Gegenüber, das ihn mit mühsam unterdrücktem Groll musterte. »Noch so eine Blasphemie, und ich lasse dich des Saales verweisen. Dann ist es mir egal, ob du in Gunst stehst, einen Treuering trägst oder vorgibst, eine Nachricht von großer Wichtigkeit zu überbringen. Dann bist du erledigt, ist das klar?«

»Jetzt hör *du* mir mal gut zu!«, hielt Varro dagegen, im Begriff, all seine Bemühungen zunichte zu machen. »Wenn du mich nicht sofort zum Kaiser bringst, kriegst du es mit …«

Ein Geräusch, allem Anschein nach ein Hüsteln, brachte den Anwalt zum Verstummen. Der Vorhang, vor dem die Wartenden Aufstellung genommen hatten, hatte sich einen Spalt weit geöffnet, und während Varro nach Worten rang, tauchte ein Herold zwischen den golddurchwirkten Stoffbahnen auf. »Silentium!«, war alles, was er von sich gab, mehr wäre nicht nötig gewesen. Kaum war das Wort verhallt, beugten die Anwesenden das Knie. Varro traute seinen Augen nicht. Hinter ihm, nach Rang, Wichtigkeit und Herkunft geordnet, kauerten Dutzende von Würdenträgern, vor ihm Senatoren, Statthalter und an vorderster Front die sogenannten ›Comes‹, Gefährten, die dem Kaiser treue Dienste geleistet hatten. Der Duft von Weihrauch hing in der Luft, und während er dem Beispiel der

Umstehenden folgte, wurde dem Anwalt flau im Magen. Der Moment der Entscheidung war gekommen.

Kurz darauf, begleitet vom Fanfarenklängen, war es endlich so weit. Der Vorhang öffnete sich, und der Advocatus hielt den Atem an. Nur wenige Schritte von ihm entfernt saß der Kaiser, umgeben von sieben Standbildern, welche die Nischen der Apsis zierten. In der Mitte, unmittelbar hinter dem Thron, erhob sich der Sonnengott, einen Strahlenkranz auf dem Haupt, zu seiner Linken und rechts von ihm weitere Götterstandbilder, unter anderem Mars, Jupiter, Venus und Saturn. Im Schein der dreifüßigen Kandelaber, allesamt aus Bronze, sahen sie wie lebende Personen aus, und es schien, als ließen sie die Bittsteller nicht aus den Augen.

Varros Aufregung wuchs. Am liebsten wäre er aufgesprungen, nach vorn geeilt und beim Kaiser vorstellig geworden. Um ihn vor der Gefahr, in der er schwebte, zu bewahren, war ihm jedes Mittel recht. Dann aber besann er sich. Zu viel stand auf dem Spiel, und es wäre fatal gewesen, sein Vorhaben zu gefährden.

Ein Blick nach links, und Varros Einschätzung sollte sich bestätigen. Zur Rechten des Kaisers thronte seine Frau, eine Stufe tiefer zwar, aber nicht minder bedeutsam, was ihr Wirken hinter den Kulissen betraf. Sie war es, welche die Fäden zog, die den Stein aufgehoben hatte, den andere, so zum Beispiel Scorpio, für sie schleudern würden. Oder, präziser ausgedrückt, hätten schleudern sollen. Sie und ihr Kammerherr, der Mann direkt neben ihr, feist und aufgeschwemmt, aber eminent gefährlich.

Und noch etwas fiel dem Anwalt auf. Von den Mitgliedern des Thronrates waren nur sechs erschienen. Ein Faktum, von dem außer ihm kaum jemand Notiz zu nehmen schien. Er selbst hatte den Oberhofmeister zwar nur einmal getroffen, aber was Gesichter betraf, funktionierte sein Gedächtnis bestens.

Einzig der Kaiser, starr geradeaus blickend, bildete diesbezüglich eine Ausnahme. Um ihn wiederzuerkennen, musste Varro zweimal hinsehen. Der da auf dem Thron saß, aufrecht, steif und gebieterisch, war von den Statuen, die ihn umringten, kaum zu unterscheiden. Wo war der Mann geblieben, der ihm das Leben gerettet hatte, der Kamerad, mit dem er in Britannien durch dick und dünn gegangen war?

Antwort: Er existierte nicht mehr. Der da saß, ein Diadem auf der Stirn und in Halbschuhe aus Seide und eine mit Edelsteinen besetzte Dalmatika samt Purpurmantel gehüllt, war ein anderer. Ein Fremder, dem er nie zuvor begegnet war.

Und ein Mann, der es gewohnt war, dass man sich seinem Willen fügte.

»Es lebe Konstantin, der gottesfürchtige, glückhafte, unbesiegbare Imperator, Cäsar und Augustus!«, deklamierte der Herold, so laut, dass es wie ein vielfältiges Echo von den Wänden widerhallte. »Vivat!«, antworteten die Anwesenden wie auf Kommando und von einer unsichtbaren Macht gelenkt. Und noch einmal: »Vivat Imperator!«

Varro sah sich verstohlen um. Auf ein Zeichen des Zeremonienmeisters, der ihre Namen aufrief, trat ein Würdenträger nach dem anderen vor, näherte sich den Stufen, welche die Apsis von der Audienzhalle trennten, und warf sich im Angesicht der Majestät auf die Knie. Der Atem des Anwalts beschleunigte sich. Bis er an der Reihe war, würde eine Ewigkeit vergehen. Nicht zuletzt deswegen war guter Rat teuer, konnte er doch nicht sicher sein, ob die Verschwörung, an der Scorpio beteiligt war, mit dem Tod des Meuchelmörders im Sand verlaufen würde. Gut möglich, dass ein anderer in die Bresche springen oder diejenigen, welche mit dem Präfekten unter einer Decke steckten, die Sache in die Hand nehmen würden. Oder dass die Pläne zur Beseitigung des Kaisers geändert worden waren. Oder dass …

Was immer geschah oder geschehen würde, er musste handeln.

Jetzt gleich.

Die Blicke der Anwesenden im Nacken, sprang der Anwalt auf, stieß mehrere Bittsteller beiseite und trat nach vorn. Ein Raunen ging durch den Saal, Rufe ertönten, hie und da sogar Schreie. Varro achtete nicht darauf, sah weder nach rechts noch nach links. Von nun an würden die Dinge ihren Lauf nehmen. Von nun an, da die Würfel gefallen waren, würde es kein Zurück mehr geben.

Keuchend vor Aufregung hielt Varro inne. Bis zum Thron waren es nur noch wenige Schritte, und er fragte sich, was er tun sollte. Doch dann, inmitten der allgemeinen Aufregung, fielen ihm die Instruktionen des Zeremonienmeisters wieder ein. Kniefall, Saum küssen und den Blick senken.

Und abwarten, was mit ihm geschah.

Im Begriff, die Anweisungen zu befolgen, blieb Varros Blick an der Kaiserin haften. Um danach, einen Wimpernschlag später, ihren Kammerherrn zu streifen, der so erstaunt schien, dass er sich nicht vom Fleck bewegte.

Nicht so der Kaiser, der von allen, die ihn umgaben,

als Erster reagierte. Schneller als der Zeremonienmeister, der händeringend auf der Stelle verharrte, schneller als die Würdenträger, die ihn umlagerten und auch schneller als seine Leibwache, die erst dann eingriff, als Varro vollendete Tatsachen geschaffen hatte.

Die Andeutung eines Lächelns im Gesicht, hob Konstantin die Hand und gebot Varro, der sich zu sprechen anschickte, zu schweigen.

Dann erhob er sich, wandte sich ab und verließ den Saal.

XXX

Palastgarten, eine Stunde vor Mitternacht | 22:40 h

»17 JAHRE!«, MURMELTE DER KAISER, allein mit dem Mann, dessentwegen es beinahe zum Eklat gekommen wäre. Da es sich um ein Gespräch unter vier Augen handelte, hatte er seinen Ornat abgelegt, von Varro, der ebenfalls eine weiße Tunika trug, kaum zu unterscheiden. »Ein Jammer, wie schnell die Zeit vergeht.«

Kein Freund leerer Worte, nickte der Anwalt kaum merklich mit dem Kopf. In Gegenwart des Herrschers, mit dem er den von Windlichtern erhellten Säulengang durchmaß, war ihm unbehaglich zumute, wobei die Tatsache, dass es sich um seinen Jugendfreund handelte, seine Befangenheit noch zu steigern schien. 17 Jahre waren in der Tat eine lange Zeit, lang genug jedenfalls, um sich auseinanderzuleben.

»Erzähl, Gaius: Wie ist es dir ergangen?«

»Recht gut – ich kann nicht klagen.«

»Und dein Bein?«

»Noch halbwegs intakt, mein Imperator.«

Ein Lächeln im Gesicht, wandte der Angesprochene den Kopf nach rechts. »Den Imperator kannst du dir sparen, Gaius. Schließlich waren wir einmal Freunde.«

»Das stimmt, Herr«, pflichtete der Anwalt ihm bei, überwand seine Scheu und betrachtete ihn näher. Konstantin, Spross einer Stallmagd und eines Illyrers, der in der Armee Karriere gemacht hatte, war einen halben Kopf kleiner als er, gut gebaut und besaß eine Aura, der sich auch er, Sohn eines wohlhabenden Senators, nicht entziehen konnte. Es war schwer, seinem Blick standzuhalten, und noch schwerer, sich ihm zu widersetzen. Das war schon so, als sie beide noch junge Männer gewesen waren, und das würde, allen Freundschaftsbeteuerungen zum Trotz, vermutlich auch so bleiben. »Das *waren* wir.«

»Und sind es noch, oder?« Der Kaiser, dem der Seitenhieb nicht entging, ließ den Blick auf dem Ring seines Begleiters ruhen. »Wie ich sehe, hältst du mein Geschenk in Ehren.«

Varro nickte stumm. Im Gegensatz zu früher, als sie beide unzertrennlich gewesen waren, hatte sich der Mann, der über die Geschicke des Reiches entschied, deutlich verändert. Das Kinn, so schien es, war noch markanter als vor 20 Jahren, die Lippen eine Idee fleischiger und die Hakennase, das hervorstechendste Gesichtsmerkmal, noch auffälliger geworden. Gleich geblieben war indes Konstantins Stimme, im Gegensatz zu seinem Gebaren sanft und melodiös. Der Akzent, mit dem der Kaiser sprach, war unüberhörbar, ein Relikt aus den Tagen seiner Kindheit, die er in Feldlagern an der Donau zugebracht hatte. Wäre er nicht Kaiser, hätte man ihn für einen hohen Offizier gehalten, und vielleicht war auch das der Grund, weshalb der Tonfall, welchen er gegenüber Untergebenen anschlug, herrisch, barsch und unduldsam war. Bei Varro, der ihm mit der gebotenen Distanz begegnete, war dies jedoch etwas anderes. Da redete er, wie es unter Freunden üblich war. »Ja, Herr – das tue ich.«

»Lass gut sein, Gaius«, wies ihn der Kaiser zurecht, seufzte und fuhr sich über die niedrige Stirn, wo sein Haar, vom Hinterkopf nach vorn gekämmt, in sichelförmig eingerollten Locken endete. »Ich bin im Augenblick weder dein Herr noch dein Imperator. Ich bin dein Freund. Wenn du willst, kannst du mich beim Vornamen nennen – wie damals, als wir beim Militär in Britannien waren.«

»Aber das geht doch nicht. Du bist doch der …«

»Natürlich bin ich der Kaiser – aber nicht für dich. Oder glaubst du, mir macht das Theater bei den Audienzen Spaß?« An der Ostseite des Säulengangs angelangt, blieb der Kaiser stehen. Das Unwetter war vorüber, und die Luft, welche durch die Gänge wehte, wirkte belebend auf ihn. Das Plätschern des Springbrunnens tat ein Übriges, die Düfte, unter anderem Liguster und Ginster, mit eingeschlossen. »Aber was sein muss, muss nun mal sein. Wir haben schwere Zeiten hinter uns, und ich fürchte, die Zukunft wird nicht viel leichter werden. Ob an der Donau, am Niederrhein oder am Euphrat – überall beginnt es zu kriseln. Und ich kann nicht überall gleichzeitig sein.« Der Kaiser holte tief Luft. »Das Imperium ist nicht mehr das, was es einmal war. Das weißt du so gut wie ich, Gaius. Wir müssen auf der Hut sein, uns mit Zähnen und Klauen wehren. Sonst kann es sein, dass die Barbaren die Oberhand gewinnen.«

»Ich hoffe, das Volk sieht es genauso wie du.«

»Das wird es – aber nur, wenn der Herrscher keine Schwäche zeigt. Was nützt es, wenn die Leute dich lieben, wie einen Vater verehren, mit Hochachtung über dich sprechen? Gar nichts, Gaius – nicht das Geringste! Um für das, was dem Reich bevorsteht, gewappnet zu sein, reichen Anerkennung und Respekt nicht aus. Die Leute müssen mich fürchten, mir gehorchen, mich wie einen Gott verehren. Sie müssen vor mir zittern! Nur so wird es mir gelingen, das Reich zusammenzuhalten. Oder hast du schon vergessen, was vor drei Jahren los gewesen ist? Sieben Thronprätendenten, und das zu einer Zeit, wo die Auseinandersetzung, vor der wir stehen, noch gar nicht begonnen hat! Wir müssen gewappnet sein, verstehst du,

Gaius? Ein, zwei Generationen, und die Barbaren werden vor den Toren unserer Städte stehen. Darauf, mein Freund, müssen wir vorbereitet sein, einig, nicht zerstritten, entschlossen, nicht verzagt, zuversichtlich und ohne Furcht. Was nützt es, wenn jeder tut, was er will, dem Kaiser den schuldigen Gehorsam verweigert, die Regierung schmäht und nach Kräften hinters Licht zu führen versucht? Siehst du, Gaius – da kommst du ins Grübeln! Glaub mir, die Zeiten, in denen der Kaiser Erster unter Gleichen war, sind vorbei. Unwiderruflich vorbei. Wenn wir das Steuer nicht herumreißen, wird es uns teuer zu stehen kommen. Dann wird Rom untergehen. Und mit ihm die Dinge, die uns lieb und teuer sind. Dann wird es keinen Kaiser, keinen Senat, kein Treveris mehr geben, nur Chaos, Zügellosigkeit und Anarchie.«

»Rom wird nicht untergehen, Konstantin. Es wird leben.«

»Aber nur, wenn wir uns keine Blöße geben. Wenn wir bereit sind, unser Leben in den Dienst des Staates zu stellen.« Die Stirn in Falten, verschärfte der Kaiser den Ton. »Was, denkst du, ist der Grund, weshalb ich eingewilligt habe, die Christen gewähren zu lassen? Doch nicht etwa, weil sie mir so sympathisch sind. Oder weil ich mich mit dem Gedanken trage, ihren Glauben anzunehmen. So weit, mein Freund, ist es noch nicht. Wenngleich … Sei's drum: Mein Ziel ist es, sie für meine Zwecke einzuspannen. Nur so können wir erreichen, dass sie nicht mehr abseitsstehen, dass sie – falls nötig – zur Waffe greifen. Unter uns, Gaius: Du hättest sehen sollen, wie sich die Nazarener an der Milvischen Brücke auf den Feind gestürzt haben – und das alles nur wegen eines lächerlichen Kreuzes auf dem Schild.«

»Heißt das«, tastete sich Varro mit der gebotenen Vorsicht vor, »heißt das, jenes Wunder, von dem alle Welt spricht, hat es in Wirklichkeit nicht gegeben?«

Der Kaiser brach in schallendes Gelächter aus: »Nette Idee, was? Hätte glatt von mir stammen können. Ein Kreuz am Himmel, und das am Vorabend der Schlacht – darauf muss man erst mal kommen, oder?«

»Und wer, mit Verlaub, hat sich die Geschichte ausgedacht?«

»Einer meiner Höflinge, Gaius. Wer, tut nichts zur Sache. Wichtig war allein der Effekt, und der konnte sich wahrhaft sehen lassen.« Der Kaiser räusperte sich und fuhr fort: »Du verstehst, auf was ich hinaus will, Gaius? Jeder, auch die Christen, mag den Gott anbeten, den er verehrt. Hauptsache, er stellt sich in den Dienst des Staates.«

»Und du?«, fragte Varro, kaum fähig, dem stechenden Blick des Kaisers standzuhalten. »An was glaubst du?«

»Na, an was denn wohl!«, stieß Konstantin barsch hervor, beinahe wieder der Alte. »Ich glaube an meine Mission, ich glaube daran, dass ich auserkoren bin, Rom vor dem Untergang zu bewahren, es zu einen und zu alter Macht und Stärke zurückzuführen.«

»Und was, wenn es dir nicht gelingt?«

»Dann wird es untergehen, wenn nicht jetzt, dann in ein paar Generationen.«

»Ich fürchte, da muss ich dir widersprechen. So lang es diese Welt gibt, wird Rom nicht untergehen.«

»Typisch Gaius – Optimist bis zum bitteren Ende.« Der Kaiser nahm die Wanderung wieder auf. »Begreif doch endlich: Die Zeiten, denen du nachtrauerst, sind vorbei! Was auch geschieht, kein Mensch wird auf die Idee kommen, die Republik zum Leben zu erwecken. Cato, Cicero und all deren hehre Ideale gibt es nicht mehr. Und wie die Dinge liegen, wird es sie auch nie mehr geben. Jetzt, wo es ums Ganze geht, sind andere Tugenden gefragt: Macht, Stärke und Entschlossenheit. ›Senat und Volk von Rom‹ – wenn ich so etwas schon höre! Und überhaupt: Wer ist denn schon das Volk? Etwa alle, die innerhalb der Grenzen des Imperiums leben – Italiker, Gallier, Afrikaner, Asiaten? Sie alle sollen mitreden dürfen? Ich will dir mal was sagen, Gaius: Auf Volkes Stimme zu hören, ist das Gefährlichste, was man tun kann. Blanker Wahnsinn, wenn du mich fragst. Nein, nein: Alles, was es braucht, um die Plebs bei Laune zu halten, sind Zerstreuungen, Brot und rauschende Feste. ›Panem et circenses‹ – glaub mir, Gaius, Juvenal hat seine Römer gekannt. Nichts gefährlicher, als ihnen das Gefühl zu geben, sie hätten etwas zu sagen. Käme es so weit, wäre dies unser Untergang. Das kannst du doch nicht wollen, oder? Na also. Es geht ums Überleben, da können wir uns solche Mätzchen nicht erlauben.«

»Wie recht du doch hast, Konstantin. Es geht ums Überleben – um *dein* Überleben.«

Hellhörig geworden, blieb der Kaiser stehen. »Was willst du damit sagen, Gaius?«

Varro tat es ihm gleich. »Ich will damit sagen, dass man dir nach dem Leben trachtet. Dir dies mitzuteilen bin ich hier.«

»Deswegen also der Auftritt von vorhin – verstehe.«

Der Anwalt wollte etwas entgegnen, doch der Kaiser kam ihm zuvor. »Wer sind sie, Gaius?«, herrschte er seinen alten Freund an. »Wer wagt es, schmählichen Verrat an mir zu üben?«

Jäh aufgeschreckt, blieb Varro vorerst die Antwort schuldig.

»Wer sind sie, Gaius – rede!«

Und Varro redete.

»Und was wirst du jetzt tun?«, fragte Varro, nachdem er geendet und abgewartet hatte, wie der Freund aus Jugendtagen reagieren würde. »Wenn du zögerst, setzt du dein Leben aufs Spiel.«

Tief in Gedanken, zeigte Konstantin keine Reaktion. Dann aber, nach einem kurzen Seitenblick auf Varro, schien das Blut in das bleiche Antlitz zurückzukehren und er begann, vor dem Anwalt auf und ab zu gehen. »Chrysaphius!«, stieß er mit ohnmächtigem Zorn hervor. »Jetzt wird mir einiges klar.«

»Wie meinst du das, Herr?«

»Kurz vor Beginn des Festzuges hat mich die Nachricht erreicht, dass der Oberhofmeister tot aufgefunden wurde.« Reglos wie eine Statue, stierte der Kaiser vor sich hin. *»Erstochen.«*

Varro senkte den Blick und schwieg.

»Aber nicht mit mir, Verräter, nicht mit mir.« Ohne Varro eines Blickes zu würdigen, eilte der Kaiser den Korridor entlang, steuerte auf den Eingang zu und rief etwas, das der Anwalt nicht verstand. Dann gesellte er sich wieder zu seinem Freund. »So, wäre doch gelacht, wenn wir dem Verräter nicht das Handwerk legen könnten. Warte, Freundchen, bald geht es dir an den Kragen.« Brüchig und rau, sank die Stimme des Kaisers zu einem Flüstern herab. »Dann wird es Mittel und Wege geben, dich zum Sprechen zu bringen. Dann wirst du bereuen, mich hintergangen zu haben – du und dieser … Wie heißt sein Helfershelfer doch gleich?«

»Scorpio, Präfekt deiner Leibgarde.«

»Flavius Messala, genannt Scorpio – wer hätte das gedacht. Wie dem auch sei: Nichts leichter, als diesen Abschaum von einem Eunuchen zum Reden zu bringen. Wie ich ihn einschätze, wird Chrysaphius nicht lang durchhalten. Dann wird er reden, Feigling, der er nun einmal ist. Ergo: Ist der Mann, der die Fäden zieht, geständig, wird er uns die Namen der Verschwörer auf dem Silbertablett servieren. Dann werden sie mich kennenlernen, alle miteinander!«

»Bei allem Respekt, Herr: Die Fäden hat ein anderer gezogen. Beziehungsweise *eine andere*.«

»Was sagst du da?«, rief der Kaiser aus, die Augen, aus denen Blitze schossen, weit aufgerissen. »Sag bloß, das war noch nicht alles!«

Varro nickte. »Das Schlimmste kommt noch, du hast es erfasst.«

»Du wolltest mich sprechen, Herr?«

Bevor der Kaiser nachhaken konnte, tauchte plötzlich ein Schatten neben ihm auf, der sich bei näherem Hinsehen als der kaiserliche Prätorianerpräfekt entpuppte. Varro war ihm bereits mehrfach begegnet, zumeist vor dem Appellationsgericht, wo es seine Aufgabe war, in letzter Instanz Recht zu sprechen. Varro lief es eiskalt über den Rücken, und das nicht nur aufgrund des Anblicks, welchen der Vertraute des Kaisers bot. Valerius Maximus sah nicht nur wie ein Henker aus, sondern eignete sich auch bestens dazu. Das Gesicht hager, die Augen blutunterlaufen, die Stimme rau, der Gang lautlos und die Gewandung schwarz: kaum ein Höfling, der Furcht einflößender wirkte als er.

»Hör zu, Maximus – es gibt viel zu tun.« Viel mehr konnte Varro von dem Gespräch, welches Herr und Henker miteinander führten, nicht verstehen. Und im Grunde war es auch nicht nötig. Ein paar Schritte entfernt, die Köpfe nah beieinander, besprachen die beiden ihre Pläne, und es bedurfte keiner Fantasie, um die Instruktionen, die der Kaiser erteilte, zu erraten. Das Schicksal von Chrysaphius war besiegelt, und mit ihm dasjenige der Verschwörer, mit denen Scorpio unter einer Decke gesteckt hatte. »Nur keine falsche Rücksichtnahme – haben wir uns verstanden?«

»Voll und ganz, mein Imperator.«

»Guter Mann.«

Ein Lächeln, das nichts Gutes verhieß. Und schon war der Prätorianerpräfekt verschwunden.

»So, Gaius, jetzt bist du an der Reihe!«, sprach Konstantin, als er sich wieder dem Anwalt zuwandte. Von dem Mann, der sich betont leutselig gab, war so gut wie nichts mehr übriggeblieben. Zurück blieb einzig und allein der Kaiser, unnahbar, emotionslos und ohne Anzeichen von Gewissensbissen im Gesicht. Ein Mann, vor dem Varro instinktiv zurückwich. »Was ist, Gaius«, flüsterte er, dem Advocatus so nah, dass er seinen Atem spürte. »Du hast doch nicht etwa Angst, oder?«

»Wo denkst du hin!«, beteuerte Varro, bemüht, Gelassenheit zu demonstrieren. »Es ist nur … Was ich sagen will, ist: Darüber zu reden fällt mir nicht leicht.«

»Worüber denn, Gaius? Vor mir brauchst du keine Geheimnisse zu haben.« Auge in Auge mit seinem Retter, rührte sich Flavius Valerius Constantinus keinen Fingerbreit von der Stelle. »Also: Wer hat bei dem Ränkespiel die Fäden gezogen?«

»Willst du das wirklich wissen? Ich meine, wäre es nicht besser, Gras über die Sache …?«

»Wer war es, Gaius – wer hat es auf mich abgesehen?«
»Deine Frau!«, stieß Varro hervor, außerstande, dem Freund in die Augen zu schauen. »Deine eigene Frau!«

Im Verlauf seiner Tätigkeit, sowohl vor Gericht als auch andernorts, war Varro mit jeder nur erdenklichen Gemütsregung konfrontiert worden. Als besonders heikel, um nicht zu sagen gefahrvoll, hatten sich dabei Betrugsfälle und Eifersuchtsdramen erwiesen, vor allem, wenn herauskam, dass ein Mann von seiner Ehefrau hintergangen worden war. Erst neulich war er Zeuge einer derartigen Szene geworden, wo der Betrogene, ein Fleischer, im Verlauf des Prozesses sogar handgreiflich geworden war.

Von Emotionen, und seien sie auch nur vorgetäuscht, konnte im Fall seines Jugendfreundes indes keine Rede sein. Auch dann nicht, als er Scorpios Aussage und die Rachegelüste der Kaiserin gegenüber Niger erwähnte. Einmal in Fahrt, nahm der Anwalt kein Blatt vor den Mund, überwand seine Skrupel und beschrieb minutiös, was sich zugetragen hatte. Natürlich kam er dabei auch auf den Mord an Niger zu sprechen, stieß jedoch, wie er verblüfft konstatierte, auf taube Ohren. Fast schien es, als sei der Freund mit den Gedanken woanders, als höre er ihm überhaupt nicht zu.

Als Varro geendet hatte, zuckte der Kaiser nicht einmal mit der Wimper, worauf der Anwalt, einmal mehr irritiert, die Welt nicht mehr verstand. Da versuchte er, dem Freund die Nachricht so schonend wie möglich beizubringen, machte sich alle nur möglichen Gedanken – und was geschah? Nichts. Das Mysterium namens Konstantin nahm die Nachricht ohne jede Regung auf. Mehr noch, es schien, als interessiere sie ihn nicht.

»Und was wirst du jetzt tun?«, fragte Varro, als das Schweigen, mit dem der Kaiser seine Ausführungen quittierte, unerträglich wurde.

»Nichts.«

Varro fiel aus allen Wolken. »Nichts?«

»Du hast richtig gehört, Gaius!«, stellte Konstantin mit Nachdruck fest. »Wie ich dich kenne, willst du bestimmt wissen, warum.«

»Ich nehme an, du hast deine Gründe.«

»Die habe ich – sei unbesorgt.« Die Hände auf dem Rücken, wandte sich der Kaiser um und richtete den Blick auf den Springbrunnen, dessen Mittelpunkt eine Personifikation der Fides darstellte. Wie um die Ironie komplett zu machen, wies die Skulptur große Ähnlichkeit mit der Kaiserin auf, wofür ihr Gatte, der beharrlich schwieg, jedoch keinen Blick zu haben schien. »Ich fürchte nur, du wirst sie nicht verstehen.«

»Den Versuch wäre es wert, findest du nicht?«

»Dann hör gut zu – und behalte es für dich.« Der Körper des Kaisers straffte sich. »Um es kurz zu machen: So ahnungslos, wie du vermutest, bin ich nicht. Gerüchte, dass Fausta mich hintergeht, gibt es nämlich schon lang. Ich muss gestehen, anfangs habe ich ihnen keinen Glauben geschenkt, aber dann, vor ein paar Tagen, habe ich mich entschlossen, den Oberhofmeister einzuschalten. Tiro ist – oder war – in der Wahl seiner Mittel zwar nicht zimperlich, aber im Fall meiner Frau waren seine Methoden von Erfolg gekrönt. Das bedeutet, die Kammerfrau der Kaiserin hat geredet. Zugegeben, Tiro musste ein wenig nachhelfen, aber wenigstens wusste ich dann Bescheid.«

»Und du hast nichts unternommen?«

»Du verstehst die Zusammenhänge nicht, Gaius.«

»Doch, ich glaube schon. Dir geht es darum, einen Skandal zu vermeiden, hab ich recht? Man stelle sich vor: Die Kaiserin wird des Verrats bezichtigt – so etwas spricht sich hier schnell herum. Und das ausgerechnet zu einem Zeitpunkt, wo dein Thronjubiläum ins Haus steht. Nicht auszudenken!«

»Du bist ein kluger Mann, Varro. Aber du vergisst das Wesentliche.«

»Und das wäre?«

»Wer eine Dynastie gründen will, braucht zweierlei: die nötige Legitimation und – Kinder.«

»Ich fürchte, ich kann dir nicht ganz folgen.«

»Ganz einfach: Faustas Vater zählte zu den Männern, die unserem Staat wieder auf die Beine geholfen haben. Er war jemand, zu dem das Volk aufgeschaut hat, sowohl als Feldherr als auch als Kaiser.«

»Aber das war dein Vater doch auch.«

»Du verstehst nicht, was ich damit sagen will, Gaius. Vater hatte ihm viel zu verdanken. Und ich – tja, ich im Grunde genommen auch. Wäre Faustas Vater nicht gewesen, der sie mir zur Frau gab, hätte ich mich womöglich nicht im Sattel halten können. Ich hab diese Dirne gebraucht, Gaius, so merkwürdig dies auch klingen mag.«

»Aber jetzt doch nicht mehr, oder?«

»Doch, Gaius, mehr denn je.«

»Nach allem, was vorgefallen ist?«, entrüstete sich der Advokat, unfähig, das Gehörte zu begreifen. »Eine Hochverräterin auf dem Thron – tut mir leid, da komme ich nicht mit.«

»Sie hat Hochverrat begangen, da gebe ich dir recht.«

»Aber du brauchst sie noch – zum Kindergebären.«

»Wie gesagt, Gaius: Du bist ein kluger Mann. Warum trittst du eigentlich nicht in meine Dienste? Ich bin sicher, du würdest es weit bringen.«

Varro senkte den Kopf und schwieg.

Er hatte genug gehört. Genug, um jegliche Illusion zu verlieren.

Der Kaiser schien es nicht zu bemerken. »Damit wir uns nicht falsch verstehen: Sie wird dafür bezahlen. Für alles, was sie mir angetan hat. Allein, momentan kann ich mir keine Skandale leisten. Das siehst du völlig richtig. Und ich brauche sie noch, wenngleich nur zu einem ganz bestimmten Zweck. Hat die Dirne erst ihren Zweck erfüllt, werde ich Vergeltung üben. Aber erst, wenn ich diesen Licinius besiegt und das Imperium unter meiner Herrschaft vereint habe. Dann, Gaius, wird der Tag der Abrechnung kommen.« Konstantin hielt einen Moment inne. Dann sagte er: »Fürs Erste werde ich mich damit begnügen, diesem Chrysaphius das Handwerk zu legen.«

»Sprich: ihn aus dem Weg zu räumen.«

»Aus dem Weg räumen – ich muss doch sehr bitten. Kannst du dich nicht etwas gewählter ausdrücken?«

»Kann ich, will ich aber nicht! Meiner Meinung nach gehört eine Hochverräterin vor Gericht. Von dem Mord, den sie befohlen hat, nicht zu reden.«

»Hand aufs Herz, Gaius: Bist du nun mein Freund oder bist du es nicht? Und wenn wir gerade dabei sind: Habe ich dir damals das Leben gerettet oder nicht?«

Varro schwindelte, und ohne dass er etwas dagegen tun konnte, tauchten die Gespenster der Vergangenheit wieder vor ihm auf. Er, Varro, am Boden, eine Speerspitze im rechten Bein. Der Söldner, der ihm den Gnadenstoß geben wollte. Und sein Gefährte, der ihn mit seinem Schwert niederstreckte. Der ihm, dem Freund, das Leben rettete.

Und der jetzt, da er ihm das Messer auf die Brust gesetzt hatte, die Gegenleistung einforderte.

»Du verlangst also, dass ich schweige.«

»Fidem Constantino – hast du die Eingravierung auf dem Ring schon vergessen?«

»Nein, *mein Imperator*.«

»Ich weiß, was du jetzt denkst, Gaius. Du denkst, das ist Erpressung. Gleichwohl geht es hier nicht um mich, sondern um Rom. Es geht um die Frage, ob diese Dynastie, ob dieser Staat, ob das, wofür wir beide gekämpft haben, fortbestehen wird. Behältst du das, was du in Erfahrung gebracht hast, nicht für dich, setzt du alles bisher Erreichte aufs Spiel. Und damit auch unsere Freundschaft. Das kannst du doch nicht wollen, oder?«

Falls Konstantin mit einer Antwort gerechnet hatte, wurde er enttäuscht. Sie blieb aus. Die Stirn in Falten, drehte sich der Kaiser um.

»Gaius, wo steckst du denn! Gaius?«

Doch so oft er auch rief, sein Ruf verhallte ungehört.

Der Mann, auf dem seine Hoffnungen ruhten, war verschwunden.

POSTSKRIPTUM

›Bereits ein Jahr später (326, der Autor), spielte sich in der Familie Konstantins ein Drama ab, dessen Hintergründe wir nicht kennen. Konstantin befand sich auf dem Weg nach Rom, wo er die Feier seines zwanzigjährigen Regierungsjubiläums wiederholen wollte, als er völlig überraschend seinen ältesten Sohn Crispus* verhaften ließ. Konstantins Ehefrau Fausta hatte diesen angeklagt, der Kaiser ließ ihn nach Pola in Istrien bringen und vergiften. Die Vorwürfe, die Fausta vorbrachte, sind unbekannt, den Tod des Stiefsohns überlebte sie selbst nur um wenige Tage; Konstantin ließ sie in einem heißen Bad ersticken.‹

(Aus: Manfred Clauss, Konstantin der Große und seine Zeit, 4. Auflage 2009, S. 50)

---

* Crispus: aus der Verbindung mit Minervina

EPILOG

XXXI

Amphitheater, kurz vor Mitternacht | 23:55 h

DIE ANFEUERUNGSRUFE WAREN LÄNGST VERKLUNGEN, die Ränge leer und das Spektakel, das drei volle Tage gedauert hatte, beendet. In Treveris war wieder der Alltag eingekehrt und mit ihm die Sorgen, welche auf der Bevölkerung lasteten. Nur wenige sprachen noch von den Kämpfen, von den Tieren, die sich in der Arena zerfleischt hatten, von den Hinrichtungen, die zelebriert oder von den Gladiatorenkämpfen, welche beim Publikum für Gesprächsstoff gesorgt hatten. Die Leute hatten jetzt wieder andere Sorgen, die, wie nicht anders zu erwarten, die gleichen geblieben waren.

So kam es, dass das Ereignis, welches sich zu mitternächtlicher Stunde darbot, gänzlich unbeobachtet blieb. Es war ein Schauspiel, wie man es bisher nicht kannte, und jeder, der daran teilnahm, war sich der Einmaligkeit bewusst. Die Luft war frisch und klar, der Himmel wolkenlos und die Schwüle, durchtränkt mit dem Geruch von Blut, einem lauen Windhauch gewichen, der von Osten her über das Moseltal strich. Es war eine Nacht, an die man sich noch lang erinnern würde, wenngleich dies nur für ein gutes Dutzend Eingeweihte galt. Jeder Einzelne, gleich welcher Herkunft, hatte einen Schwur geleistet, nichts über die Zeremonie verlauten zu lassen, und das galt auch für die Frau und den Jungen, welche die Arena von Norden her betraten.

Keiner der beiden sprach ein Wort, genauso wenig wie die Gestalten, die sich auf dem Kampfplatz versammelt hatten. Dort, exakt in der Mitte des Ovals, war ein riesiger

Scheiterhaufen errichtet worden, umgeben von Fackeln, welche im frisch aufgeschütteten Sandboden steckten. Es war eine würdige Zeremonie, würdig des Mannes, dessentwegen sich alle hier versammelt hatten. Niger, Retiarius und Liebling der Massen, war zwar tot, aber im Gegensatz zum Publikum würden sich die Gefährten, welche ihm das letzte Geleit gaben, seiner noch lang erinnern.

Außer Hariulf, seinem Sohn, der schweigend an der Seite seiner Mutter verharrte, war es vor allem ein Mann, der die Blicke der Anwesenden auf sich zog. Danaos, Ausbilder in der Gladiatorenkaserne, wirkte zunächst wie erstarrt, ohne Blick für das, was ringsum geschah. Dann aber, urplötzlich zum Leben erwacht, rückte er seinen Schwertgurt zurecht, trat in den Kreis, den die Gladiatoren gebildet hatten, und ergriff kurzerhand das Wort.

»Brüder!«, begann er, eine lodernde Fackel in der Hand, »wir, der Bund der Verfemten, sind heute zusammengekommen, um all jener zu gedenken, welche im Verlauf der letzten Jahre ihr Leben ausgehaucht haben. Wir, die wir hier versammelt sind, werden sie in Ehren halten, ohne Rücksicht auf ihre Herkunft, ihre Hautfarbe, die Götter, denen sie angehangen oder die Taten, welche sie begangen haben. Ein jeder, der hier den Tod gefunden hat, besitzt unser Mitgefühl, und wir geloben, für ihre Hinterbliebenen, so sie dies wünschen, zu sorgen. Keiner von ihnen, auch jene, die nur kurze Zeit unter uns weilten, wird je vergessen werden. Mögen ihre Namen stets in aller Munde sein, selbst dann, wenn ihre sterbliche Hülle dem Verfall preisgegeben sein wird!« Als gelte es, in den Kampf zu ziehen, hob der Ausbilder die Stimme, spie die Worte regelrecht aus. »Lassen wir daher ihre Namen erklingen, so laut, dass es über Gebirge und Täler schallt, bis an der Welten Ende! Dies ist unsere Stunde, Brüder – die Stunde der Gladiatoren!« Dann rief er: »Aquilo – Hoplomachus!«

»Hier!«, lautete das Echo, welches aus den Kehlen der Gladiatoren erklang. Und weiter: »Nobiscum!«

»Mariscus – Provocator!«

»Hier – nobiscum!«

»Mucron, der Thraex!«

»Hier!«

»Pugnax – Secutor!«

»Nobiscum!«

»Talamonius – Scissor!«

»Hier!«

»Und nun, zu Lebzeiten unbesiegt, dahingerafft durch feigen Mord – Niger, Retiarius!«

»HIER!«, erscholl es im weiten Rund, so laut, dass das Echo zwischen den Rängen widerhallte. »Für immer bei uns!«

Kaum war es verklungen, trat Danaos nach vorn, neigte das Haupt und warf einen kurzen Blick auf die Gestalt, welche ausgestreckt auf dem Scheiterhaufen lag. Dann rief er: »Tritt vor, Myron – und nimm Abschied von deinem Freund!«

Der Samiote tat, wie ihm geheißen, ein Holzschwert in Händen, welches er auf die Brust des Toten legte.

»Leb wohl, Retiarius, Zierde unter den Gladiatoren.« Es war Danaos, dem das letzte Wort gebührte, und er flüsterte mehr als er sprach.

Kurz darauf stand der Scheiterhaufen in Flammen.

»Komm, Gaius, Zeit, zu gehen!« Wie stets, wenn es schwer war, die passenden Worte zu finden, hatte Probus als Erster seine Scheu überwunden, klopfte Varro auf die Schulter und zog ihn am Ärmel seiner Toga mit sich fort. Der Advocatus ließ es geschehen, müde, abgekämpft und mehr denn je in Gedanken. Die Ereignisse des Tages hatten sich ihm unauslöschlich eingeprägt, und er war sicher, dass das letzte Wort noch nicht gesprochen war.

Sichtlich geknickt hatte Varro weder Augen noch Ohren für seine Umgebung, durchquerte den Torbogen, der die Arena nach Süden hin begrenzte und heftete sich an die Fersen seines Freundes, der den Weg zum Forum einschlug. Sein Bein schmerzte fast mehr, als er ertragen konnte, und wäre sein Stolz nicht gewesen, hätte er den Freund um Beistand bitten müssen.

Dies war jedoch nicht nötig, nicht etwa, weil Varro eine eiserne Konstitution besaß, sondern aus einem gänzlich anderen Grund. Schuld daran, dass sich seine Sinne belebten, war nämlich die Gestalt, welche unweit des Amphitheaters auf ihn wartete. Wie vom Donner gerührt verharrte Varro auf der Stelle, und am liebsten hätte er seinen Stock verschwinden lassen.

»Ich geh dann mal besser, alter Knabe. Ihr beiden kommt bestimmt ohne mich zurecht!« Erneut, zum zweiten Mal innerhalb kürzester Zeit, war es Probus, der ihn aus den Träumen riss, diesmal jedoch mit einer gehörigen Portion Spott in der Stimme. »Sei vorsichtig, alter Knabe, sonst geht's dir so wie mir!«

Unter normalen Umständen hätte dies dem Medicus einen Rippenstoß eingetragen, doch Varro war so sehr auf die Frauengestalt fixiert, dass er die Bemerkung, das Lebewohl des Freundes und dessen Verschwinden nicht mehr bemerkte. »Was … was treibt dich denn hierher?«, stammelte er, im Bewusstsein, keine gute Figur abzugeben. »Ich dachte, du wärst längst zu Hause!«

»Fortunata schickt mich – sie macht sich Sorgen.«

»Und du?«, entgegnete Varro, nachdem er all seinen Mut zusammengenommen und sich Aspasia bis auf wenige Schritte genähert hatte. »Was ist mit dir?«

»Ich natürlich auch!«, erwiderte die Alexandrinerin forsch, nahm Varro die Fackel aus der Hand und hakte sich bei ihm unter. »Sieht so aus, als könnte man dich nicht allein lassen!«

ENDE

GLOSSAR

(Alphabetisch)

Accedete!	*Greift an!*
Ädil	städtischer Beamter, in dessen Zuständigkeit u.a. die Marktaufsicht, das Verkehrswesen, öffentliche Bauvorhaben, Bäder und die Wasserversorgung fallen
Amor vincit omnia	*Liebe besiegt alles*
Arelate	Arles (F)
Asklepios	Gott der Heilkunst
Augias	König von Elis und Besitzer des gleichnamigen Stalls
Augustus	erster Kaiser Roms (31 v. Chr. – 14 n. Chr.)
Aureus	röm. Goldmünze (5,5 g schwer)
Caldarium	Warmbaderaum
Cantium	Kent
Caracalla	röm. Kaiser, Erbauer der nach ihm benannten Thermenanlage (211-217 n. Chr.)
Causa finita!	*Und damit Schluss!*
Cave curiositatem!	*Hüte dich vor (allzu großer) Neugierde!*
Centaurus	Mischwesen, halb Mensch, halb Pferd
Chimäre	Trugbild
Chiton	Unterkleid
Clarissimi	höchster Rang (z.B. am Kaiserhof)
Claudius	vierter Kaiser Roms (41-54 n. Chr.)
Colonia bzw. Colonia Claudia Ara Agrippinensium	Köln (Entfernung nach Trier = 172 km)

Compluvium	Dachöffnung für das Regenwasser
Concordia	Göttin der (häuslichen) Eintracht
Constantius I.	Vater von Kaiser Konstantin (ca. 250-306 n.Chr.)
Crassus	röm. Feldherr und Politiker (ca. 115-53 v. Chr.)
Dalmatien	röm. Provinz bzw. Region an der Adria
Damnatus!	*Verdammt!*
Dekurio	Unteroffiziersrang in der röm. Armee (*decem = 10*) bzw. Mitglied im Rat einer römischen Stadt
Diokletian	röm. Kaiser (284-305 n. Chr.)
Do, ut des!	*Gib, damit dir gegeben wird!*
Duovir(i)	einer der beiden höchsten städtischen Beamten
Eboracum	York (GB)
ergo	*daraus folgt*
Ferox	›Der Trotzkopf‹
fidem Constantino	*wörtl.: Treue dem Konstantin*
Fides	Personifikation der Treue
Flavium	Abkürzung für ›Amphitheatrum Flavium‹ (Kolosseum)
Frigidarium	Kaltbaderaum
Furien	röm. Rachegöttinnen
Garum	*röm. Würzsoße*
Gladius	*Kurzschwert eines Legionärs bzw. Gladiators*
Hetäre	Edelprostituierte
Hippodrom	Pferderennbahn
Hispalis	Sevilla
Horus	Sohn der Isis und des ägyptischen Totengottes Osiris

Ilias	Hauptwerk Homers (über den Kampf um Troja)
Illustri	zweithöchster Rang (z.B. am Kaiserhof)
Illyrien	röm. Provinz (im Westen der Balkanhalbinsel)
Impluvium	Auffangbecken für das Regenwasser im Atrium
Impudicus	›Der Lüstling‹
in realiter	*in Wirklichkeit*
Insula	Wohnblock, Stadtviertel
Iugula!	*Stich ihn ab!*
Iulius	Monatsname, benannt nach Gaius Julius Cäsar
Iuvenal	röm. Dichter (1./2. Jahrhundert n. Chr.)
Kapitolinische Trias	Jupiter, Juno und Minerva
Khol	Schminkpulver, das mit Öl angerührt wurde
Kurie	Versammlungsraum, z. B. für den städtischen Magistrat
Lanista	Besitzer, ›Manager‹ und u.U. auch Ausbilder von Gladiatoren
Lararium	Altar für Schutzgötter des Hauses
Lepis	Leptis Magna (Libyen)
Liburne	röm. Kriegsschiff
Licinius	Herrscher über den Ostteil des Imperiums und Rivale Konstantins (308-324 n. Chr.)
Londinium	London
Lugdunum	Lyon (F)
Lukullus	Politiker und Feldherr, bekannt als Feinschmecker
Lupa	Hure
Lupanar	Bordell

Magister Officiorum	Oberhofmeister (Mitglied des Thronrats)
Nobiscum!	*Bei uns!*
Mänaden	Frauen, welche zu Ehren des Gottes Dionysos in Raserei verfallen
Marsilia	Marseille (F)
Memento mori!	*Bedenke, dass du sterblich bist!*
Merkur	Götterbote bzw. Gott des Handels
Messalina	Gattin des Kaisers Claudius (41-54 n. Chr.)
Minerva	Göttin der Weisheit
Mogontiacum	Mainz (Entfernung nach Trier = 141 km, Angaben in keltischen Leugen zu jeweils 2,2 km)
Mulsum	Honigwein
Munera	(s.g. *munus* = Gladiatorenspiele)
Naso	›Der Zinken‹
Nemesis	Schicksalsgöttin
Neptun	Gott der Meere
Nero	fünfter Kaiser Roms (54-68 n. Chr.)
Nubien	Gebiet südlich des ersten Nilkatarakts, angrenzend an den heutigen Sudan
O tempora, o mores!	*Oh Zeiten, oh Sitten!* (Cicero)
Orkus	Unterwelt
P (rho)	R
Palästra	Platz bzw. Gebäudekomplex für Körperertüchtigungen
Palastaula	Audienzhalle, Teil des Palastareals
Pannonien	in etwa das heutige Ungarn
Pecunia non olet.	*Geld riecht nicht.*
Pektoral	Brustschmuck mit zumeist religiösen Motiven

Per aspera ad astra!	*Wer sich anstrengt, kann es weit bringen!*
per centum	*Prozent*
per exemplum	*zum Beispiel*
per se	*an sich*
Pfund (römisch, *libra* genannt)	ca. 325 g
Pikten	Sammelbegriff für die im heutigen Schottland beheimateten Stämme keltischer Herkunft
Plebs	*das gemeine Volk*
Plutarch	griechischer Schriftsteller (45-125 n. Chr.)
Pluto	Gott der Unterwelt
Poppaea	dritte Ehefrau von Kaiser Nero (54-68 n. Chr.)
Porta Martis	Nordtor, später ›Porta Nigra‹ genannt
Praxitiles	gr. Bildhauer, Schöpfer des ›Hermes‹
Priapus	Gott der Fruchtbarkeit
primo	*erstens*
Punt	Somalia oder Eritrea, genaue Lage ungewiss
Quid facies, Aphrodite?	*Wie geht's, wie steht's, schöne Frau? (frei)*
Quo vadis, pulchra?	*Wohin des Wegs, oh Schöne?*
rudis	*Holzschwert, das ein Gladiator bei der Freilassung erhält*
Ruwer	Nebenfluss der Mosel
Saeculum	*Jahrhundert*
Saturn	Vater des Zeus (Tag des Saturn = Samstag)
Satyr	Gefolgsmann des Dionysos
Saxa Rubra	Entscheidungsschlacht zwischen Konstantin und Licinius (28.10.312 n. Chr.), auch Schlacht an der Milvischen Brücke genannt
Schritt (*passus*)	1,48 m

Scutum	*Schild*
secretus	*geheim*
Sic transiit gloria mundi!	*So vergeht der Ruhm der Welt!*
Smyrna	Izmir (Türkei)
Spartakus	Gladiator und Anführer des Sklavenaufstandes gegen Rom im Jahr 73 v. Chr.
Spectabiles	unterster Rang (z. B. am Kaiserhof)
Sol	Sonnengott
Spiritus rector	geistiger Lenker
Strabon	röm. Geschichtsschreiber (ca. 63 v. Chr.-23 n. Chr.)
Styx	Fluss in der Unterwelt
Sueton	röm. Historiker (ca. 70-ca. 122 n. Chr.)
Tacitus	röm. Politiker und Historiker (ca. 58-ca. 120 n. Chr.)
Tepidarium	Baderaum mit warmer Temperatur zwischen Caldarium und Frigidarium
Tiberius	Stiefsohn und Nachfolger des Augustus (14-37 n. Chr.)
Trajan	röm. Kaiser (98-117 n. Chr.), Erbauer des nach ihm benannten Forums in Rom
Tribun	Offiziersrang in der röm. Armee
Tridens	*Dreizack*
Trimalchio	Figur im Roman ›Satyricon‹
Ursus	›Der Bär‹
Vesta	Göttin des Herdfeuers
viginti (v. unus, duo, tres)	*20*
Vulcanus	Gott des Feuers, Blitzes und Handwerks
Zenturio	Kommandeur einer Hundertschaft (*100 = centum*)
X(chi)	CH

DANKSAGUNG

Lothar Schwinden (Rheinisches Landesmuseum Trier) und Ruth Bengert (Gymnasium Weikersheim) haben mir wertvolle Tipps und Ratschläge gegeben. Ihnen sei auf das Herzlichste gedankt.

Der Autor

LITERATUR

Alberto Angela, *Ein Tag im Alten Rom*, München 2009

Alberto Angela, *Vom Gladiator zur Hure. Die Reise einer Münze durch das Römische Reich*, München 2012

Simon Baker, *Rom. Aufstieg und Fall einer Weltmacht*, Stuttgart 2007

Mary Beard, *Pompeji. Das Leben in einer römischen Stadt*, Stuttgart 2011

Bruno Bleckmann, *Konstantin der Große*, Hamburg 1996

Hartwin Brandt, *Konstantin der Große. Der erste christliche Kaiser*, München 2006

John R. Clarke, *Roma Antiqua. Von Händlern, Hebammen und anderen Helden*, Darmstadt 2009

Manfred Clauss, *Konstantin der Große und seine Zeit*, München 2009

Gabriele Clemens / Lukas Clemens, *Geschichte der Stadt Trier*, München 2007

Alexander Demandt, *Geschichte der Spätantike. Das römische Reich von Diokletian bis Justinian (284-565 n.Chr.)*, München 2008

Alexander Demandt, *Das Privatleben der römischen Kaiser*, München 2007

Edition Burgen, *Schlösser, Altertümer, Römerbauten in Trier*, Regensburg 2011

Kay Ehling und Gregor Weber (Hrsg.), *Konstantin der Große. Zwischen Sol und Christus*, Darmstadt / Mainz 2011

Edward Gibbon, *Verfall und Untergang des römischen Imperiums*, München 2003

Michael Grant, *Der Untergang des Römischen Reiches*, Bergisch Gladbach 1977

Moses Hadas, *Kaiserliches Rom*, Time Inc. 1966

Robert Harris, *Pompeji*, London 2009

Peter Heather, *Der Untergang des Römischen Weltreichs*, Stuttgart 2007

Marcus Junkelmann, *Gladiatoren*, Nürnberg 2005, 2010

Marcus Junkelmann, *Gladiatoren. Das Spiel mit dem Tod*, Mainz 2008

Hans-Peter Kuhnen (Hrsg.), *Das römische Trier*, Stuttgart 2001

David Macaulay, *Eine Stadt wie Rom*, Zürich 1975

Umberto Pappalardo, *Pompeji. Leben am Vulkan*, Mainz am Rhein 2010

Liselotte Pies, *Marcus in Treveris*, Rheinisches Landesmuseum Trier 2007

Pompeji. Die letzten Tage am Vesuv – was wirklich geschah. In: P.M. Perspektive 3/2010

Nancy H. Ramage / Andrew Ramage, *Das Alte Rom. Leben und Alltag*, Darmstadt 2012

Marcus Reuter / Romina Schiavone, *Gefährliches Pflaster. Kriminalität im Römischen Reich*, Mainz am Rhein 2011

Rheinisches Landesmuseum Trier, *Führer zu den archäologischen Denkmälern des Trierer Landes*, Trier 2008

Rheinisches Landesmuseum Trier, *Funde und Ausgrabungen im Bezirk Trier* 32 · 2000

Rheinisches Landesmuseum Trier, *Funde und Ausgrabungen im Bezirk Trier* 39 · 2007

Rom. Die Geschichte des Kaiserreiches. In: GEO EPOCHE Nr. 54 (2012)

Johannes Saltzwedel (Hrsg.), *Das Ende des Römischen Reiches. Verfall und Untergang einer Weltmacht*, München 2011

Holger Sonnabend, *Unter dem Vesuv. Alltag in Pompeji*, Darmstadt 2007

Peter Stothard, *On the Spartacus Road. A Spectacular Journey Through Ancient Italy*, London 2010

Stephen Wisdom / Nic Fields, *Gladiatoren*, Königswinter 2009

Karl-Wilhelm Weeber, *Alltag im Alten Rom. Das Leben in der Stadt*, Mannheim 2011

Karl-Wilhelm Weeber, *Pompeji und die römische Goldküste. Ein Zeitreiseführer in das Jahr 78.* Darmstadt 2011

Publius Cornelius Tacitus, *Germania – Die Annalen*, München o. J.

Sueton, *Kaiserbiographien. De vita Caesarum (erster Band)*, München o. J.

Joachim von Elbe, *Die Römer in Deutschland. Ausgrabungen, Fundstätten, Museen*, Berlin-Stuttgart 1977